比较文学与世界文学 研究丛书

主编 曹顺庆

三编 第 **3** 册

印度古典梵语文艺美学多棱镜（下）

尹 锡 南 著

花木兰文化事业有限公司

国家图书馆出版品预行编目资料

印度古典梵语文艺美学多棱镜（下）／尹锡南 著 —— 初版 ——
新北市：花木兰文化事业有限公司，2024〔民 113〕
目 4+160 面；19×26 公分
（比较文学与世界文学研究丛书 三编 第 3 册）
ISBN 978-626-344-802-5（精装）
1.CST：梵文 2.CST：古典文学 3.CST：文学评论
4.CST：印度
810.8   113009364

ISBN-978-626-344-802-5

9 786263 448025

比较文学与世界文学研究丛书
三编 第三册   ISBN：978-626-344-802-5

印度古典梵语文艺美学多棱镜(下)

作　　者 尹锡南
主　　编 曹顺庆
企　　划 四川大学双一流学科暨比较文学研究基地
总 编 辑 杜洁祥
副总编辑 杨嘉乐
编辑主任 许郁翎
编　　辑 潘玟静、蔡正宣　美术编辑 陈逸婷
出　　版 花木兰文化事业有限公司
发 行 人 高小娟
联络地址 台湾 235 新北市中和区中安街七二号十三楼
　　　　　电话：02-2923-1455／传真：02-2923-1452
网　　址 http://www.huamulan.tw 信箱 service@huamulans.com
印　　刷 普罗文化出版广告事业
初　　版 2024 年 9 月
定　　价 三编 26 册（精装）新台币 70,000 元
　　　　　　　　　　　　　　　　　　　　　　版权所有 请勿翻印

印度古典梵语文艺美学多棱镜（下）

尹锡南 著

目

次

第十五章　印度古代音乐的世界地位及学术史考察

　　印度古代音乐发展可以分为三个阶段，古代时期（史前至公元 10 世纪）、中世纪时期（11 世纪至 18 世纪）、近现代时期（19 世纪至今）。印度古代音乐在世界音乐史和人类文明发展史上占有重要的地位。拉格（raga）和节奏（tala）等印度古代音乐理论范畴奠定了印度音乐的民族性。长期以来，东西方各国学者对其介绍、研究虽未成为一门显学，但也积累了非常丰富的研究成果。西方学者、印度学者大多遵循历史三分法考察印度音乐发展史。欧洲的印度学家最早以科学方法研究印度古代音乐。印度学者对印度古代音乐的研究在时间上虽稍迟于欧洲学者，但其精通古典梵语和印度本土语言者众多，且善于吸纳西方学者的成果，很快就在古典印度学的这一分支占据突出的位置。他们的研究范围几乎涉及印度古代音乐所有的领域。20 世纪以来的 120 年中，中国学界对于印度音乐的介绍、研究从无到有。客观而言，中国学界在介绍、翻译、研究印度古代音乐理论名著方面，与西方、印度的同行相比，尚存诸多不足，差距很大。

　　印度学者指出："印度音乐或许是世界上最古老的一种。它也是本质上属于旋律性的一种重要的音乐体系。最重要和最有意义的是，它的这一特点保持至今。这一点和欧洲文化形成对照，例如，欧洲早期的旋律音乐（melodic music）现已变为和声音乐（harmonic music）。"[1]古印度独具特色的音乐实践，催生了民族特色鲜明的印度古代音乐理论。"总之，印度音乐可以说是当

1　B.C. Deva, *Indian Music*, New Delhi: Indian Council for Cultural Relations, 1980, p.1.

今世界上历史最悠久、具有完整体系和最鲜明特色的民族音乐，而且它还在不断汲取其他音乐文化的元素，欣欣向荣地发展。因此，学习、研究印度音乐的特点、规律以及它虽然古老但永不衰败的经验具有十分重要的价值。"[2]迄今为止，中国学者对印度文化、艺术的研究还存在诸多不尽如意之处，其中对民族特色鲜明的印度古代音乐理论的系统译介和深入研究的缺乏便是如此。因此，作者不惮浅陋，拟以国内外前辈学者、相关领域专家的研究为基础，尝试对印度古代音乐的世界地位和东西方学者的相关研究进行初步考察。

第一节　印度古代音乐的世界地位

按照法国著名印度学家艾伦·丹尼洛（Alain Danielou）的观点，印度音乐史的发展可分为四个时段。他将印度音乐史分为从吠陀和往世书时代到史诗时代的第一期、佛教兴盛的第二期、相当于中世纪的第三期、从1500年至20世纪初的近现代时期即第四期。[3]按照印度学者 P.桑巴穆尔提（P. Sambamurthy）的观点，印度音乐史可以分为三个发展阶段：古代时期、中世纪时期、近现代时期。每一个时期的音乐各具特色。[4]中国学者陈自明先生也持三分法，他将印度音乐发展史分为古代即第一个时期（印度教时期，从史前至公元10世纪）、中世纪即第二个时期（穆斯林统治印度时期，从11世纪至18世纪）、近现代即第三个时期（英国殖民印度及印度独立时期，19世纪至今）。第一个时期再分为吠陀时期（公元前2500年起）、两大史诗时期、古王朝时期和拉吉普特时期，第二个时期则分为德里苏丹国时代和莫卧儿王朝时代。[5]

公元14世纪到15世纪，是北印度音乐、南印度音乐分野的时期。两个古典音乐体系逐渐形成：卡纳塔克体系（南印度音乐体系）和印度斯坦体系（北印度音乐体系）。1916年，印度著名学者、北印度音乐理论的现代权威 V.N.帕特坎德（Vishnu Narayan Bhatkhande）在第一届全印音乐研讨会上发言时说，北印度音乐和南印度音乐各有特色，其中的北印度音乐至少具有20种特点。[6]

2　陈自明：《印度音乐文化》，中央音乐学院出版社，2018年，第5页。

3　Alain Danielou, *The Ragas of Northern Indian Music*, New Delhi: Munshiram Manoharlal Publishers, 1980, pp.7-20.

4　P. Sambamurthy, *History of Indian Music*, Chennai: The Indian Music Publishing House, 2005, Reprint, 2013, p.5.

5　陈自明：《印度音乐文化》，中央音乐学院出版社，2018年，第30-46页。

6　V. N.Bhatkhande, *A Short Historical Survey of the Music of Upper India*, Boroda: Indian Musicological Society, 1974, pp.35-36.

　　20 世纪以来，印度古典（古代）音乐在东西文化交融的大背景下非但没有消亡，反而还流传到欧洲、美洲甚至是中国、日本、东南亚和南亚国家。这彰显了印度古典音乐的浓烈魅力和强大的生命力。

　　印度音乐、特别是印度古代音乐或曰印度古典音乐在人类文明发展史上享有无比崇高的地位。印度古代音乐的独特魅力和重要价值吸引了一些著名的东方学家注意。早在 1784 年，著名的英国东方学家威廉·琼斯（William Jones）撰写了介绍印度古典音乐的文章《论印度音乐调式》（*On the Musical Modes of the Hindoos*），该文或许是西方乃至世界印度学界研究印度音乐最早的论文之一。印度学者 S.M.泰戈尔（Sourindro Mohun Tagore）主编并于 1875 年出版的《印度音乐诸家论》收录该文。[7]英国学者戴（C. R. Day）于 1891 年出版《南印度和德干地区的音乐和乐器》，他在书中指出："我们今日仍在使用的许多乐器，其原型仍在东方。古代巴利语和梵语论著显然包含着关于任何一种乐器最可靠的记录，由此可见，大多数亚洲民族的乐器原本出于同一源头……小提琴、笛子、双簧管和吉他全都源自东方。"[8]此处的"东方"显然是指印度。1894 年，印度学者品格勒（Bhavanrav A. Pingle）出版《印度音乐》，他说："古印度本土音乐活动是一种纯粹的、真实的发展，是文明世界少数几种音乐体系中最宝贵的一支。它本身具有一种普遍运用的旋律，其内在优势可与任何其他体系相比较。"[9]1914 年，英国学者斯特朗威斯（A. H. Fox Strangways）出版《北印度音乐》，该书指出："这里并未暗示（古）希腊（音乐）借鉴了印度音乐，也未暗示印度借鉴了希腊。它们的音乐体系与其语言一样，无疑属于其共同的雅利安传统文化的一部分，其相似和差异足够证明它们的比较有说服力。"[10]

　　印度古代音乐理论流行乐器四分法。梵语名著《舞论》的作者婆罗多是印度古代乐器分类法的鼻祖。"不用说，在婆罗多的戏剧论中，器乐与声乐至少是同样重要的。并没有多少人意识到，流行全世界的乐器分类法源自印度，正是在婆罗多的《舞论》中，我们发现它首次涉及乐器分类。"[11]印度的乐

7　Sourindro Mohun Tagore, Compiled, *Hindu Music from Various Authors*, Delhi: Low Price Publications, 2010, pp.125-160.

8　C. R. Day, *The Music and Musical Instruments of Southern India and the Deccan*, London: Novello, Ewer and Co. Printers, 1891, p.102.

9　B. A. Pingle, *Indian Music*, Delhi: Sri Satguru Publications, 2003, p.335.

10　A. H. Fox Strangways, *The music of Hindostan*, Oxford: Clarendon Press, 1965, p.122.

11　C. Rajendran, ed., *Living Tradition of Natyasastra*, New Delhi: New Bharatiya Book Corporation, 2002, p.59.

器四分法对于现代学者的乐器分类具有永恒的示范价值。例如，日本现代学者林谦三在其代表作《东亚乐器考》中便采用了印度古代音乐理论的乐器四分法，他在各章中依次运用的乐器术语分别是体鸣乐器、皮乐器、弦乐器、气乐器。[12]

印度音乐的独特民族品格是其傲然屹立在世界音乐百花园的根本原因。印度古代音乐理论的许多重要范畴、核心概念奠定了印度音乐的民族性或东方性、印度性，其中表示旋律框架或曰曲调结构的拉格（raga）和节奏体系（tala）便是如此。英国学者说："拉格是印度音乐的旋律基础，是西方音阶（scale）的代名词。"[13]印度学者指出："拉格不只是（西方音乐意义上的）音阶或音调、歌曲。拉格以音阶为基础，包含音调，但又涵盖更广，意味丰富。"[14]另一位印度学者说："拉格是印度古典音乐之魂，该词阐释了印度古典音乐值得了解的全部内涵。"[15]陈自明先生认为："拉格是印度古典音乐中特有的一种旋律框架（程式），每种拉格都有它自己的音阶、旋律片段，并且表达某一种特定的情绪。"[16]

正因为印度音乐具有非常独特的民族品格，站在当今人类文明交流、东西方文明互鉴的视角看，其所具有的比较美学、比较艺术学价值愈发珍贵。例如，印度历史学家 D.P.辛加尔（D. P. Singhal）指出："印度音乐是调式音乐高度发展和最完全的形式……西方音乐是没有微分音的音乐，印度音乐则是没有和音的音乐。在概念和类型上，西方音乐强有力而发达的和音体系，与印度的旋律音乐正好相反。和音是今日西方音乐必不可少的一部分，致使欧洲人认为难于想象有一种只以旋律为基础的音乐。另一方面，印度人多少世纪却一直沉浸在纯旋律音乐传统之中，以致虽然听了西方音乐，却无法找到和音结构下的旋律线。"[17]1964 年 2 月，印度文化关系委员会（ICCR）在新德里举办了一次为期几天的国际学术研讨会。前南斯拉夫学者切维特克（Dragotin Cvetko）

---

12 （日）林谦三著，钱稻孙译：《东亚乐器考》，上海书店出版社，2013 年。

13 H. A. Popley, *The Music of India*, Delhi: Low Price Publications, 2017, p.39.

14 Khushboo Kulshreshtha, *History & Evolution of Indian Music*, Delhi: Shree Natraj Prakashan, 2010, pp.44-45.

15 Anupam Mahajan, *Ragas in Hindustani Music: Conceptual Aspects*, New Delhi: Gyan Publishing House, 2001, p.69.

16 陈自明：《世界民族音乐地图》，人民音乐出版社 2013 年，第 44 页。

17 （印）D.P.辛加尔著，庄万友等译：《印度与世界文明》，商务印书馆 2020 年，第289 页。

在发言中指出："印度音乐和西方音乐因此须在理论、实践方面保持独立。然而，这并非是排斥在一个明确的方向、带有明确效益的不自觉的相互影响。总之，任何艺术作品都自由地适应其可有机吸纳的外来影响，但又不会丧失自己的本性。只有通过这种方式，印度音乐或其他任何一种音乐才能保持自己的整体性，又不避免或拒斥那些表现当代世界的音乐潮流。利用这一方式，印度也可以将其最宝贵、最有独创性的东西奉献给世界。"[18]

综上所述，印度古代音乐历史悠久，它具有明显区别于西方音乐的民族品格或曰东方特色。这足以说明印度音乐在世界音乐史上的重要地位，自然也具有非常重要的现实意义和学术价值。因此，笔者以近年来搜集的文献为基础，尝试对西方、印度、中国的印度古代音乐研究概况进行考察。

第二节　西方的印度古代音乐研究

由于印度古代音乐享有崇高的世界地位，长期以来，东西方各国学者对其介绍、研究虽未成为一门显学，但是也积累了非常丰富的研究成果。印度和西方学者有时还采取国际学术交流研讨的方式，不断地推进印度音乐研究，促进印度文化软实力的域外传播。

客观而言，世界上最早以科学方法研究印度古代音乐的学者并非来自印度次大陆，而是来自欧洲。"人们认为最早撰文论述印度音乐的是威廉·琼斯和N.A.维拉德上尉（N. Augustus Willard）。西方的知音逐渐增加，他们写出了一大批论述印度艺术和音乐的著作，旨在洞悉印度文化奇迹。"[19]维拉德的印度音乐论著写于1834年[20]，远在威廉·琼斯（William Jones）之后。

大约自18世纪晚期开始，欧洲学者开始介绍和探索对印度古代音乐的。由于英国殖民印度的历史背景，部分学养深厚、文化视野广阔的英国东方学家或印度学家、梵学家来到印度。他们首开风气，开始研究印度古代音乐。这些人中间，不乏少数英国法官（如威廉·琼斯）、军人（如 C.N 戴）。法国、荷兰、美国等其它西方国家的一些东方学家、梵学家也先后涉足这一领域。这里摘要介绍其中几位。

---

18 Indian Council for Cultural Relations, ed., *Music East and West*, New Delhi: Indian Council for Cultural Relations, 1966, pp.117-118.

19 Rama Saraf, *Development of Hindustani Classical Music (19th & 20th Centuries)*, Delhi: Vidyanidhi Prakashan, 2011, p.168.

20 Augustus Willard, *A Treatise on the Music of India*, Calcutta: Sunil Gupta, 1962.

早在 1784 年，著名的英国东方学家、提出印欧语假说的现代语言学之父威廉·琼斯撰写了介绍印度古代音乐的文章《论印度音乐调式》（*On the Musical Modes of the Hindoos*），该文或许是西方乃至世界印度学界研究印度音乐最早的论文之一。[21]琼斯曾经翻译了《薄伽梵歌》、《时令之环》、《沙恭达罗》、《利益示教》和《摩奴法论》等梵语经典。琼斯为人熟知的是其杰出的语言学研究和梵文经典翻译等，但他对印度音乐或梵语音乐论的探索同样具有开创性、示范性意义。他在文章中以多个图表，介绍印度音乐的拉格（raga）和拉吉尼（ragini）体系。他说："这个国家（印度）的每一种学问都为诗意的寓言所装饰。希腊富有创意的天才从来没有比六个拉格家族更加美妙的迷人寓言。"[22]这说明琼斯抓住了印度古代音乐理论的核心：拉格。

英国学者戴（C. R. Day）于 1891 年出版《南印度和德干地区的音乐和乐器》。该书出版以后，颇受西方、印度学者的欢迎，这充分说明了它的重要价值。该书配有多幅印度乐器图，并以西方流行的五线谱图解南印度的音乐旋律，以 C、D、E、F、G、A、B 等西方音名体系阐释印度古代音乐的音阶和节奏体系，以半音、全音等西方乐理概念解释印度的微分音或曰微音程（sruti）。该书指出了坦焦尔（Tanjore）等梵语乐舞论著的收藏地，例举了 18 世纪下半叶至 19 世纪末欧洲的梵语音乐研究文献，并列举了 100 种左右的梵语乐舞论著书名。[23]

1914 年，英国学者斯特朗威斯出版《北印度音乐》。该书引人瞩目的是开头两章带有浓厚人类学田野色彩的《音乐日志》（*A Musical Diary*），它们汇集了作者实地考察印度各阶层民众音乐活动的场景和感受。该书主要论述印度音乐发展史、音阶、调式、拉格（旋律框架）、装饰音、拉塔（节奏体系）、鼓乐、音乐体裁等。作者大量采用西方五线谱研究北印度音乐。他通过田野考察发现，西方人之所以不喜欢印度音乐，是因为不理解它。[24]

1921 年，英国学者博普利（Herbert A. Popley）出版《印度音乐》，书中吸纳了前人成果，介绍了印度古代音乐理论的发展，附录了 34 种印度古代音乐

---

21 Sourindro Mohun Tagore, *Hindu Music from Various Authors*, Delhi: Low Price Publications, 2010, pp.125-160.

22 Sourindro Mohun Tagore, *Hindu Music from Various Authors*, Delhi: Low Price Publications, 2010, p.146.

23 C. R. Day, *The Music and Musical Instruments of Southern India and the Deccan*, London: Novello, Ewer and Co. Printers, 1891, pp.157-159. 161-168

24 A. H. Fox Strangways, *The music of Hindostan*, Oxford: Clarendon Press, 1965, p.1.

研究的论文或著作目录，时间跨度为 1875 年至 1919 年。[25]印度学者认为该书是了解"北印度和南印度音乐的有益指南"。[26]这或许是陈自明先生的《印度音乐文化》采用其为主要参考书的重要原因。

1947 年印度独立以来，一些西方学者先后加入印度古代音乐和音乐理论研究行列。其中具有国际声誉的学者包括法国印度学家艾伦·丹尼洛、荷兰学者 E.T.尼金惠斯（Emmie Te Nijenhuis）、英国伦敦大学东方与非洲学院理查德·雷迪斯（Richard Widdess）、美国印第安纳大学刘易斯·洛威尔（Lewis Rowell）、美国普林斯顿大学哈罗德·鲍尔斯（Harold Powers）、英国学者 J.卡茨（Jonathan Katz）等。其中，雷迪斯出版《早期印度拉格：笈多时期至 1250 年的调式、旋律和音符》[27]，洛威尔出版《早期印度音乐和音乐理论》[28]，J.卡茨曾于 1992 年主编出版《印度传统乐舞理论与实践》[29]。荷兰学者即 N.摩诃康欣（Narinder Mohkamsing）于 2003 年出版颇具新意的论著《印度古代音乐节奏体系研究：婆罗多〈舞论〉的节奏体系论》。[30]这些西方学者基于梵语一手文献对印度音乐的深度研究和系统分析，值得国内学界相关人士高度重视。

艾伦·丹尼洛又名希瓦·沙朗（Shiva Sharan），出生于法国巴黎，年轻时到过日本、印度、中国等东方国家，倾心于印度文化的魅力。他对印度的学术兴趣涵盖印度音乐、绘画、建筑艺术、宗教、社会历史等领域。1981 年和 1987 年，他先后获得联合国教科文组织的奖励。[31]他对印度音乐走向当代西方发挥了重要的作用。他关于印度音乐研究的代表作是 1949、1954 年先后出版的两卷本英语著作《北印度音乐》和 1980 年出版的英语著作《北印度音乐中的拉格》和诸多法语论著。

E.T.尼金惠斯的主要著作和译著包括 1970 年完成的博士论文《多提罗：

25 Herbert A. Popley, *The Music of India*, Delhi: Low Price Publications, 2017, pp.137-141.

26 Rama Saraf, *Development of Hindustani Classical Music (19th & 20th Centuries)*, Delhi: Vidyanidhi Prakashan, 2011, p.174.

27 Richard Widdess, *The Ragas of Early India: Modes, Melodies and Musical Notations from the Gupta Period to c. 1250*, Oxford: Clarendon Press, 1995.

28 Lewis Rowell, *Music and Musical Thought in Early India*, Chicagao and London: The University of Chicaga Press, 1992.

29 Jonathan Katz, ed., *The Traditional Indian Theory and Practice of Music and Dance*, Leiden, New York and Koln: E.J. Brill, 1992.

30 Narinder Mohkamsing, *A Study of Rhythmic Organisation in Ancient Indian Music*, Leiden: Universiteit Leiden, 2003, p.2.

31 Alain Danielou, *Sacred Music: Its Origins, Powers, and Future: Traditional Music in Today's World*, Varanasi: Indica Books, 2003, pp.207-211.

古代印度音乐汇编,导言、翻译、转写与评论》[32]、《印度音乐的历史与结构》[33]、《音乐学文献》[34]、《乐舞顶饰宝:中世纪印度音乐指南》[35]等。在印度乐舞论史料整理方面,尼金惠斯的《音乐学文献》值得一提。它是 J.贡德(Jan Gonda)主编的大型丛书《印度文学史》的一种。该书篇幅虽短,但却特色鲜明,因其简明扼要地介绍了梵语乐舞论发展史上的代表性著作及其作者、重要的理论贡献等。书后附录的文献目录更是研究印度古代乐舞论发展史的极佳指南。[36]《印度音乐的历史与结构》简明扼要、深入浅出地介绍了印度古代音乐论精髓,是西方学人了解印度古代乐理的"指南针"。

20 世纪以来,北印度音乐称为西方学者们的研究重点。例如,加拿大学者贾拉茨博伊在 1971 年出版专著《北印度音乐的拉格结构及其演变》。[37]荷兰学者米尔(Wim Van Der Meer)在 1980 年出版《20 世纪的北印度音乐》聚焦20 世纪的北印度音乐研究。[38]美国学者马丁·克莱顿(Martin Clayton)研究北印度音乐的著作是《印度音乐节奏:北印度音乐拉格演奏中的节奏、音律和形式》。[39]美国学者拉克特于 2014 年出版《印度北方音乐》(*Music in North India*)。[40]2004 年,旅美印裔学者和美国学者合作出版《印度南方音乐》(*Music in South India*)。[41]

西方学者不仅研究印度音乐,还翻译了一些著名的梵语乐舞论著。这方面的早期例子是翻译过《多提罗乐论》和《乐舞顶饰宝》的荷兰学者尼金惠斯、翻译过《乐舞那罗延》的加拿大学者 M.鲍斯、翻译《乐舞奥义精粹》的美国

32 Nijenhuis, Emmie Te, *Dattilam, A Compendium of Ancient Indian Music, Introduction, Translation, Transliteration and Commentary*, Thesis Utrecht, Leiden, 1970.

33 Emmie Te Nijenhuis, *Indian Music: History and Structure*, Leiden: E. J. Brill, 1974.

34 Emmie Te Nijenhuis, *Musicological Literature*, Wiesbaden: Otto Harrassowitz, 1977.

35 Emmie te Nijenhuis, ed and tr., *Sangitasiromani: A Medieval Handbook of Indian Music*, Leiden: E. J. Brill, 1992.

36 Emmie Te Nijenhuis, *Musicological Literature*, Wiesbaden: Otto Harrassowitz, 1977, pp.3-37.

37 N. A. Jairazbhoy, *The Ragas of North Indian Music: Their Structure and Evolution*, London: Faber and Faber, 1971

38 Wim Van Der Meer, *Hindustani Music in the 20th Century*, London: Martinus Nijhoff Publishers, 1980.

39 Martin Clayton, *Time in Indian Music: Rhythm, Metre, and Form in North Inidan Rag Performance*, New York: Oxfrod University Press, 2000.

40 (美)乔治·E·拉克特,:《印度北方音乐》,雷震、张玉榛译,江苏凤凰教育出版社,2016 年。

41 (印)T.维斯瓦纳坦、(美)马修·哈普·艾伦:《印度南方音乐》,雷震、张晓译,江苏凤凰教育出版社,2018 年。

宾夕法尼亚大学学者艾伦·麦内尔（Allyn Miner）等。

20 世纪下半叶至今，翻译印度古典梵语乐舞论、研究印度古代音乐的西方学者们，有时还以国际学术研讨会的方式，促进古典印度学的国际化。例如，1997 年，荷兰、法国与欧盟共同举办了题为"14 世纪至 20 世纪的北印度音乐史"的国际学术研讨会。参会者包括荷兰学者尼金惠斯、英国学者理查德·雷迪斯、印度学者 A.D.拉纳德（Ashok Da. Ranade）等。会后出版了会议论文集《13 世纪至 20 世纪的北印度音乐》[42]。这些论文的主题涉及北印度音乐的历史背景和现代流变、北印度乐器、印度音乐与西方音乐的关系、印度基本乐理概念等。

由此可见，西方的印度古代音乐及音乐理论研究迄今已有跨越四个世纪的历史，其成果常被印度、中国等东方国家的学者所征引，这足以说明西方学者在印度音乐研究领域占有十分重要的地位。对这些成果进行系统整理、科学研究，在国内尚为一片空白。

第三节　印度的印度古代音乐研究

印度音乐虽然是在印度本土萌芽、发展的，但是印度本土学者对其进行系统研究却远在威廉·琼斯等人之后。琼斯等人对印度音乐的"发现"和探索，毫无疑问地激发了印度学者、音乐家们的民族自尊心。当然，他们也认识到这一任务的艰巨性。例如，印度学者 B.A.品格勒在 1894 年出版的《印度音乐》中坦率而又颇显无奈地说，大量的古典音乐文献一直不为人知，因为印度学者没有办法搜集、破解遍布各地的珍贵的写本文献，也不熟悉古代音乐文献和乐谱知识。"这些困难部分源自印度乐师的狭隘自私，他们不愿意公开其艺术诀窍，困难也部分源自公众缺乏趣味。"[43]或许正因如此，品格勒的《印度音乐》大量援引威廉·琼斯和 H.H.威尔逊（H. H. Wilson）等欧洲学者的观点。

根据当代印度学者的统计整理，大约自 19 世纪初开始，印度本土学者以英语、梵语、印地语、马拉提语、乌尔都语等撰写的印度音乐论著逐渐增多。[44]下面择其要者进行简介。

42　Joep Bor, Francoise Nalini Delvoye, Jane Harvey, Emmie Te Nijenhuis, eds., *Hindustani Music: Thirteenth to Twentieth Centuries*, New Delhi: Manohar Publishers, 2010.

43　B. A. Pingle, *Indian Music*, Delhi: Sri Satguru Publications, 2003, p.44.

44　Rama Saraf, *Development of Hindustani Classical Music (19th & 20th Centuries)*, Delhi: Vidyanidhi Prakashan, 2011, pp.170-291, 496-503.

从时间上看，近代印度学者中，S.M.泰戈尔的音乐研究成果丰富。他主编的《印度音乐诸家论》于 1875 年分两卷出版，后于 1882 年合为一册出版。它是世界上第一部收录欧洲印度学家论述印度音乐的文献汇编。该书也收录编者泰戈尔自己写于 1875 年的长篇论文《印度音乐》。[45]该文提到了中国音乐："中国人有自己独具特色的乐谱。他们采用九个不同的汉字，德金（De Guignes）用法语将其写为 ho、se、y、chang、tche、kung、fan、licon、an。他们成行地往下书写。他们逐行抄写一个汉字，德金说无法准确地以欧洲乐谱体系来处理它们。"[46]

S.M.泰戈尔于 1896 年出版史上第一部《世界音乐史》（*Universal History of Music*）。该书依次涉及亚洲、非洲、欧洲、美洲、大洋洲等五大地理板块的音乐。作者在书中将中国音乐放在首位进行介绍[47]。他提到了中国古代音乐的五声调式音阶（宫、商、角、徵、羽）和有变化的七声调式音阶（宫、商、角、变徵、徵、羽、变宫）。[48]作者主要基于欧洲的英语文献，对世界各国音乐进行简介。放在 1896 年的时代背景下来观察，这样一种全球视角难能可贵。

1877 年、1880 年、1892 年，S.M.泰戈尔先后出版《六种主要拉格》（*The Six Principal Ragas*）和《七种主要的印度音名及其保护神》（*The Seven Principal Musical Notes of the Hindus with Their Presiding Deities*）等英语著作。《六种主要拉格》主要是以梵文诗、英译、五线谱、图画等描述六种主要拉格：吉祥、春天、恐怖、第五、云朵、那吒那罗延。

V.N.帕特坎德是近现代北印度音乐复兴、变革的关键人物，也是北印度音乐理论的代表人物。"学者 V.N.帕特坎德的著作却在 20 世纪早期几十年出尽风头。他的首部重要著作《吉祥所相乐》以梵语写成，在 1910 年化名为 Chatur Pandit 出版。虽然帕特坎德引述了许多重要的梵语文献，但很明显，他的主要

45 Sourindro Mohun Tagore, Compiled, *Hindu Music from Various Authors*, Delhi: Low Price Publications, 2010, pp.339-397.

46 Sourindro Mohun Tagore, Compiled, *Hindu Music from Various Authors*, Delhi: Low Price Publications, 2010, p.380.四川音乐学院夏凡教授认为，这是中国古代工尺谱的术语：合、四、一、上、尺、工、凡、六、五。参见缪天瑞主编：《音乐百科词典》，人民音乐出版社，1998 年，第208-209 页。感谢夏凡教授为笔者指出这些术语的来历。

47 Sourindro Mohun Tagore, *Universal History of Music*, Delhi: Low Price Publication, 2011, pp.22-30.

48 Sourindro Mohun Tagore, *Universal History of Music*, Delhi: Low Price Publication, 2011, p.27.

目的是协调音乐理论与流行的音乐实践之间的不一致。"[49]

帕特坎德于 1932 年出齐四卷本马拉提语（Marathi）著作《北印度音乐本疏》（*Hindustani Sangeet Paddhati*）。该书被译为印地语，于 1957 年在北方邦出版。在四卷本中，帕特坎德发展了此前在《吉祥所相乐》中表述的许多观点，并引入许多新的概念，解释现代音乐实践中遇到的问题。

1920 年至 1937 年，帕特坎德的另一重要代表作即六卷本马拉提语著作《传统书系》（*Kramik Pustak Malika*）出齐。三十年后，它被译为印地语出版。这套书收录了以各种拉格、节奏体系创作的两千多首曲谱，它们是帕特坎德竭尽所能从印度各地不同的传统音乐流派搜集而来。该六卷本还从梵语和印地语文献中引用了 180 多首拉格。帕特坎德对每一首收录的曲谱或拉格均作了疏解。

帕特坎德的两部英语著作也值得重视，其所获学界的引用率似乎更高，或许与其阅读面更广有关。它们是 1934 年首次出版的《北印度音乐的历史概览》（*A Short historical Survey of the Music of Upper India*）和 1949 年首次出版的《15、16、17、18 世纪主要音乐体系比较研究》（*A Comparative Study of Some of the Leading Music Systems of the 15th, 16th, 17th and 18th Centuries*）。前者是作者基于 1916 年在第一届全印音乐研讨会（the First All-India Music Conference）上的发言修订而成，后者是基于梵语乐舞名著写成的研究著作。帕特坎德说，如果神灵助力，印度南方、北方的音乐得以融合，那么"整个国家（印度）就会有一种民族音乐（National music），我们最后的期盼就会实现，因为那时这个伟大的民族会唱同一首歌。"[50]印度学者评价帕特坎德时说："一个人完成如此巨大的工作量，真的了不起！……他在音乐领域拓展了新的视界，他的开创性著作使其在名誉的神庙（temple of fame）中拥有一个壁龛。"[51]陈自明先生说，帕特坎德是"印度近代音乐史上最伟大的学者"。[52]

20 世纪上半叶，研究印度音乐的印度本土学者有增无减。例如，女学者

49 Rama Saraf, *Development of Hindustani Classical Music (19th & 20th Centuries)*, Delhi: Vidyanidhi Prakashan, 2011, p.171.

50 V. N.Bhatkhande, *A Short Historical Survey of the Music of Upper India*, Boroda: Indian Musicological Society, 1974, p.43.

51 Rama Saraf, *Development of Hindustani Classical Music (19th & 20th Centuries)*, Delhi: Vidyanidhi Prakashan, 2011, p.174.

52 陈自明：《印度音乐文化》，中央音乐学院出版社，2018 年，第 46 页。"兴都斯坦音乐"即北印度音乐。

拉赫明（Atiya Begum Fyzee Rahamin）于 1925 年在伦敦出版《印度音乐》。[53]
该书虽然不足百页，篇幅较小，但是其图文并茂的编排、深入浅出的行文风格
确保其不致在岁月流逝中被淘汰。斯瓦鲁普（Rai Bahadur Bishan Swarup）的
《印度音乐理论》颇有特色，它分别论及音名（唱名）、音阶、拉格、节奏、
味等主题。[54]甘古利（O. C. Gangoly）于 1935 年出版的《拉格和拉吉尼》对拉
格的起源和发展、拉格和拉吉尼名称、拉格理论内涵、拉格图像化等进行了开
创性探索。[55]1939 年，C.S.艾雅尔（C. Subrahmanya Ayyar）出版《南印度音乐
语法》。[56]该书以 grammar（语法）一词统摄、指称南印度音乐的复杂特征和古
典规范，应属一大创新。

1947 年印度独立以来，印度学者发表的印度音乐研究论文、出版的印度
音乐研究著作语种繁多，内容丰富，涵盖了印度音乐的方方面面。

就印度音乐史研究而言，出现了几部值得一提的著作。首先是 P.桑巴穆尔
提（P. Sambamurthy）于 1960 年出版的《印度音乐史》。[57]该书涉及印度音乐
史文献资料、印度乐舞发展史里程碑事件、音阶的演变、乐谱记号、音乐体裁
演变、音乐铭文等主题。作者的论述颇有深度和广度，不负印度"莲花奖"
（Padma Bhushan）得主的美誉。

斯瓦米·普拉迦那南达（Swami Prajnanananda）的《印度音乐史》首次出
版于 1964 年。该书涉及印度音乐史料及拉格的发展演变、吠陀音乐、婆罗多
《舞论》的乐论、印度古代乐器和乐队、拉格的雅利安和非雅利安元素、德鲁
帕德和克亚尔的起源及发展、孟加拉音乐简史、印度舞蹈简史、印度音乐的图
像化、《往世书》的音乐论等。[58]

印地语版的印度音乐史也值得一提，如 B.S.夏尔玛（Bhagwat Sharan
Sharma）的著作《印度音乐史》（*Bhaartiya Sangeet Ka Itihaas*）以古代、中世

53 Atiya Begum Fyzee Rahamin, *The Music of India*, NewDelhi: Oriental Books Reprint
Publications, 1979.

54 Rai Bahadur Bishan Swarup, *Theory of Indian Music*, Maithan: Swarup Brothers, 1933.

55 O. C. Gangoly, *Ragas & Raginis: A Pictorial & Iconographic Study of Indian Musical
Modes Based on Original Sources*, New Delhi: Munshiram Manoharlal Publishers, 2004.

56 C. Subrahmanya Ayyar, *The Grammar of South Indian (Karnatic) Music*, Madras:
Ananda Press, First Edition, 1939, Second Edition, 1951.

57 P. Sambamurthy, *History of Indian Music*, Chennai: The Indian Music Publishing House,
2013.

58 Swami Prajnanananda, *A Historical Study of Indian Music*, New Delhi: Munshiram
Manoharlal Publishers, 2002.

纪、现代（1947 年以来）为线索，将印度音乐史分为三个时段进行研究。[59]

　　以北印度音乐、南印度音乐为主题的研究著作不胜枚举，这是印度音乐南北两派分野的自然效应。研究北印度音乐或冠以"北印度音乐"的论著包括《北印度音乐传统的社会学视角》[60]《19 世纪至 20 世纪北印度古典音乐发展》[61]《北印度传统音乐变迁》[62]《北印度音乐大师》[63]《北印度音乐的拉格概念》[64]《音乐家及其艺术：北印度音乐论集》[65]等。研究南印度音乐的著作包括《卡拉塔克音乐中的拉格》[66]等。

　　拉格和塔拉（节奏或曰节奏体系）是印度音乐的两大支柱概念，因此印度学者围绕这两者、尤其是对前者进行研究而产出的成果非常丰富。前述的《北印度音乐的拉格概念》《卡拉塔克音乐中的拉格》便是例子。《拉格和拉吉尼》[67]《印度音乐：拉格的魅力》[68]《拉格的结构方法和音乐分析》[69]《拉格的拉格性：语法之外的拉格》[70]等也是值得参考的拉格论著。

　　在节奏体系方面，印度学界首屈一指的研究成果是 A.K.森（Arun Kumar Sen）的《印度的节奏概念》[71]。萨克塞纳（S. K. Saxena）涉及节奏的一部著作值得一提，因其聚焦塔布拉鼓的节奏表演。[72]

59　Bhagwat Sharan Sharma, *Bhaartiya Sangeet Ka Itihaas*, Hatharas: Sangeet Karyalaya, 2010.

60　NiveditaSingh, *Tradition of Hindustani Music: A Sociological Approach*, New Delhi: Kanishka Publishers, 2004.

61　Rama Saraf, *Development of Hindustani Classical Music (19th & 20th Centuries)*, Delhi: Vidyanidhi Prakashan, 2011, p.174.

62　Deepak S.Raja, *Hindustani Music: A Traditon in Transition*, New Delhi: D.K. Printworld, 2005.

63　Susheela Misra, *Great Masters of Hindustani Music*, New Delhi: HEM Publishers, 1981.

64　Anupam Mahajan, *Ragas in Hindustani Music: Conceptual Aspects*, New Delhi: Gyan Publishing House, 2001.

65　Deepak S. Raja, *The Musician and His Art: Essays on Hindustani Music*, New Delhi: D.K. Printworld, 2019.

66　S. Bhagyalekshmy, *Ragas in Carnatic Music*, Vetturnimadom: CBH Publications, 2019.

67　Amiya Nath Sanyal, *Ragas and Raginis*, Bombay: Orient Longmans, 1959.

68　Raghava R.Menon, *Indian Music: The Magic of the Raga*, Mumbai: Somaiya Publications., 1998.

69　Mohan Singh Khangura and Onkar Prasad, *Methods of Raga Formation and Music Analysis*, Kolkata: Parampara Prakashan, 2015.

70　Deepak S. Raja, *The Raganess of Ragas: Rāgas beyond the Grammar*, New Delhi: D.K. Printworld, 2016

71　Arun Kumar Sen, *Indian Concept of Rhythm*, Delhi: Kanishka Publishers, 1994

72　Sudhir Kumar Saxena, *The Art of Tabla Rhythm: Essentials, Tradition and Creativity*, New Delhi: Sangeet Natak Akademi, 2008.

北印度音乐的家族传承制或曰师徒制（gharana）是近年来印度学界研究的一个热点。这方面的专著包括《印度古典音乐与师徒制传统》[73]与《印度音乐形式：师徒制研究》[74]等。

研究印度乐器或民间乐器的著作包括《印度本土乐器》[75]等。该书图文并茂，涉及大量的印度民间乐器。

南印度的音乐铭文历来是研究印度古典音乐拉格起源、发展演变的重要证据之一，也是研究中印古代音乐文化关系的绝佳例证。印度学者占据得天独厚的条件，自然在这一领域独领风骚。例如，1957 年，R.萨提亚纳拉雅那（R. Sathyanarayana）编订的《库底米亚马莱音乐铭文》第一卷[76]出版，填补了这一领域的重要空白。1986 年，V.普莱玛拉塔（V. Premalatha）出版更具学术分量的《库底米亚马莱音乐铭文》，将这一领域的研究推向了新的高度。普莱玛拉塔认为，这些音乐铭文主要用在维那琴的演奏上，是铭文作者在维那琴和七弦琴（parivadini）上作试验的结果。[77]

将印度音乐和舞蹈结合在一起研究，是许多学者的集体无意识，这自然也是印度古代乐舞论水乳交融的一种示范效应。例如，1982 年，南印度喀拉拉邦一位女学者以《婆罗多舞中的音乐》（*Music in Bharathanatya*）的博士学位论文，获得了喀拉拉大学授予的第一个音乐学博士学位。1991 年，她将其改名为《音乐与婆罗多舞》出版。[78]

在比较美学、比较艺术学的视野下思考印度古代音乐理论，是许多印度学者的学术自觉。1964 年 2 月 8-12 日，印度文化关系委员会（ICCR）在新德里举办国际学术研讨会，印度学者和西方学者首次以学术研讨的方式，在比较美学、比较音乐学的框架下，面对面地思考印度传统音乐和西方音乐。会议的主题为印度和西方音乐结构的异同、音乐家和听众的心理学、面临工业文

---

73 R. C. Mehta, *Indian Classical Music and Gharana Tradition*, New Delhi: Readworthy Publications, 2008.

74 Chetan Karnani, *Forms in Indian Music: A Study in Gharanas*, Jaipur and New Delhi: Rawat Publications, 2005.

75 Dilip Bhattacharya, *Musical Instruments of Tribal India*, New Delhi: Manas Publications, 1999.

76 R. Sathyanarayana, ed., *The Kudimiyamalai Inscription on Music, Vol.1-Sources*, Mysore: Sri Varalaksymi Academies of Fine Arts, 1957.

77 V. Premalatha, *A Monograph on Kudumiyanmalai Inscription on Music*, Madurai: Carnatic Music Book Centre, 1986, p.62.

78 S. Bhagyalekshmy, *Music and Bharathanatyam*, Delhi: Sundeep Prakashan, 1991.

明挑战的传统音乐。法国学者艾伦·丹尼洛、美国著名小提琴演奏家梅纽因
（Yehudi Menuhin）、印度著名西塔尔琴大师拉维·香卡（Ravi Shankar）等与
会发言。梅纽因在总结发言时指出："基于几个理由，我相信印度的德里应
该成为东方音乐、西方音乐的交流场所，不同形式的东西方音乐历经了千百年
的发展。"[79]

S.夏尔玛（Swatantra Sharma）于 1997 年出版《印度音乐和西方音乐发展
比较》。该书涉及印度音乐和西方音乐发展的历史比较、印度旋律和西方和
声、印度和西方乐谱体系、印度和西方的节奏模式、印度和西方乐器比较等。
夏尔玛指出，印度音乐和西方音乐体系存在巨大的差异，但是，不能因为这些
差异，就完全否定文化多样性前提下尚存基本的心理一致。[80]

各种工具书或资料汇编的出现，也是印度古代音乐研究的重要一环。这方
面的例子包括由两位印度学者合编版的《印度乐舞文献选目》[81]、S.C.巴勒吉
的《印度乐舞指南》[82]、A.D.拉纳德的《简明北印度音乐词典》[83]、B.罗易乔
杜里的《北印度古典音乐词典》[84]等。

1992 年、1994 年、1995 年，印度学者先后举行学术研讨会，前两次会议
的主题为《角天及其〈乐舞渊海〉》，后一次的主题为《摩腾迦及其〈俗乐广
论〉》。三次研讨会的成果后来结集出版。[85]这体现了印度学者对两部划时代的
梵语音乐论著即《乐舞渊海》和《俗乐广论》的高度重视。

由此可见，印度学者对印度古代音乐的研究在时间上虽稍迟于欧洲学者，
但由于他们的文献搜集极为便利，精通古典梵语和印度本土语言者众多，且

79　Indian Council for Cultural Relations, *Music East and West*, New Delhi: Indian Council
for Cultural Relations, 1966, p.201.

80　SwatantraSharma, *A Comparative Evolution of Music in India & the West*, Delhi:
Pratibha Prakashan, 1997, p.202.

81　Gowry Kuppuswamy and M. Hariharan, *Indian Dance and Music Literature: A Select
Bibliography*, New Delhi: Biblia Impex, 1981.

82　Sures Chandra Banerji, *A Companion to Indian Music and Dance*, Delhi: Sri Satguru
Publications, 1990.

83　Ashok Da.Ranade, *A Concise Dictionary of Hindustani Music*, New Delhi: Promilla &
Co. Publishers, 2014.

84　Bimalakanta Roychaudhuri, *The Dictionary of Hindustani Classical Music*, Delhi:
Motilal Banarasidass Publishers, 2000, 3rd Reprint, 2017.

85　Prem Lata Sharma, ed., *Sarngadeva and His Sangita-ratnakara: Proceedings of the
Seminar Varanasi, 1994*, New Delhi: Sangget Natak Akademi, 1998; Prem Lata Sharma,
ed., *Matanga and His Work Brhaddesi: Proceedings of the Seminar at Hampi, 1995*, New
Delhi: Sangget Natak Akademi, 2001.

善于利用印度和西方文化交流的机遇，充分吸纳西方学者的研究成果，很快就在古典印度学的这一分支占据突出的位置。他们的研究范围几乎涉及印度古代音乐所有的领域，大多数学者可以在印度国内外以英语发表研究成果，这是其在印度古代音乐研究领域越来越拥有主流话语权的主要原因。这自然有助于当代印度的文化去殖民化。过去几十年间，翻译印度古典梵语乐舞论者仍以印度本土学者为主。只要看看这一事实，就可明白这一点。

第四节　中国的印度古代音乐研究

严格地说，中国学者在 19 世纪至 20 世纪上半叶，很少涉足印度古代音乐研究。少数学者如向达先生围绕苏祗婆五旦七调理论，对中印古代音乐交流的一个谜团发表过看法。1926 年，向达在《学衡》上发表论文《龟兹苏祗婆琵琶七调考原》指出，秦汉以来，"龟兹文化实承印度文化之绪余，龟兹本国故无文化。则谓苏祗婆琵琶七调乃龟兹文化之产物，实未为探本之论也"。[86]他的结论是："故愚意以为就佛曲证之，苏祗婆琵琶七调之当来自印度，盖理有可通者也。"[87]支持这一观点的中国学者很多。

1949 年以来，国内开始涌现一些印度音乐研究者。其中，缪天瑞先生的相关研究值得一提。他在《律学》一书中指出："古代印度用二十二平均律，构成七声音阶。每一律叫做'斯罗提'……义为'闻'，即'可听到的最小音'……印度这种音阶的理论，并未正确地付之应用，在实际唱奏上，当更近于纯律。"[88]该书于 1950 年首次出版，1953 年出第 4 版，1996 年修订再版。在《律学》的最新修订版中，缪先生指出，印度古代的音阶可演化为调式。印度的乐制没有绝对音高。拉格（旋律）是在音阶的基础上形成的一种曲调型。[89]缪先生在晚年搜罗新的资料（20 世纪上半叶自然不具备相应的条件），尽力弥补《律学》初版的诸多不足，此种精益求精、勇于否定自我的治学态度令人敬佩！

随着 1962 年中印边境冲突爆发，中印文化交流长期受阻，印度音乐研究在国内几乎成了一片空白。1978 年以后，这种情况有了一些好转。部分学者可

86　向达：《唐代长安与西域文明》，商务印书馆，2015 年，第 264 页。
87　向达：《唐代长安与西域文明》，商务印书馆，2015 年，第 271 页。
88　缪天瑞：《律学》，上海万叶书店，1953 年，第 56 页。
89　缪天瑞：《律学》，人民音乐出版社，2020 年，第 247-257 页。

以去印度访学或拜师学艺，这对他们熟悉、研究印度音乐具有莫大的好处。这些赴印访学的印度音乐研究者包括陈自明、张伯瑜、安平、张玉榛、庄静等。

研究印度古代音乐的中国学者中，陈自明先生是最有代表性的人物。他于2018年出版的开创性著作《印度音乐文化》为目前国内这一领域的扛鼎之作，它也是2008年国家社会科学基金艺术学项目的结项成果。2019年8月7日，印度驻华大使馆为此书举行了新书发布会。笔者应邀赴会，见证了两国学者、艺术家围绕印度古典音乐进行跨文明对话的盛况。[90]此前，陈自明和俞人豪合著并于1995年出版《东方音乐文化》。该书第七章为印度音乐概述（陈自明撰写），涉及印度基本乐理、拉格（旋律）、塔拉（节奏体系）、声乐、作品体裁和乐器等主题。[91]该书于2013年再版。

2014年，庄静基于博士学位论文修改而成的著作《轮回中的韵律：北印度塔布拉鼓探微》出版。[92]这是一部填补学术空白之作，因为它对塔布拉鼓在北印度音乐中的发展和地位、鼓乐节奏体系、北印度音乐师徒制（家族传承制）等的介绍和分析，在中国具有开创性意义。

李玫教授的《东西方乐律学研究方法及发展历程》下编第三章为《印度人奇妙的律学理论》。她借鉴缪天瑞先生的《律学》相关内容，依据数学方法，具体分析了《舞论》和《乐舞渊海》的22个微分音体系、罗摩摩底耶的《音阶月》、阿赫跋罗的《乐舞神树》和帕特坎德的10种塔特（拉格型音阶）等印度乐理。[93]

张玉榛教授与陈自明教授合著的《拉格音乐：印度音乐家拉维·香卡的音乐人生》是中国第一部介绍印度当代名扬世界的音乐家的专著。[94]

研究印度音乐理论的单篇论文也有许多，其中有代表性的包括：安平的《试论北印度古典音乐中锁闭形式的结构原则》、张伯瑜的《北印度的拉格及其结构》、张伯瑜的《印度音乐的基本理论》、夏凡的《印度什鲁蒂的音乐研究》、夏凡与张黎黎的《婆罗多〈舞论〉第28章音乐术语解析及其显现的音乐

90　陈自明：《印度音乐文化》，中央音乐学院出版社，2019年，第62-137页。

91　俞人豪、陈自明：《东方音乐文化》，中央音乐学院出版社，2013年，第167-218页。

92　庄静：《轮回中的韵律：北印度塔布拉鼓探微》，中国文联出版社，2014年。

93　李玫：《东西方乐律学研究方法及发展历程》，中央音乐学院出版社，2007年，第120-134页。

94　张玉榛、陈自明：《拉格音乐：印度音乐家拉维·香卡的音乐人生》，中央编译出版社，2014年。

美学思维》等。

笔者近年来关于《舞论》音乐论的初步探索和对《舞论》《乐舞渊海》《俗乐广论》等梵语乐舞论名著的勉力试译，也先后触及印度古代音乐理论的许多侧面。受学术背景和其他各种因素所限，笔者的翻译、研究必然存在许多不足。

此外，一些国内权威的音乐工具书也载有印度音乐相关词条。[95]这说明独具特色的印度音乐得到了国内学界的认可。陈自明先生和张玉榛教授、安平教授、庄静博士等一直坚持与印度音乐同行进行交流、合作。中央音乐学院、中央民族大学等高校在过去几十年中坚持培养印度音乐表演、音乐研究的梯队人才，成效显著。近年来，印度驻华大使馆还在北京定期举办印度古典乐舞讲座或培训班，助力印度艺术的对华传播。

此外，2018 年、2019 年、2021 年，三个列入选题招标的国家社会科学基金重大项目先后立项，分别获得资助的这三个项目是："印度古典梵语文艺学重要文献翻译与研究"、"东方古代文艺理论重要范畴、话语体系研究及资料整理"、"印度古代文艺理论史"。这些项目的最初选题均由笔者一人执笔撰写，国内高校三位学者分别承担这些项目的负责人。它们不同程度地涉及印度古代音乐理论的翻译、研究。相信通过这些项目的集体研究，印度古代音乐研究会结出新的硕果。

综上所述，20 世纪以来的 120 年中，国内学界对于印度音乐的介绍、研究从无到有，现已在理论探索、名著迻译、表演实践、跨国交流、民间传播等方面取得了可喜的成绩。但是，客观而言，中国学界在介绍、翻译、研究印度古代音乐理论名著方面，由于各种客观、主观条件的限制，与西方、印度的同行相比，尚存诸多的不足、空白，差距不可谓不大。另外，不容忽视的一个事实是，国内学者不仅研究印度古代音乐理论者寡，他们也难有机会与欧美、印度的同行进行翻译合作、学术对话。正是因为国内研究印度音乐、特别是研究印度古代音乐理论的学者为数甚少，导致我们对更具古典色彩、更有代表性的南印度音乐、乐器知之甚少。少数学者以为北印度塔布拉鼓、西塔尔琴代表了印度古典音乐的全部或精华，对于南印度微妙复杂、精美绝伦的维那琴则所知有限。陈自明先生对此非常清醒，他在《印度音乐文化·序》中非常谦逊地指

---

95 缪天瑞主编：《音乐百科词典》，人民音乐出版社，1998 年，第 342、473、589、752 页。

出："本书对南印度音乐语焉不详，因为我大部分时间都在北印度，对南印度的音乐没有进行深入研究，希望有后人对南印度音乐进行专门研究，写出专著。"[96]殷切期盼未来出现更多有志于印度古代音乐研究的学者改变这一不理想的局面。

96 陈自明：《印度音乐文化》，"序"，中央音乐学院出版社，2018 年。

比较视域

第十六章 《舞论》与《文心雕龙》

　　刘勰的《文心雕龙》是中国古代文学理论史上空前绝后且独具特色的名著。"《文心雕龙》是我国第一部系统阐述文学理论的专著。体例周详，论旨精深，清人章学诚称它'体大而虑周'，可以说是中肯的评语。"[1]论者指出："魏晋南北朝是中国文学理论批评史上一个辉煌的时代，出现了几部相对有论证、成体系的作品，但在势不可挡的直觉思维的潮流裹挟之下，像《文心雕龙》这样的作品还是几成绝响。"[2]还有学者指出："刘勰的《文心雕龙》是中国古代文学理论批评史上一部最杰出的重要著作……大家把《文心雕龙》的研究，称为'龙学'，这是它当之无愧的。"[3]公元前后出现的印度梵语文艺理论巨著《舞论》（Nāṭyaśāstra）是"一部百科全书式著作"。[4]《舞论》的产生要早于《文心雕龙》。关于《舞论》与《文心雕龙》的比较分析，是部分中国学者所关注的问题。由于此前《舞论》的汉译只涉及全部 36 章（有的版本为 37 章）的 11 章戏剧论，国内学者关于它与《文心雕龙》的比较，局限于情味论等少数重要议题。实际上，《舞论》涉及诗律、戏剧、舞蹈、音乐、绘画、建筑艺术、情爱艺术、祭祀礼仪、星象天文、数学等古代印度的各门学问，而《文心雕龙》主要论及中国古代意义上的杂文学或大文学概念。由此可见，须

1　郭绍虞主编、王文生副主编：《中国历代文论选》（第一册），上海：上海古籍出版社，2003 年，第 238 页。

2　黄霖主编：《中国文学理论批评史》，北京：高等教育出版社，2016 年，第 13 页。

3　张少康：《中国文学理论批评史》（上），北京：北京大学出版社，2015 年，第 190 页。

4　Bharatamuni, *Nāṭyaśāstra*, Vol.1, ed. & tr. by N. P. Unni, "Introduction," New Delhi: NBBC Publishers, 2014, p.75.

对二书可比性先行探讨。这也是对《舞论》涵盖古印度各个知识领域的跨学科性和《文心雕龙》"体大虑周"或"体大思精"的真正内涵的揭示。在此前提下，本章将对二书的某些重要范畴和核心命题进行分析，以消除一些既有的定势思维和可能存在的文化误读。本章还将对二书的历史影响和当代传播等问题进行初步探讨。

第一节　异中见同：泛剧论与泛文论

关于《舞论》与《文心雕龙》的比较研究，迄今为止，似乎只有中国大陆学者做过尝试。其中，最有代表性的是郁龙余等学者，他们在 2006 年出版《中国印度诗学比较》。该书第 10 章以《中印经典诗学例析》为题，对两部中印古代文艺理论巨著进行了比较。[5]其他学者也对《舞论》与《文心雕龙》或《诗学》的相关概念、范畴等进行了比较研究。尽管学者们对《舞论》和《文心雕龙》进行比较研究，但他们对《舞论》与《文心雕龙》或《文赋》等的可比性并未深究，只是在想当然的基础上进行一般性推演。考虑到一为包含音乐论和舞蹈论的戏剧学著作，一为杂文学意义上的文论著作，二书的可比性实在是值得仔细推敲。

曹顺庆先生指出："可比性，是比较诗学，或者说是整个比较文学学科首先要解决的重要问题。因为世界各民族文学理论体系各异，范畴不同，术语概念更是五花八门。"[6]他又说："比较诗学由以往的中西两极比较，逐渐走向中、印、欧及其它东方国家的多极比较与全方位、总体性的比较，这必将超越以往研究模式，走向一个更大范围、更高层次的比较与建构。"[7]这样的两段话并置一处似乎可以说明，东西方的各种文学理论，如进行比较研究，须得深究其比较的前提和基础，如此方可超越简单而肤浅的 X 加 Y 的比较模式。

关于中国文论与西方诗学的区别，论者指出，西方古典诗学乃至现代文学理论是以学理上的研究为特征的，表现为纯理论话语方式，严密的逻辑论证，概念范畴的明确界定和理论体系的建构，其重点在"学"（研究），而中国的

5　郁龙余等著：《中国印度诗学比较》，北京：昆仑出版社，2006 年，第 432-472 页。

6　陈惇、孙景尧、谢天振主编：《比较文学》，北京：高等教育出版社，2001 年，第 238-239 页。

7　陈惇、孙景尧、谢天振主编：《比较文学》，北京：高等教育出版社，2001 年，第 248 页。

"文论"重点在于"论",即以"评论赏析具体的作家作品为基础,其话语方式是以感受性、印象性的表达为主。在这些意义上,中国的'文论'与西方古典'诗学'乃至现代'文学理论'具有深刻差异"。[8]因此,中西文论比较或曰诗学比较的基础、支点、标准或前提如何确认,实在是一个非常复杂的问题。以此视角考察中印古代文艺理论比较,得出的印象似乎是一致的。如将这一思考落实到《舞论》与《文心雕龙》的比较研究上,问题与困惑就变得更加清晰。

首先须解决的一大问题是,《舞论》与《文心雕龙》二书的基本内容与论述对象是否可以比较?换句话说,印度古代的"舞"与中国古代的"文"是否存在比较的基础?

《舞论》正如其标题 Nātyaśātra 所言,论述的是 nātya 即古典梵语戏剧。但是,这种梵剧论的包容面很宽,它体现了印度古代表演艺术的丰富内涵。纵观《舞论》36 章的全部内容,它大致以三大艺术本体(戏剧、舞蹈、音乐)为主干,以四种表演即语言表演、形体表演、妆饰表演和真情表演为理论红线,全面而系统地论述了古印度戏剧表演的各个领域或因素。具体而言,《舞论》第 1、2、3、5、6、7、14、18、19、20、21、22、23、24、25、26、27、34、35、36 等 20 章为戏剧论部分,介绍戏剧表演的各种原理和剧场建造、舞台祭供等。第 4、8 至 13 章等 7 章是典型的舞蹈论,第 28 至 33 章等 6 章是典型的音乐论,但它们都是古代戏剧表演范畴内的舞蹈论、音乐论,无法脱离戏剧表演的基本原则和艺术实践来理解。印度学者瓦赞嫣(Kapila Vatsyayan)认为,《舞论》第 15、16、17 章是梵语诗学的源头:"这几章(指第 15 至 17 章)一直是后来梵语诗学与修辞理论的基石。庄严论(alaṅkāra śāstra)的一条激流,或者说几乎是一条大河,就从这几章流泻而出。"[9]如不否认这种说法,则第 6、7、15、16、17 章共同成为所谓的古代庄严论即梵语诗学的理论之源。事实上,第 24、25、26 章的各种情感表演,也可视为古印度的文艺心理学的重要组成部分,从而可在广义的诗学或美学的范畴内探讨和分析。这样,似乎可在诗学或文艺美学的框架下探讨第 6、7、15、16、17、24、25、26 章共 8 章的基本内容。不过,由于婆罗多主要是在戏剧范畴内论述情、味及情

---

8 王向远:《日本古典文论选译·古代卷》(上),"译序",北京:中央编译出版社,2012 年,第 6 页。

9 Kapila Vatsyayan, *Bharata: The Nāṭyaśāstra*, New Delhi: Sahitya Akademi, 2015, p.71.

感表演，因此第6、7、24、25、26章放在戏剧论部分进行介绍，而以严格意义上的诗学论统摄第15、16、17章的相关内容。这样，婆罗多的思想体系可以一种诗学论、三大艺术论和四种表演论进行归纳。其中，一种诗学论涵盖3章内容，三大艺术论的戏剧论包括20章，舞蹈论包括7章，音乐论包括6章，这样就构成了《舞论》36章的全部内容。这些内容也可以视为nāṭya（梵剧）在《舞论》时代的真正意蕴。婆罗多以后的梵语文艺理论家、梵语诗学家伐摩那的《诗庄严经》指出："在一切作品中，十色最美……因此，其他诗来自十色。因为，一切诗都产生于十色。"[10]这里的"十色"（10 种戏剧类型）即为戏剧的代名词，而"诗"（kāvya）源自所谓的"十色"，这说明婆罗多的泛剧论影响了后来的梵语文论家对"诗"即文学作品的看法，或者说导致了"泛诗论"的产生。这和亚里士多德以"诗"指称史诗和悲剧、喜剧等不同文类的理论姿态有些相似。

　　关于《舞论》（Nāṭyaśāstra）的书名翻译，黄宝生先生指出："《舞论》这个书名的更确切译法应是《剧论》或《戏剧论》。nāṭya 一词在梵语中兼有舞蹈和戏剧的意思，而且舞蹈是其原始义，戏剧是衍生义。但婆罗多的这部著作是全面论述戏剧艺术，其中也涉及舞蹈，只是作为戏剧艺术的一个组成部分。因而，这部著作是戏剧学专著，而非舞蹈学专著。"[11]这种说法基本上是对的，但如考虑到该书涵盖三大艺术（乐舞剧）论的内容这一点，《舞论》这一译法仍然不够准确。这也是为何过去几十年间该书名译法难以统一的基本缘由。例如，许地山在 1930 年首版的《印度文学》中称婆罗多的著作为《歌舞论》。[12]金克木先生指出："现存的最古的文艺理论书是一部《舞论》……书名《舞论》的'舞'并不是指舞蹈，而是指戏剧，指表演，所以书名也可译作《剧论》。"[13]有的学者如缪天瑞在 1950 年首版并于 1963、1983、1993 年三次修订再版的《律学》一书中，将之称为《乐舞论》。[14]中国台湾学者释惠敏认为婆罗多此书"可以译解为《戏剧论》或《舞蹈论》"。[15]综上所述，似乎没

10 尹锡南：《印度文论史》（下），成都：巴蜀书社，2015 年，第1122 页。

11 黄宝生：《印度古典诗学》，北京：北京大学出版社，2000 年，第40 页。

12 许地山：《印度文学》，长沙：岳麓书社，2011 年，第22 页。

13 金克木：《梵竺庐集甲：梵语文学史》，南昌：江西教育出版社，1999 年，第361页。

14 缪天瑞：《律学》，北京：人民音乐出版社，1996 年，第247-248 页。

15 释惠敏：《印度梵语戏剧略论》，台北艺术学院主编：《艺术评论》，1996 年，第7期，第139 页。

有哪一种译名可以完全概括婆罗多著作的复杂内容，也许以大致囊括其核心内容的《乐舞剧论》翻译书名更为妥当。由此可见，nāṭya 一词具有丰富的内涵，婆罗多的戏剧论因此可视为一种大戏剧论或泛剧论。这与印度古代戏剧发展的实际情况是吻合的。

与《舞论》的泛剧论相似，《文心雕龙》的"文"论其实是一种是泛文论。余虹指出："纵观几千年中国文论史，刘勰是第一个对'文'进行全面论述，并确立起中国古代文论框架的人，几千年的中国文论史鲜有出其右者。"[16]他认为，《文心雕龙》中泛指群言的"文"是一个包罗万象的"大共名"。在此基础上泛论群言乃是"中国古代广义文论的基本样式，此一传统自刘勰《文心雕龙》始，历千年而不变"。[17]

《文心雕龙》论述的中国古代意义上的杂文学或大文学概念，其"体大思精"似乎可以理解为刘勰从杂文学观念切入，全面探讨古代文学创作主体和客体的许多复杂现象。蔡锺翔先生指出，刘勰的杂文学观念与其所处时代其他文论家并无多少差异。"杂文学观念不应加以否定或贬抑，刘勰的文学观念也不能说是保守、落后的。中国古代之所以形成了稳固的杂文学观念，与古老的泛文论思想是有联系的。"[18]他还指出："泛文论在中国古代是源远流长的，在文学理论史上，自刘勰为先导，后继者纷纷将泛文论引为理论基石……泛文论的哲学渊源是古代中国人的有机主义宇宙观……西方科学家对这种有机主义的宇宙观给予了很高的评价，那么应该承认泛文论也是我们祖先的卓越思想。由于泛文论的根深蒂固，古代的杂文学观念也牢不可破。"[19]文体论是《文心雕龙》的主要部分。尽管刘勰在文体论部分罗列了众多的文体，但其创作论部分分明将诗、赋等美感因素为主或情味体验为主导的文体作为主要对象，即视其为文学的中心。"那末他的这种杂文学观念，难道不是在一定意义上具备着合理性吗？"[20]《文心雕龙》的 50 篇中，第 6 至 25 篇为文体论，第 26 至 44 篇为创作论，第 45 至 50 篇为文学评论。按照周振甫先生的说法，刘勰的文体论是从其博通经史子集而来的。没有博通经史子集，就没有他的文体论；没有文体论，就谈不上他的文学创作论、鉴赏论等，也没有文之枢纽甚或《文

16 余虹：《中国文论与西方诗学》，北京：三联书店，1999 年，第 39 页。

17 余虹：《中国文论与西方诗学》，北京：三联书店，1999 年，第 44 页。

18 张少康主编：《文心雕龙研究》，武汉：湖北教育出版社，2002 年，第 334-335 页。

19 张少康主编：《文心雕龙研究》，武汉：湖北教育出版社，2002 年，第 342-343 页。

20 张少康主编：《文心雕龙研究》，武汉：湖北教育出版社，2002 年，第 344 页。

心雕龙》了，由此可见文体论在全书中的重要地位。[21]刘勰的文体论分为论文和序笔。论文 10 篇如《明诗》和《乐府》、《诠赋》等讲以韵为主的有韵文，序笔 10 篇如《史传》、《诸子》和《书记》等讲无韵文。"刘勰的文体论说明各体文的特点和要求，使人看到各体文发展的趋势，对纠正当时浮靡的文风和讹滥的文体是有帮助的……刘勰把经、子、史纳入文内，从而提出以情理为主、辞采为次的论点，在当时有救弊作用。"[22]当然，刘勰的文体论也有某些值得商榷之处。例如，他的文体分类繁琐杂乱，把当时的应用文分得极细，如章、表、奏、启、议、对各成一体。他忽视民间文学，在《乐府》中对汉代乐府民歌只字不提，在《史传》中反对给女主立本纪。[23]

综上所述，《舞论》与《文心雕龙》一样，皆为植根于中印古代文化土壤的理论之树。公元前后的印度古代表演艺术（传统戏剧）发达，而同一时期的中国则抒情文学（诗歌为主）发达，这大致造成了两部巨著一为泛剧论、一为泛文论的特色分野。但反过来一想，这种泛论色彩，恰恰构成了二书内涵迥然有别但仍可比较的历史基础与理论前提。就《舞论》而言，除了戏剧、舞蹈和音乐等三大艺术形式外，它还涉及梵语语法、诗律、情爱艺术和剧场建造、祭祀礼仪等。就《文心雕龙》而言，它在文体论基础上原道宗经、正纬辨骚，并畅谈神思、情采和声律、丽辞等作家创作论，以及时序更替和知音鉴赏等文学评论篇。这种基于泛剧论与泛文论的花开两朵、各表一支，形象地说明了古代中国、印度文艺理论的异中之同。由此可见，二书比较性因子似乎较弱的表面现象，无法掩盖古代中印文化发展的某些共同规律：基于文艺创作实践的综合性理论思考。

除此之外，二书在语言表述上也值得关注的特色。它们一为象形的表意文字（古代汉语），一为曲折的表音文字（古典梵语），但均采用广义的诗体语言或曰诗性表述，并夹杂一些散文，为韵散混合体。例如，《文心雕龙》多用骈文和对偶句式（四字句式颇多），如："繁采寡情，味之必厌"（情采第三十一）、"凡操千曲而后晓声，观千剑而后识器"（知音第四十八）。《舞论》的诗体语言更是普遍而典型。"《舞论》的现成形式含有三种文体：输洛迦诗体、阿利耶诗体和散文体。其中，输洛迦诗体是主要的；部分输洛迦诗和阿利耶诗

---

21 周振甫：《文心雕龙今译》，北京：中华书局，2004 年，第 49 页。

22 周振甫：《文心雕龙今译》，北京：中华书局，2004 年，第 52 页。

23 周振甫：《文心雕龙今译》，北京：中华书局，2004 年，第 53 页。

标明为'传统的'，意思是'古人云'；散文体采用经疏形式。文体的混杂说明《舞论》有个成书过程。"[24]二书的诗体语言或诗性表述丰富，说明了古代中印传统文化存在诗性思维的一致。

从论述的逻辑思维看，二书似乎差异极大，但如仔细分析，它们仍存在某种相似的特征，这便是数学思维或曰数理思维。例如，《文心雕龙》在叙述著名的"六观"说时指出："是以将阅文情，先标六观：一观位体，二观置辞，三观通变，四观奇正，五观事义，六观宫商。斯术既形，则优劣见矣。"[25]饶宗颐先生套用梵语语法的复合词"双牛释"（dvigu），将此叙述方法称为带数法、系数法。[26]但是，刘勰接下来的论述并未承继这种所谓的"带数法"。与此相反，《舞论》到处运用形式主义或曰数理逻辑的论述模式，这种运用达到了令人叹为观止的地步。例如，《舞论》第四章先叙述108式湿婆刚舞动作，再对其一一解说。[27]这种先总后分的论述模式，其实也可曲折而隐约地见于《文心雕龙》的整体结构。该书按照先后顺序为：总论第1至5篇，文体论第6至25篇，创作论26至44篇，文学评论为45至50篇，其中第50篇"序志"为序言性质，集中介绍全书的内容。作为序言的"序志"，却放在《文心雕龙》的最后，这使《文心雕龙》隐约地带有某种先总后分、分后再总的论述色彩。反观《舞论》全书结构，它并无总论，但先总再分、条分缕析的论述方法，在其第8至26章、第28至33章中表现得较为明显。例如，《舞论》第8章开头部分指出："诸位婆罗门啊！戏剧表演被分为4类：形体表演（āṅgika）、语言表演（vācika）、妆饰表演（āhārya）和真情表演（sāttvika）。"（VIII.9）[28]第8至26章便依据这种顺序，依次介绍上述4种表演；第28章先介绍音乐的基本要素和4类乐器（弦鸣乐器、气鸣乐器、体鸣乐器、膜鸣乐器），然后依次介绍，直至第33章。这便是印度古代文论经典的形式分析。换句话说，婆罗多的数理思维比起饱受佛经影响的刘勰，更是有过之而无不及。设若刘勰（公元465年至521年）有缘拜读公元5世纪左右定型的有别于一般佛经的《舞

24 黄宝生：《印度古典诗学》，北京：北京大学出版社，2000年，第35页。

25 周振甫：《文心雕龙今译》，北京：中华书局，2004年，第438页。

26 张少康主编：《文心雕龙研究》，武汉：湖北教育出版社，2002年，第154-184、185-207、211-225页。

27 参见尹锡南：《印度古典文艺理论选译》（上），成都：巴蜀书社，2017年，第83-121页。

28 Bharatamuni, *Nāṭyaśāstra*, Part.1, Vol.1, Varanasi: Chaukhamba Sanskrit Series Office, 2017, p.116.

论》，或许其《文心雕龙》的论述模式会是另一番模式。

尽管存在上述异中之同，但不可忽视的是，刘勰和婆罗多在各自著作中所体现的差异还有很多，例如，《舞论》与《文心雕龙》文学的目的与功用论而言，一为深受儒家思想影响的树德建言和彪炳史册等，一为深受印度教思想影响的实现人生四要。由此可见，二书承袭的传统文化或宗教思想明显不同。饶宗颐先生、潘重规先生认为刘勰吸纳了佛教因素，杨明照先生和王更生先生认为刘勰受经学的影响很深，而周勋初先生认为刘勰受《易经》和道家思想的影响。[29]综合地看，《文心雕龙》反映的主要是儒家思想为主的中国传统文化，佛教思想等为次要因素。《舞论》主要受印度教文化的影响，婆罗多将梵天大神设计为戏剧创始人、将湿婆大神设计为舞蹈创始人，这些便清楚地说明了这一点。两相比较，《文心雕龙》的世俗色彩非常鲜明，而《舞论》的宗教色彩挥之不去。

第二节　同中有异：重要范畴"味"（rasa）

有的学者认为，西方的"美感论"只承认视觉与听觉能获得美感，但却极力否认味觉能触发美感。中国古代文艺理论中的"滋味说"却正好相反，将味觉与美感密切相连。"几乎凡美必言味，言味必喻美"。[30]与此相反，中国和印度的味觉思维非常发达，这自然会影响到中印古代文艺理论的话语建构，其重要表现之一是味论或情味论的历史发展。此处以一个重要的文论范畴"味"为例，尝试对《舞论》与《文心雕龙》的同中之异作一探索。

关于《舞论》与《文心雕龙》的比较，一般的中国学者首先会想到一个词：味。这是因为，前一书有只言片语但却非常重要的味论，后一书以味论为核心话语，论述集中，内容丰富。《文心雕龙》和《舞论》一道，在"中印诗学的开创时期，突显了东方诗学的共同特色——对'情'与'味'的高度重视"。[31]两相比较，中国古代的味论起源带有浓烈的世俗生活色彩，与饮食等密切相关，而印度古代的味论虽也与饮食等相关，但却带有浓厚的神话色彩，甚至具有宗教祭祀的背景。

事实上，中国古代味论历史悠久。玄奘曾将《心经》中出现的梵语词 rasa

---

29 张少康主编：《文心雕龙研究》，武汉：湖北教育出版社，2002年，第159页。
30 曹顺庆：《中西比较诗学》，北京：北京出版社，1988年，第256页。
31 郁龙余等著：《中国印度诗学比较》，北京：昆仑出版社，2006年，第458页。

译为"味"。陈应鸾先生指出："笔者的结论是：诗味论是具中国特色的诗歌美学理论……在其形成期和盛行期中曾先后出现了十二个理论高峰……笔者以为，中国极其发达的饮食文化是诗味论形成的文化基础，中国古人独特的直觉感悟式的思维方式是诗味论形成的主观原因。魏晋南北朝的历史特征是诗味论产生的历史契机。"[32]陈先生还说："既然调味的理论可以进入政治和哲学领域，那它亦可以进入美学领域。中国是世界上唯一有味感美学的国度……有味感美学，正是中国古代美学的特点和长处。"[33]如我们联系印度古代医学和戏剧学的味论来看，陈先生的这一说法无疑是值得商榷的。客观而言，吠陀文献中出现的印度原始味论似乎要稍早于中国的先秦味论，出现于公元前后的印度戏剧学味论亦即梵语诗学味论的雏形，更是毫无疑问地早于中国齐、梁时期产生的诗学味论。

印度学者编撰的《实用梵英词典》对 rasa 的解释是：sap、juice、liquor、taste、flavour、relish、pleasure、delight、charm、beauty、pathos、emotion、feeling、sentiment、essence、poison、Mercury、semen virile、milk、soup，等等。[34]印度学者编撰的《实用吠陀语词典》对 rasa 的解释是：juice of plants、juice of Soma and the like、sacrificial drink、semen、essence、refreshment。[35]由此可知，rasa 最原始、最朴素的含义包括植物的汁液、体液、事物的精华、味道、牛奶等。其中，最受人关注的是它可表示一种植物即苏摩（soma）的汁液。"梵文Soma，亦为印伊时代之神。苏摩大概是一种植物，可以酿酒。逐渐神化，成为酒神。在《梨俱吠陀》中出现次数最多，可见其受崇拜之程度。"[36]《梨俱吠陀》第 1 篇第 187 节赞美与饮食相关的神祇，文中出现了 rasa（味、汁液）一词。英国梵文学者 H.H.威尔逊对 rasa 的英译是：flavour。另一位英国梵文学者格里菲斯（Ralph T. H.Griffith，1826-1906）将 rasa 译为 juice。

从字眼上看，中国古代文论家所说的"味"和婆罗多的"rasa"（味）都具有十分丰富的传统文化内涵。将中、印的"味"译为英语，似乎会遭遇"不

32 陈应鸾：《诗味论》，成都：巴蜀书社，1996 年，第 3 页。
33 陈应鸾：《诗味论》，成都：巴蜀书社，1996 年，第 124 页。
34 Vaman Shivram Apte, *The Practical Sanskrit-English Dictionary*, Delhi: Motilal Banarsidass Publishers, 2014, p.796.
35 Suryakanta, *A Practical Vedic Dictionary*, New Delhi: Oxford University Press, 2017, p.558.
36 蚁垤：《罗摩衍那》（七·后篇），季羡林译，北京：人民文学出版社，1984 年，第 590 页。

可译"的文化难题。例如，印度学者指出，将婆罗多的 rasa 即"味"译为"sentiment"不妥，正确译法应是"poetic relish"，这一译法包含了"emotion"或"feeling"等意思。[37]意大利学者 G.格罗尼（Ganiero Gnoli）将 rasa 译为 aesthetic experience。其实，要准确地译出印度味的含义，几乎是不太可能的。"因为其用途非常广泛，rasa（味）是意义最不确定的梵语词汇之一。在梵语诗学发展史上，也许没有任何其它概念比它更具有争议性。"[38]其实，中国的"味"也有同样的问题。正因中印古代皆有味论，侯传文和龚刚等中国学者很早就开始了相关的比较研究。接下来对婆罗多和刘勰的味论进行简略比较。

从现存文献看，《舞论》论味在其第 7 章，而第 6 章的情论也可归入味论范畴。《文心雕龙》论味散见于各篇，例如："往者虽旧，余味日新。"（宗经第三）"张衡怨篇，清典可味。"（明诗第六）"儒雅彬彬，信有遗味。"（史传第十六）"子云沉寂，故志隐而深味。"（体性第二十七）"繁采寡情，味之必厌。"（情采第三十一）"深文隐蔚，余味曲包。"（隐秀第四十）"数逢其极，机入其巧，则义味腾跃而生。"（总术第四十四）"使味飘飘而轻举。"（物色第四十六）两相比较，《舞论》的戏剧味论是系统化的有机体，而刘勰的诗文味论为散串的珠玉，点缀在鸿篇巨制之间。

对比婆罗多和刘勰的味论，窃以为，其核心的差异在于两个方面：首先是论述的方式与思维逻辑不同，其次是接受影响的内容略有差异。

先说第一方面的区别。郁龙余等学者指出："如果说印度味论诗学侧重情，承认味是种种情结合的产物，是'情味论'，那么中国味论诗学强调情与景的结合，强调这种结合的产物意象、意境，并认为味产生于意象、意境，可以说是'意味论'。"[39]他们还指出："中印味论诗学还有其他一些的差异，如阐释方法上印度味论繁琐复杂，直觉思维和逻辑思维互参，主观判断加条分缕析，多为宏篇大论；中国味论诗学惜墨如金，言简意赅，如粒粒珠玉，不尚鸿文巨制。"[40]这些说法是有道理的，可以用来观察和思考婆罗多、刘勰味论

---

37 Rakesagupta, *Psychological Studies in Rasa*, Varanasi: Banaras Hindu University, 1950, p.107.

38 K. Krishnamoorthy, *Essays in Sanskrit Criticism*, Dharwar: Karnatak University, 1964, p.74.

39 郁龙余等著：《中国印度诗学比较》，北京：昆仑出版社，2006 年，第 263 页。

40 郁龙余等著：《中国印度诗学比较》，北京：昆仑出版社，2006 年，第 263 页。

的差异。

　　表面上看，婆罗多和刘勰的味论都是情（或景）与味通过某种方式进行互动的审美流程，实则不然。比较而言，婆罗多味论以及它的基础情论，均为较为严密的话语体系，而刘勰的味论，确是惜墨如金、言简意赅的即目点评。在此意义上可以说，以往一些学者认为印度和中国等东方国家倾向于综合思维，这一观点值得商榷。

　　就婆罗多味论而言，其条分缕析恰巧体现了印度古代的数理思维之于文艺理论的深刻影响。这就独具特色的形式分析，它与刘勰的点到为止对照鲜明。婆罗多首先将戏剧味分为 8 种：艳情味、滑稽味、悲悯味、暴戾味、英勇味、恐怖味、厌恶味、奇异味。在婆罗多看来，滑稽出于艳情，悲悯之味由暴戾生，奇异出于英勇，恐怖来自厌恶。由此可见，婆罗多把 8 种味分为两组，即原生味和次生味。充分理解味的产生，还得回溯情论。婆罗多提到了 8 种常情、8 种真情和 33 种不定情，其总数达 49 种之多。他还提及情由和情态的概念。他详细论述了 8 种常情如何转化为 8 种味的情况。这种数理思维或古代的代数逻辑，实则体现了印度古代文化传统的一个重要侧面。如只是将其视为古代印度的一种形式分析，或许有模糊与泛论的色彩。为了进一步说明这一点，可以宾伽罗（Pingala）的梵语诗律学著作《诗律经》（Chandasutra）为例作一佐证。翻译和研究《诗律经》的印度学者指出："宾伽罗的著作与更为知名的波你尼著作可谓同样重要……宾伽罗的《诗律经》之于组合数学（combinatorics）、数列与数理论、诗律的意义，恰如波你尼《八章书》之于语法学家、语言学家和形式系统论的价值。"[41]换句话说，对于诗律学和数学研究者而言，《诗律经》同样重要。换个角度看，这又恰恰是宾伽罗诗律论的一个显著特色，即以某种程度的自觉意识，以组合数学原理建构印度原初的诗律学"大厦"。《诗律经》的英译者和阐释者之一辛格（Shyam Lal Singh）认为："诗律是吠陀诗歌的重要元素。宾伽罗大师在《诗律经》中对吠陀诗律和古典梵语诗律的论述，是认知史上无以伦比的著作。在介绍诗律时，他运用了一些大大领先于时代的数学原理。"[42]这种"领先于时代"的原理便是数学的排列与组合法。《诗律经》迄今唯一的英译，由当代印度一位资深梵语学者和一位

41　Kapil Deva Dwivedi and Shyam Lal Singh, *The Prosody of Pingala with Appreciation of Veidc Mathematics*, "Foreword," Varanasi: Vishwavidyalaya Prakashan, 2008.

42　Kapil Deva Dwivedi and Shyam Lal Singh, *The Prosody of Pingala with Appreciation of Veidc Mathematics*, "preface," Varanasi: Vishwavidyalaya Prakashan, 2008.

精通梵语的数学教授共同承担，这本身便是很好的说明。这使其明显区别于中国古代诗律学的建构路径。宾伽罗与婆罗多关注的内容不尽相同，但其论述方法的共性令人印象深刻：数学思维或曰数理思维基础上的形式分析。以此观察婆罗多和刘勰的味论，其论述模式的差异恰恰是中印传统文化或逻辑思维差异的艺术折射。因此，黄宝生先生的话是十分有道理的："古代的文学论著，西方倾向哲学化批评，印度倾向形式化批评，中国倾向诗化批评。"[43]综合上述，如将婆罗多和宾伽罗等人为代表的"形式化批评"明确地定义为"数理式分析"或"数学式批评"（数学的排列组合原理是其核心要素或特点），[44]则可更为直观而精准地体现《舞论》和《诗律经》为代表的印度古代文艺理论形式主义分析的历史内涵与科学原貌。

其次，从接受影响的内容分析，《舞论》和《文心雕龙》是同中有异的典型。其相同之处在于，二书均涉及印度和中国古代的饮食文化所施加的历史影响。

陈应鸾先生指出："早在我国的齐、梁时代，'味'这个字眼就正式成为了一个文艺美学的概念。从钟嵘《诗品》开始，诗学领域里逐渐形成了一种极为普遍的以'味'论诗、评诗的风气……中国早在先秦时代，饮食文化就相当发达，'味'被人们作为与'声'、'色'同等重要的美学范畴加以研究、讨论，味蕾美学成了中国古代美学园地里的一朵奇葩。这就为诗味论的产生创造了先决条件。再加上中国古人习惯于直觉感悟式的思维和魏晋南北朝的特定历史条件提供的历史契机，所以在齐、梁时诗味论便应运而生。"[45]齐梁时代写就的刘勰《文心雕龙》接受饮食文化影响，也就是很自然的事了。

对婆罗多而言，接受古代饮食文化的影响也是很自然的。他论情和味的关系的话明显地说明了这一点："这里我们首先说明味。无味，则任何诗意无法表达。情由、情态和不定情的结合产生味。是否有例可举？人曰：正如各种调味料（vyañjana）、蔬菜（auṣadhi）[46]和其他东西（dravya）混合制作产生味道（rasa），各种情的结合（upagama）产生味；正如糖（guḍa）、调味料或蔬菜等

---

43 黄宝生：《梵学论集》，北京：中国社会科学出版社，2013年，第159页。

44 迄今为止，国内对印度古代的数学成就缺乏必要的、理想的研究，也似乎罕见翻译《绳经》等古典梵语数学论著，因此探究数学原理对印度古代文艺理论的历史影响，应该成为未来中国学者的一大重点或难点。

45 陈应鸾：《诗味论》，成都：巴蜀书社，1996年，第1-2页。

46 auṣadhi 本义为草、药草、草本植物等，此处译为"蔬菜"。

东西产生六种味道，[47]各种情和常情的结合产生味。有人问：味的含义为何？人曰：正如健康的人吃到由各种调料搭配烹制的食物（anna）时，体验其味，心满意足，合格的观众（sumanasahprekṣaka）欣赏各种情结合语言、形体和真情所呈现的表演，体验常情，心生愉悦。可以说，戏剧味（nātyarasa）因此而来。关于味的起源，此处有两首颂诗：正如美食家品尝各种材料与调料混合烹制的食物而心满意足，智者欣赏各种情的表演所产生的常情，内心喜悦，这便是戏剧味。"（VI.32-33）[48]

虽然说《舞论》和《文心雕龙》都接受了古代饮食文化的影响，但不同的是，婆罗多明显地接受了古代印度医学传统的影响，并接纳了古代情爱艺术亦即房中术的某些思想，刘勰在这些方面所受的影响似乎很少。

印度学者 R.特里帕蒂认为，最早的吠陀文献、古代印度医学的原始文献之一《阿达婆吠陀》是婆罗多味论、尤其是其艳情味论的重要思想来源。"性是生命的欢乐，它是象征创造持久的一种活动。在《舞论》或诗学、美学传统中，《阿达婆吠陀》被视为味论（rasa）思想的源头，它有几首诗涉及性爱（kāma）。"[49]

婆罗多戏剧味论不仅可以追溯到吠陀文献中，也可联系当时流行的《阿育吠陀》经典原理进行理解。这一点在国内的婆罗多味论研究中，似乎不太多见。不过，印度学术界早已有人关注这一点。"加尔各答城市学院（City College）的 R.K.森教授（Ramendra Kumar Sen）证实《舞论》提到的一些'情'（bhāva），与'阿育吠陀经论'（Āyurveda Śāstra）中提到的概念相对应。他提出了一个理论：婆罗多的味论以人的嘴所感觉的 6 种味为基础。他认为《舞论》中论'味'和'情'的两章完全来自'阿育吠陀经论'。"[50]该学者还说："婆罗多显然已经知晓所有这八个分支。《舞论》文本存在大量证据支撑这一观点。《阿育吠陀》的八个分支是：眼科、外科、强身法、养生学、毒物学、精神疗法、内科和儿科。其中的强身法、养生学、毒物学、精神疗法、内科学在婆罗多那儿得到了详细的论述……《阿育吠陀》的这五个分支和婆罗多的味论联系

47 此处六味指辣、酸、甜、咸、苦、涩。
48 Bharatamuni, *Nātyaśāstra*, Part.1, Vol.1, Varanasi: Chaukhamba Sanskrit Series Office, 2017, pp.82-83.
49 Radhavallabh Tripathi, ed. & tr., *Kāmasūtra of Vātsāyayana*, "Introduction," Delhi: Pratibha Prakashan, 2005, p.12.
50 P. S. R. Appa Rao, *Special Aspects of Natyasastra (Telugu Original)*, tr. by H.V. Sharma, New Delhi: National School of Drama, 2001, p.120

更为紧密……毒物学或毒物疗法显然深刻地影响了婆罗多。"[51]

婆罗多味论与《阿育吠陀》经典确实存在历史关联。这是因为，印度医学经典常常论及六味：甜（svādu）、酸（amla）、咸（lavaṇa）、辣（kaṭuka）、苦（tikta）、涩（kaṣāya）。例如，梵语医学著作。《遮罗迦本集》关于味的性质和六味的特性叙述是："rasa（味）是舌头（rasanā）所品尝的对象，它的成分是水（ap）和地（kṣiti），空（kha）等（其他三要素）造成了它的变化和特性（viśeṣa）。甜（svādu）、酸（amla）、咸（lavaṇa）、辣（kaṭuka）、苦（tikta）、涩（kaṣāya），这些构成了六味的全部。甜味、酸味和咸味压过体风素，涩味、甜味和苦味压住胆汁素，涩味、辣味和苦味盖过了粘液素。"（I.1.65-66）[52]该书还对 6 种主味和 57 种次味（anurasa）进行了详细的讨论。按照物质、地点和时间进行组合，甜味和咸味等 6 种主味可以组合为 57 种次味（anurasa），从而在总数上达到 63 种之多。（I.26.23-24）[53]其详细的组合排列法，与婆罗多为代表的梵语文艺理论家的做法非常相似。

从相关的医学话语中，不难发现其六主味说和 63 味说与婆罗多的八味说和 49 情说，似乎存在值得进一步思考和探索的空间。廖育群指出："所以如果想要了解印度传统医学的基本内容，就必须跳出'佛经'的范围，直接进入'阿输吠陀'原始文献的领地。"[54]套用他的话似乎可以说，想要深入而真切地了了解印度古典文艺理论的味论话语体系，就必须跳出文艺理论著作的领域，直接进入吠陀文献和《阿育吠陀》主要经典的话语体系。R.K.森在其他印度学者之外，开辟了一条新的味论研究路径，这便是从古典医学知识体系中寻觅钥匙，打开婆罗多古典文艺味论的丰富宝藏，从而达到以古释古、秘响旁通的奇异效果。

《文心雕龙》是否真正吸收了古代医学味论，值得学界进一步思考和探索。因为，中国古代医学经典也有以味言医的传统。例如，《黄帝内经·灵

---

51 R. K. Sen, *Aesthetic Enjoyment: Its Background in Philosophy and Medicine*, Calcutta: University of Calcutta, 1966, p.239.

52 Priya Vrat Sharma, ed. & tr., *Carakasaṃhitā*, Vol.1, Varanasi: Chowkhamba Orientalia, 2017, p.8.其他三要素指"五大"（地火水风空）中的火（tejas）、风（ākāśā）、空（vāyu）。

53 Priya Vrat Sharma, ed. & tr. *Carakasaṃhitā*, Vol.1, Varanasi: Chowkhamba Orientalia, 2017, p.179.

54 廖育群：《阿输吠陀：印度的传统医学》，沈阳：辽宁教育出版社，2002 年，第 21 页。

枢》"五味第五十六"指出："黄帝曰：愿闻谷气有五味，其入五藏，分别奈何。"[55]后世对中药药理的阐述，也应用了五味走五脏的理论来说明药物的功能。由此可见，中国的医学五味说与印度的医学六味说确实值得比较，他们都以人口所感觉体验的真实味道入手，探讨病理和药理，建构医学核心原理和话语体系。相比之下，中国的五味论多与农作物和水果等相关，带有更多的世俗色彩或实用营养学味道，而印度的六味论与五大（五种要素）论和三病素说等密切相关，带有更多的哲学思辨和数理分析色彩。这与中国文化、印度文化的差异有关。

广义上说，婆罗多的味论不止限于《舞论》的第 6、7 章，还包括论及艳情味和男、女主角的第 24 至 26 章等。这些章节的内容可以发现印度古代著名情爱艺术经典即犊子氏（Vātsāyayana）的《爱经》（Kāmasūtra）等的影响痕迹。由于接受了犊子氏为代表的古代情爱艺术论的深刻影响，婆罗多在《舞论》中多处借鉴《爱经》，有时还以高度的创造性对其进行艺术发挥。当然，也有印度学者对此持谨慎的态度，但也没有否认婆罗多对犊子氏等人的艺术借鉴。例如，特里帕蒂认为："不清楚究竟是那些托名婆罗多而汇编《舞论》文本的作者们研读过犊子氏的《爱经》，还是犊子氏研究过我们现在所能见到的《舞论》文本。犊子氏和婆罗多之间存在紧密的联系，因为戏剧和剧场将情爱（eroticism）、艳情或爱情作为重要主题进行表演，因此，探讨舞台、戏剧或表演艺术的理论家必须进入'爱欲经论'的领域，婆罗多也须如此。事实上，他的《舞论》第 22、23 章就是探讨'爱欲经论'的某些主题。"[56]婆罗多对犊子氏的《爱经》所取的正是借鉴加发挥路线。正是这种追求创新的思维，使得婆罗多的艳情心理论或情爱表演论颇为出彩。以往的论者往往忽略或根本不知道婆罗多艳情论与犊子氏《爱经》为代表的印度古代情爱艺术论的深刻联系，以致于学者或读者均无法进一步领悟婆罗多艳情论的奥妙所在、魅力所系。因此，研究婆罗多等古典梵语文艺理论家的重要范畴或思想体系，必须回到印度文化经典的历史深度，寻觅其彼此之间的思想关联，感触其远古时代印度智者抱团取暖、相互受益的力度和温度。

---

55 孟春景、王新华主编：《黄帝内经灵枢译释》，上海：上海科学技术出版社，2017年，第411页。

56 Radhavallabh Tripathi, ed. & tr., *Kāmasūtra of Vātsāyayana*, "Introduction," Delhi: Pratibha Prakashan, First Edition, 2005, pp.39-40.特里帕蒂参考的《舞论》并非迦尸本和高斯本，所以他引用的《舞论》在章节体例上与笔者参考的版本不同。

综上所述，二书的确是异中见同，同中有异。这体现了东西方世界古代文艺理论的真实风貌，也是对"东海西海，心理攸同"（钱锺书语）的一种更加深刻而科学、辩证而客观的注解。婆罗多和刘勰这两位古代智者，在中印古代文明发展史上各自留下了辉煌的足迹，其"岁久弥光"的文艺理论巨著，为我们思考中印文明乃至东西方文明发展的诸多历史辩证法，提供了极为宝贵的范本或契机。

第三节　历史影响与跨文化传播

从历史影响看，《舞论》和《文心雕龙》均有值得关注的内容，但不可忽视的是，二者影响后世文学理论、艺术理论、文学与艺术创作等领域的范围与力度均存在明显的差异。与《舞论》的历史影响相比，《文心雕龙》似乎有些相形见绌。这是因为，婆罗多的理论影响遍及戏剧、诗歌（诗学）、舞蹈、音乐、绘画和建筑艺术理论等各个领域，也对文艺创作和艺术表演产生了深刻的影响，而刘勰的理论影响大多局限于古代的文学范畴，偶尔也波及艺术领域。

《舞论》与《文心雕龙》的历史影响有一个相似点值得注意，这便是后世某些学者的注疏、校勘与批点充满创造意识，这无形中延伸了经典的理论生命力。就前者而言，新护的《舞论注》是古代历史上惟一流传下来的、关于婆罗多文艺理论的阐发性注疏。与《舞论》的注疏和批点只有一种流传至今不同，《文心雕龙》的古代校勘、批点本流传至今者绝非一种。

从跨文化传播的地域看，《舞论》和《文心雕龙》的差异更加明显。前者主要影响印度、尼泊尔、斯里兰卡和孟加拉国等南亚各国的文艺理论和文艺实践，也影响了泰国、柬埔寨等东南亚国家，但对东亚国家、西亚国家、欧美国家和非洲国家、拉美国家的跨文化传播力度和幅度较弱，但 19 世纪下半叶起，这一状况逐渐发生了变化；后者的历史传播主要局限于古代日本、朝鲜（包括现在的韩国和朝鲜）、越南等汉字文化圈，对于南亚、东南亚、西亚、欧美国家等的跨文化传播不太多见，但现代以来，这种情况也在逐步发生变化。

《舞论》和《文心雕龙》都是首先向自己的同质文化圈（即印度文化圈和汉字文化圈）而非异质文化圈进行传播的，这种历史传播以学术研究和译介等形式一直延续至今。这也提示人们重新思考跨文化传播的两层内涵：跨越同质文化圈和异质文化圈。《舞论》首先在包括古代印度和尼泊尔在内的印度次大陆流传，再延伸至泰国等东南亚国家，这与《文心雕龙》先在东亚的日本和朝鲜流传、再延伸至其他国家的情形是相似的。

两书在英语世界的跨文化传播还有一个引人注目的现象：《舞论》和《文心雕龙》英译本均为印度本土学者和华裔海外学者或中国本土学者。毋庸置疑，在解读印度古典梵语和中国古代汉语的原著方面，中印本土学者或移居海外的华裔、印裔学者具有天然的语言优势和文化理解优势。

英语世界的第一个《文心雕龙》全译本是 1959 年出版的美国西雅图华盛顿大学教授施友忠的译本。"施友忠的翻译是《文心雕龙》的第一个全译本，对《文心雕龙》的海外传播有着非同一般的影响，此后各国学者纷纷开始《文心雕龙》的翻译和研究。"[57]与宇文所安、休斯（E. R. Hughes）等关于《文心雕龙》的少量选译相比，所有的全译本与大量的选译由华人学者担任。这一情形，和《舞论》的全译和选译几乎全为印度本土学者承担是相似的。就《舞论》的学术研究而言，印度本土学者是绝对的主力，海外印度学者与西方梵语学者是辅助力量，中国、日本、泰国等亚洲国家学者也有不同程度的贡献；就《文心雕龙》的研究而言，中国大陆、香港和台湾地区的学者是最主要的学术队伍，刘若愚、蔡宗齐、吴伏生等海外华裔学者和杜克义（Ferene Tokei）等西方汉学家是辅助力量，而印度学者罕见有人参与相关的翻译和研究，这显示出印度学者"向西看"的心态比中国学者更甚。

新世纪之交，就《舞论》和《文心雕龙》的学术研究国际化而言，二者均有可喜的积极态势。作为中印两国古代文艺理论的巅峰之作，其当代研究的国际化趋势不可逆转。中国"龙学"界可以借鉴印度的世界梵学大会设立《舞论》研究专题的做法，在世界汉学大会等国际学术研讨会上，设立《文心雕龙》研究专题，引领世界汉学研究的新潮流。此外，适时推出《文心雕龙》与《舞论》两大古代文艺理论巨著对话的中印学术研讨会，或许是另一种创新的思维，它必将助益于中印学界的相关研究领域，也必将促进两国学者加深对对方文艺理论名著的认识和了解。

这种美好愿望的憧憬，暂时只能停留在憧憬的阶段，因为印度与中国学界向西看的心态很难在短期内有所改观，他们在可以预见的一个时期，不可能在古典文艺理论领域进行卓有成效的对话与沟通。例如，有的学者在展望《文心雕龙》的未来研究方向时指出："《文心雕龙》既然是一部具有世界意义的伟

---

57 刘颖：《英语世界〈文心雕龙〉研究》，成都：巴蜀书社，2012 年，第 21 页。

大著作，是可以和亚里士多德的《诗学》相媲美的东方诗学代表作，我们更需要从中西比较的角度来研究《文心雕龙》，考察它在世界文学理论和美学思想发展中的重要地位，这也是研究《文心雕龙》的一个非常重要的方面。"[58]这种心态不能说是错的，但它以中国代表东方、以中国文学代表西方文学的姿态，无形中遮蔽了东方文学的丰富内涵与"和而不同"的历史真实，同时也会忽略开拓《文心雕龙》研究新视野的许多契机。

---

58 张少康、汪春泓、陈允锋、陶礼天：《文心雕龙研究史》，北京：北京大学出版社，2001 年，第 591 页。

第十七章 《舞论》与《闲情偶寄》

李渔的《闲情偶寄》是中国古代文艺理论、美学思想史上的重要著作。杜书瀛先生指出，李渔在中国古典文艺理论或戏剧美学史上应该"占有一个突出的地位。他的《李笠翁曲话》，是我国古典戏剧美学的集大成者，是第一部从戏剧创作到戏剧导演和表演全面系统地总结我国古典戏剧特殊规律的美学著作"。[1] 张少康先生指出："李渔的戏剧文学创作思想构成一个完整严密的体系，是对中国古代戏剧理论批评发展的全面总结……清代的戏曲理论批评除李渔之外，很少有完整理论体系的著作，其成就也都无法与李渔相比。"[2] 与李渔这部带有全面总结性质的集大成之作相似，印度古典梵语文艺理论巨著《舞论》（*Nāṭyaśāstra*）也是对古代戏剧艺术的全面论述之作。"婆罗多的《舞论》是一部百科全书式著作。"[3]《舞论》的产生要早于《闲情偶寄》千年之久。两书是中印古代文艺理论的代表作，值得深入比较。

第一节 婆罗多与李渔继承的文化传统

《舞论》与《闲情偶寄》均为世界古代戏剧理论名著，但二书秉承的传统不同，一为印度文化哺育下的古典文艺，一为中国文化土壤中成长的传统文艺。这种差异反映在二书的主要论述对象上，便是乐舞剧与词曲的差异。这种

1　杜书瀛：《论李渔的戏剧美学》，北京：中国社会科学出版社，1982 年，第 13 页。
2　张少康：《中国文学理论批评史》（下），北京：北京大学出版社，2015 年，第 313 页。
3　Bharatamuni, *Nāṭyaśāstra*, Vol.1, ed. & tr. by N. P. Unni, "Introduction," New Delhi: NBBC Publishers, 2014, p.75.

差异反映了中印古代文艺理论发展史的不同轨迹。

对于中印欧古典戏剧理论体系而言，最重要的差异莫过于它们的着眼点和关注重心不同。"西方的古典戏剧理论叫做诗论，印度的古典戏剧理论叫做舞论，中国的古典戏剧理论叫做曲论。这种叫法本身已经透露出三种戏剧本体理论着重点的差异。"[4]印度古代戏剧或乐舞剧与中国古代戏曲，这种名称的不同，似乎预示着二者的内涵及其承载的古代文化传统存在某些重要的差异。

《舞论》是地地道道的戏剧学专著。按照吴文辉先生的观点，它的书名Nāṭyaśāstra可以译作《舞论》、《戏剧学》、《戏曲学》，也可译为《演剧教程》或《表演手册》，不是非要译出一个"舞"字不可，但"舞蹈"和"戏剧"两个梵语词分明语源合一，用词相通，加上古代印度的戏剧和舞蹈关系密切，可以说印度的古典戏剧理论叫做"舞论"还是较为恰当的。[5]

婆罗多以abhinaya一词指代戏剧表演。《舞论》说："戏剧有四类表演方式，它们是各种各样的戏剧形成的基础。"（VIII.8）[6]婆罗多把戏剧表演分为身体、语言、服饰与化妆、情感等为基础的四种类型。婆罗多所谓的戏剧表演或曰表演，是一种融汇了以舞蹈、戏剧与音乐等诸多传统要素的"表演动作"，这是印度古代艺术表演的历史内涵。《舞论》所继承或赖以成型的文化传统与此密切相关。与此联系紧密的还有梵语诗学等。由于梵语戏剧学理论诞生在前，梵语诗学和梵语舞蹈学、音乐学理论等随后产生。换句话说，梵语诗学理论的种子早早地、深深地埋在《舞论》的戏剧理论话语的肥沃土壤中，等到婆摩诃和檀丁等智者出现之时，这些诗学的种子才会开出万紫千红的理论鲜花。这是印度古典梵语文艺理论早期发展史的独特规律。

吴文辉先生指出，中国古典戏剧理论之所以叫做曲论或戏曲论，乃是因为中国的古典戏剧本身叫做"曲"，至今仍然称为"戏曲"。这显然与中国古典文学的独特传统有关。"可惜中国的古典戏剧理论家们没有注意到问题之根本所在……如此说，曲者词也，戏剧即是诗歌了。本来，所谓'曲'的内部实

---

4 郁龙余编：《中国印度文学比较论文选》，杭州：中国美术学院出版社，2002年，第168页。

5 郁龙余编：《中国印度文学比较论文选》，杭州：中国美术学院出版社，2002年，第172-173页。

6 Bharatamuni, *Nāṭyaśāstra*, Part.1, Vol.1, Varanasi: Chaukhamba Sanskrit Series Office, 2017, p.115.

有散曲与戏曲之分，前者是诗歌，后者是戏剧，两者大不相同；但元明清三代文学界、戏剧界、戏剧理论界以至一般文人，都习惯统称之为'曲'。可见在'曲'的背后，已经把戏剧纳入诗歌的范畴了。这种情况，与西方的情况表面相似，实质不同。"[7]具体而言，中国古典戏剧理论把戏剧纳入诗歌范畴，主要从局部着眼于剧本中需要演唱的诗歌，即"歌曲词章"，强调剧本中的曲子尤其是曲词独立的文学审美价值，因此，相对忽略了对戏剧本体论中的情节、语言、音律等要素及友邻艺术如音乐和舞蹈等的整体思考。[8]中国古典戏剧"以曲为本位"，奠定了"曲"或曰"词曲"在戏剧艺术中的崇高地位，这种戏剧形态的构成特色，深深地影响了中国戏剧理论的发展。

中国古典戏剧论长期的"曲本位"立场，是《闲情偶寄》不可避免要承袭的文化传统，当然也是一大优势所在。中国戏曲继承了古代诗文"诗乐合一"的传统，曲牌联套形式规定着戏曲的音乐结构。戏曲台词由"唱"和"白"两部分组成，而唱的部分是主体。唱词的曲牌联套结构即是中国戏曲的主体，这也是古代戏剧理论家习惯于从"曲"的角度探讨戏曲的原因所在。[9]中国古典戏曲理论的成熟期在明代。真正完成"以剧论戏"的理论转型的是清代李渔。与历代戏曲论者不同的是，李渔论曲，首重结构。其次才论及词采、音律、宾白、科诨、格局。[10]

中国古代常常以"搬演"一词指称戏剧的舞台表演艺术，搬演理论自然也就代表了讲究实用的古代戏剧表演理论。"中国古典剧论中的搬演理论比之曲学理论和叙事理论，显得零散而无系统，内容也似乎较难把握。这是因为在中国的文艺大家庭中，戏剧是晚起的形式……搬演理论只能在演剧实践和理论探讨中逐渐产生，因此，较为零散是不足怪的。"[11]

由此可见，李渔是在前人以曲论戏的历史前提下，构思和创作其融汇剧本创作与戏曲表演的《闲情偶寄》的。《闲情偶寄》的"词曲部"和"演习部"，分别代表李渔的剧本创作论和戏曲表演论。"词曲部"主要涉及戏剧结构、

7 郁龙余编：《中国印度文学比较论文选》，杭州：中国美术学院出版社，2002 年，第 175 页。

8 郁龙余编：《中国印度文学比较论文选》，杭州：中国美术学院出版社，2002 年，第 176 页。

9 黄霖主编：《中国文学理论批评史》，北京：高等教育出版社，2016 年，第 320 页。

10 黄霖主编：《中国文学理论批评史》，北京：高等教育出版社，2016 年，第 328 页。

11 谭帆、陆炜：《中国古典戏剧理论史》，上海：华东师范大学出版社，2005 年，第 201-202 页。

词采、音律、宾白、科诨、格局等，"演习部"涉及选剧、变调、授曲、教白和脱套等。"词曲部"在某种程度上体现了前人注重剧本的文学性而非艺术表演性的一面。从该书论述戏曲的这两部分内容看，李渔虽然已经正式步入以剧论戏或以剧论剧、以戏论戏的"专业轨道"，但他的"历史负担"却是不轻，好在他成功地将此"负担"艺术地转化为戏曲话语体系建构的优势。

综上所述，婆罗多与李渔生活的时代相隔千载以上，所继承的文化传统与面临的艺术现实截然不同，因此前者着力论述乐舞剧合一的梵语戏剧，后者倾力关注以词曲创作为基础的剧本创作和戏曲表演以及这二者如何协调统一。从所论内容看，《舞论》涉及乐舞剧及建筑艺术、情爱艺术、数学、地理、宗教仪式等古代的各门知识领域，而《闲情偶寄》则涉及戏曲创作、戏曲表演、歌舞、服饰、修容、园林建筑、花卉、器玩、颐养、饮食男女等艺术和生活中的各种美学现象与基本规律。二书均有某种程度的"杂书"之嫌，但前者的论述主题显然更为集中，后者的论述主题较为散漫，但却是李渔在"文字狱"频发的特殊时代条件下的不得已之举。当然，如从中国古代占主流的儒家文化的世俗性看，李渔将戏曲理论与生活美学联系起来进行思考，恰恰体现了中国戏曲理论继承传统文化的微妙一面，而婆罗多在浓烈的印度教文化语境中，以梵天、湿婆等神灵言说戏剧理论的方方面面，也恰好还原了印度古典文艺理论得以萌芽、生长、发育的历史土壤的真貌。

进一步说，《舞论》也是一种前人和同时代理论的集大成之作，但由于某些相关的古典梵语文献不复存在，它便被后世视为代表了印度古典文艺理论发展史的起源，它是从戏剧论延伸到诗歌论、舞蹈论、音乐论、建筑艺术论的历史见证，而晚于它千年之久出现的《闲情偶寄》则是对前人的诗论、剧论、音律论等的总结和创造性引申。相比而言，这两种集大成式著作均有原创理论，但后者在覆盖面上明显逊色。

第二节　戏剧本体

这里所谓的戏剧本体论，主要指《舞论》和《闲情偶寄》关于戏剧功能（目的）、题材、情节（结构）、语言、类型、角色、观众审美等不同层面的论述。二书在这些论述主题上，呈现出异同交织的复杂情形。

就戏剧功能或戏剧目的而言，《舞论》作者假借梵天之口说："戏剧将根据上、中、下各色人等的行为，产生利益和教诲，赐予安宁、娱乐与欢喜。这种戏剧将从各种味、情及所有业果中产生一切教诲。这种戏剧将为世上的痛苦者、疲倦者、悲哀者和苦行者带去安心静息。这种戏剧将引导世人如何遵循正法、博取美名、延年益寿、获得利益和更为睿智。"（I.112-115）[12]源自宗教的戏剧，自然要为身为教徒的观众服务，宗教教诲与身心愉悦并行不悖，这就是印度古代的寓教于乐。

《闲情偶寄》的创作处于清代"文字狱"频发的时代，作者不可能畅所欲言。李渔自言其书所期盼者，不外乎"点缀太平"、"崇尚俭朴"、"规正风俗"、"警惕人心"等。"是集惟《演习》、《声容》二种为显者陶情之事，欲俭不能，然亦节去靡费之半。"[13]尽管受制于严酷的创作环境，李渔不能尽情说出戏曲表演的现实功能与娱乐宗旨，但还是在某些地方如《演习部·选剧第二》中以曲折迂回的方式全盘托出："今人之所尚，时优之所习，皆在热闹二字；冷静之词，文雅之曲，皆其深恶而痛绝者也……予谓传奇无冷热，只怕不合人情。如其离合悲欢，皆为人情必至，能使人哭，能使人笑，能使人怒发冲冠，能使人惊魂欲绝，能使鼓板不动，场上寂然，而观者叫绝之声，反能震天动地。"[14]由此可见，与婆罗多大谈戏剧神圣超俗而又贴近现实的多重功能相比，李渔的戏剧功能说讳莫如深而又单调平板。

就戏剧题材而言，《舞论》作者假借梵天之口说，戏剧模仿三界一切情境，也模仿世人的行为举止，表现人神的七情六欲，这便是婆罗多的广义题材说。李渔虽然没有在书中明确写出"人生"二字，但其关注人生现实的戏剧题材说仍旧有迹可循。李渔说："传奇所用之事，或古或今，有虚有实，随人拈取……人谓古事多实，近事多虚。予曰不然。传奇无实，大半皆寓言耳。欲劝人为孝，则举一孝子出名，但有一行可纪，则不必尽有其事。"[15]当代学者谓之早期"典型化"学说，但这种寓言性质的清代"典型说"，实则建立在现实人间的烟火气息之上，它与婆罗多涵盖人神世界、超越三界的广义题材说区别明显。

婆罗多的情节五阶段说将重心落在成功上。戏剧情节的发展和角色的一切活动都指向成功的结局。这与中国古代戏剧追求圆满的结局非常相似。它显

12 Bharatamuni, *Nātyaśāstra*, Part.1, Vol.1, Varanasi: Chaukhamba Sanskrit Series Office, 2017, p.11.
13 李渔：《闲情偶寄》（上），杜书瀛译注，北京：中华书局，2017 年，第 19 页。
14 李渔：《闲情偶寄》（上），杜书瀛译注，北京：中华书局，2017 年，第 190 页。
15 李渔：《闲情偶寄》（上），杜书瀛译注，北京：中华书局，2017 年，第 64 页。

示了东方民族文化心理的某种一致。情节必须"描画一个预先设定的弧线——一切都是既定的。"从开始到努力，到希望和失望，再到不确定和确定，最后抵达成功。换句话说："情节必须成为人们努力的一种模式：奋斗、进取，在最初的挫败后，必然会以成功告终。这就是既定。"[16]

李渔的"结构第一"的思想，是对中国古典戏剧理论的创造性发展。与《舞论》的情节论相近的内容，可见于《词曲部上·格局第六》。这一部分重要谈论戏剧的开端和结尾等问题。李渔写道："上半部之末出，暂摄情形，略收锣鼓，名为'小收煞'……全本收场，名为'大收煞'。此折之难，在无包括之痕，而有团圆之趣。"[17]与婆罗多的情节发展五阶段说（开始、努力、希望、肯定和成功）相比，李渔的五款"格局"说虽然在追求团圆或成功的心理动机上相似，但他对情节发展的艺术设计显然要更胜一筹。

在戏剧语言论方面，二人存在诸多的相似之处，但也存在某种差异。李渔的戏剧语言个性化、语言符合社会身份和语言"贵洁净"等主张与婆罗多不谋而合。相比而言，婆罗多对语言的重视更甚。婆罗多将使用梵语和俗语者的身份进行分类，这与李渔的说明有些相似。综合地看，李渔关于戏剧语言通俗化即"贵浅显"的主张，在婆罗多这儿并不陌生，即便存在种姓制度和古典梵语戏剧的精英化，婆罗多语言观的开放性并未受到极大的限制。相反，婆罗多并未限制方言的运用，而李渔对此予以限制："凡作传奇，不宜频用方言，令人不解……传奇天下之书，岂仅为吴越而设？"[18]两相对照，婆罗多对语言的分类运用论述更为详尽，因为他介绍了戏剧人物运用的 4 类语言。婆罗多还为剧作家如何命名剧中男女角色制定了各种规则。这些独具印度特色的条分缕析的戏剧语言论，是李渔的书中所缺乏的内容。婆罗多论述戏剧语言音乐美的姿态，也可见于李渔。稍微不同的是，李渔主要是从音韵学（或语音学）而非严格的音乐学视角，对语言的问题给予重视。

婆罗多将戏剧分为 10 种主要类型不同，李渔接受的是前人的南戏、北戏二分法，且对传奇情有独钟，所论皆围绕传奇而述。

在角色的划分上，婆罗多显然比李渔更为细致。《舞论》将演员扮演的男女角色（prakṛti）分为 3 等，男主角分为 4 类，女主角也分为 4 类。《舞论》

16 M. S. Kushwaha, ed., *Dramatic Theory and Practice Indian and Western*, Delhi: Creative Books, 2000, p.25.

17 李渔：《闲情偶寄》（上），杜书瀛译注，北京：中华书局，2017 年，第 175 页。

18 李渔：《闲情偶寄》（上），杜书瀛译注，北京：中华书局，2017 年，第 151 页。

第24章以爱情状态或艳情味为切入点，将戏剧情境表演中的女主角分为8个类型：妆扮以候型、苦于分离型、恋人温顺型、争吵分开型、恋人移情型、恋人爽约型、恋人远游型、寻找恋人型。婆罗多对女性角色不惜笔墨的论述，似乎也与其高度重视女演员的天生优势有关。例如，他说："乐于乐舞而不知疲倦，这常常是女演员的优点，戏剧表演的柔美和力度皆出于此。同蔓藤因鲜艳花朵显得美丽，女演员擅长表演爱和相关情景，戏剧因而魅力倍增。"（XXXV.44-45）[19]婆罗多对各类女主角不厌其烦的形式主义分析，成为后来的梵语戏剧理论家、梵语诗学家处理、思考女主角和艳情味的理论基础。

对于李渔来说，角色的划分无外乎生、旦、净、丑、外、末等几种类别。这说明，中国古典戏剧理论在人物角色的塑造上追求一种"类型化"的美学风格。与婆罗多的规定相似，中国古典戏剧理论对生旦净丑等角色的表演规定也非常严格。不同的是，李渔等人对生旦净丑很少进行繁琐细致的一再分类。

黄宝生先生认为，味作为戏剧观众的审美原理，是婆罗多首先在《舞论》中提出的。李渔没有关于戏剧观众审美情感的详细分类。中国古典戏剧理论在强调戏剧整体审美效果的基础上，还稍微突出了对"奇"和"趣"的审美要求。这里的"奇"包括新奇和奇异，有些近似于婆罗多提出的戏剧八味里的"奇异味"。[20]如此说来，李渔缺乏对婆罗多八味的相应论述，并非其理论缺失，相反，这却是中国传统文化熏陶下的一种审美潜意识。

第三节 戏剧导演

印度古代剧团中的 sūtradhāra 可以直译为"提线者"、"执线者"，他是戏班主人或曰舞台监督。婆罗多提到的 ācārya（上师）似乎与他有着某种微妙的联系，这二者是否一人，有待考察。戏剧轨范师也可视为印度古代剧团或戏班的"优师"，戏班主人或"优师"的地位和作用与中国古代的导演有些类似。杜书瀛先生指出，中国古代虽无导演之名，却有导演之实，宋代乐舞中的"执竹竿者"，南戏中的"末泥色"，元杂剧中的"教坊色长"、戏班班主，明清戏曲中的"优师"，都行使或部分行使着类似于导演的职责。李渔亲自充

---

19 Bharatamuni, *Nāṭyaśāstra*, Vol.2, Varanasi: Chaukhamba Sanskrit Series Office, 2016, p.202.

20 郁龙余编：《中国印度文学比较论文选》，中国美术学院出版社，2002年，第201页。

当优师和导演的工作，并自己写戏，自己教戏，自己导戏。李渔继承前人的研究成果，结合自己的艺术实践经验，对戏曲表演和导演问题提出了"许多至今仍令人叹服的精彩见解。《闲情偶寄》的《词曲部》再加上其他谈导演的有关部分，就是我国乃至世界戏剧史上最早的一部导演学"。[21]

《舞论》第 5 章介绍序幕表演时，涉及戏班主人即导演的表现。戏班主人表演最后一个环节，以吸引观众的注意力，揭示戏剧表演的主题。所有仪式表演完毕，戏班主人和两位助手退场。当序幕按前述方式表演完毕，戏班主人及其助手退出舞台，职责与戏班主人相似的一位主持人进入舞台。"他循规蹈矩地取悦舞台前的观众，称颂（创作戏剧的）诗人大名，然后宣布诗（戏剧）的序幕（prastavana）正式开始。他提到神话剧中的神，俗世剧中的人、人神混合剧中的人与神，并以各种方式提示戏剧情节的开头关节和种子原素。宣布戏剧开演后，他须退场。序幕须按仪轨如此表演。"（VIII.171-174）[22]序幕仪式表演，实质上是由 18 个小项构成的宗教仪式剧。

《闲情偶寄》中难以找到《舞论》对序幕表演的相关叙述。这主要是因为中国古典戏曲表演，大多没有这种宗教仪式感十足的序幕表演。但是，仔细斟酌也可发现，李渔在《闲情偶寄》的"词曲部下·格局第六"之"家门"和"冲场"中所介绍的某些表演程式，与《舞论》中序幕表演时戏班主人的所作所为有点近似。李渔所谈"家门"和"冲场"，即戏曲的开端。所谓的"家门"就是通过演员出场自报家门，以引起故事的开头。"开场第二折，谓之'冲场'。冲场者，人未上而我先上也，必用一悠长引子。引子唱完，继以诗词及四六排语，谓之'定场白'，言其未说之先，人不知所演何剧，耳目摇摇，得此数语，方知下落，始未定而今方定也。此折之一引一词，较之前折家门一曲，犹难措手。务以寥寥数言，道尽本人一腔心事，又且蕴酿全部精神，犹家门之括尽无遗也。"[23]

与《舞论》中戏班主人亲自上场自报家门、提示剧情与角色等不同，《闲情偶寄》对"优师"即戏曲导演的岗位职责似乎缺乏此类规定。相反，他对导演的剧本选择和所谓的"变调"（对剧本的二度创作和艺术处理）极为重视。在李渔看来，导演的首要工作是选择好的剧本："吾论演习之工而首重选剧

21 李渔：《闲情偶寄》（上），杜书瀛译注，北京：中华书局，2017 年，第 183 页。
22 Bharatamuni, *Nātyaśāstra*, Part.1, Vol.1, Varanasi: Chaukhamba Sanskrit Series Office, 2017, pp.73-74.
23 李渔：《闲情偶寄》（上），杜书瀛译注，北京：中华书局，2017 年，第 171 页。

者，诚恐剧本不佳，则主人之心血，歌者之精神，皆施于无用之地。"[24]构思艺术化地呈现在观众面前，或曰将语言艺术转化为表演形态的空间艺术。所谓的"变调"主要包括"缩长为短"和"变旧成新"两项。

《舞论》对戏班主人的必备素质的叙述是："我将说明戏班主人（sūtradhara）的品质。首先，他应掌握一切与戏剧表演相关的情况，懂得理想的语言修饰，懂得节奏的规则，懂得音调和乐器的一般原理。精通四种乐器，熟悉其种种演奏方式，熟悉各种异教外道的仪式，熟悉《政事论》的要义和精髓，熟悉妓女的举止言行，精通《爱经》，熟悉各种步姿和动作表演，通晓情味，精通戏剧表演，掌握各种技艺，通晓词句与诗律的规则，通晓一切经论，懂得星相原理，熟悉人体机能，知晓地球各方情形及山川、人口、风俗习惯，熟悉王族世系后代，聆听并理解经论要义与行为规则，将其付诸实践、教诲与人，具有这些品质的人，可为轨范师（ācārya）和戏班主人。请听我讲述戏班主人的自然品质：记忆力好，富有智慧，稳重大方，语言坚定，富有诗意，健康，温柔，仁慈宽厚，话语亲切，不骄不躁，语言真诚，聪明伶俐，纯洁正直，不贪心，不奢求赞许，这便是他的自然美德。"（XXXV.66-74）[25]反观婆罗多对戏班主人（舞台监督或导演）的叙述可知，他并未要求其选择剧本、二度创作，只是要求他知识渊博、人格高洁、威仪端庄等。

在李渔看来，导演的要务还包括教授演员唱曲。他以"演习部·授曲第三"解说此事。他的要求是"解明曲意"、"调熟字音"、"字忌模糊"、"曲严分合"、"锣鼓忌杂"和"吹合宜低"。导演的另一个任务是教会演员宾白即念白、说白。

不过，与李渔要求导演教授和训练演员唱曲、宾白、歌舞以及挑选演员扮演戏中角色等相似，婆罗多也对戏班主人和相当于"优师"的轨范师等提出了相应的要求。这说明两人同时意识到作为戏班灵魂的导演或优师的极端重要性。

《舞论》对戏剧轨范师或曰"优师"训练女演员乐舞表演和反串男角的叙述是："轨范师应按经论教诲训练女演员，聪明的轨范师不能让她们自己练习表演。应该认真地训练女演员表演男角，因其本性表现为娇娆妩媚。……乐于乐舞而不知疲倦，这常常是女演员的优点，戏剧表演的柔美和力度皆出于

---

24 李渔：《闲情偶寄》（上），杜书瀛译注，北京：中华书局，2017 年，第 184 页。
25 Bharatamuni, *Nāṭyaśāstra*, Vol.2, Varanasi: Chaukhamba Sanskrit Series Office, 2016, pp.204-205.

此。如同蔓藤因鲜艳花朵显得美丽，女演员擅长表演爱和相关情景，戏剧因而魅力倍增。应始终重视女演员的乐舞训练，因为缺少乐舞表演，就没有情味和肢体动作的美丽。"（XXXV.40-46）[26]

在"声容部·歌舞"中，李渔从男权中心主义意识出发，论及如何教授女子学习歌舞、以"习声容"的方法。对于李渔这个戏曲家而言，教习歌舞的目的是登台演戏。他从三个方面谈到了如何教习演员：取材、正音、"习态"（培养演员的舞台做派）。"这三个方面，李渔都谈出了很有见地的意见，甚至可以说谈得十分精彩。"[27]

由此可见，婆罗多和李渔都特别重视戏班主人或优师对女演员的演技和乐舞技能的教习和训练，这主要是因为二人都在很大程度上认识到了女子在戏剧和乐舞表演中的天然优势。当然，在李渔这儿，女子习乐舞主要是使其更好地成为男子的审美欣赏、甚至是性享受和消费的对象，这一迹象在婆罗多的论述中罕见。李渔对女子天生的表演优势未加明言，但其"声容部"的四款标题即"选姿第一"、"修容第二"、"治服第三"和"习技第四"，无疑表明了男权意识下的女子"优越"论或戏曲优伶"优越"论姿态。两相对照，李渔由于身处中国传统的儒家文化氛围，也由于他是从性别消费的角度出发考虑问题，不可能大张旗鼓地为女子的戏剧表演和乐舞优势叫好，但其论述在客观上与婆罗多的女子表演优越论达成了某种程度的一致。这既是中印传统戏剧理论家相隔千年的文化自觉，也是人类艺术实践的理论总结。

关于导演或优师对戏剧角色或演员的选择，婆罗多和李渔都有相关的论述，且前者的论述更多。婆罗多主张根据演员的气质和性格特征，选择戏剧角色的扮演者。对于找不到合适演员的角色，婆罗多认为可以通过优师的调教训练，培养合格的扮演者。婆罗多的"取材"是着眼于戏剧中的各个角色，而李渔的"取材"关注演员的行当本身即生、旦、净、外、末、丑等。两人都重视演员的仪容体态、嗓音吐词等。两人也都注意到某些特殊情况的"取材"，都以灵活而辩证的姿态解决了相应的复杂难题。总之，婆罗多和李渔的戏剧导演论，是中印古代文艺理论宝库的重要内容，值得当代学者仔细斟酌、细加辨析和深入比较，从而为中印文化心灵对话创造更多有价值的思想平台。

26 Bharatamuni, *Nāṭyaśāstra*, Vol.2, Varanasi: Chaukhamba Sanskrit Series Office, 2016, pp.201-202.
27 李渔：《闲情偶寄》（上），杜书瀛译注，北京：中华书局，2017 年，第 356 页。

第四节　戏剧表演

《舞论》和《闲情偶寄》涉及戏剧表演原则、音乐、舞蹈、服饰等内容的相关论述，也可进行简略比较。这些内容，体现出相隔千载的中印理论家在缺乏思想互动的历史前提下，各自独立进行的艺术思考。

《舞论》的三大论述主题是戏剧、舞蹈和音乐。该书对戏剧的理解是，它是乐舞戏或乐舞剧三合一的综合性艺术，它既是一门空间艺术，也是一门时间艺术。《舞论》第 28 章指出："声乐（gana）、器乐（vadya）和舞蹈（natya）各有魅力，戏剧导演应将其当做火环连贯运用。"（XXVIII.7）[28]《舞论》第 32 章则指出："歌声在前，器乐在后，舞蹈相随。歌声与器乐、肢体（舞蹈）的配合，叫做表演（prayoga）。"（XXXII.435）[29]婆罗多把舞蹈表演视为戏剧表演或曰综合性艺术表演的一个重要组成部分。婆罗多不仅视乐、舞、剧为一体，还在某些章节突出舞蹈的地位，将舞蹈视为戏剧象征性表演的重要手段。

《闲情偶寄》对戏曲表演中乐舞剧三要素合一的理解类似《舞论》，但缺乏明确的文字论述。这并不影响李渔的三合一戏剧观，但从实际情况看，他对戏剧、舞蹈和音乐三者关系的深入思考，并未达到婆罗多那样高度的理论自觉。因此，他只在"声容部"的"丝竹"和"歌舞"两处简要论及女子如何学琴、如何学习歌舞。这种在很大程度上偏离乐舞剧综合表演的初衷，使其理论思考难以比肩于印度前辈婆罗多。

当然，李渔的中国特色理论也自有可取之处，这就是他在"天人合一"意识中对弦乐、管乐和人声歌唱的关系的思考，如"演习部·授曲第三"之"吹合宜低"说："丝竹肉三音，向皆孤行独立，未有合用之者，合之自近年始。三籁齐鸣，天人合一，亦金声玉振之遗音也，未尝不佳。"[30]这种强调器乐为辅、歌唱为主的思想，与婆罗多的思想没有太大的出入。而"声容部·习技第四"对乐器与女性体型相配或箫笛并吹的设计，在《舞论》中难以想象。

婆罗多和李渔在论述歌舞时，均涉及乐器分类。《舞论》将乐器分为弦鸣乐器、体鸣乐器、气鸣乐器和膜鸣乐器等四类，又分声乐（人声）和器乐两

28　Bharatamuni, *Nāṭyaśāstra*, Vol.2, Varanasi: Chaukhamba Sanskrit Series Office, 2016, p.1.

29　Bharatamuni, *Nāṭyaśāstra*, Vol.2, Varanasi: Chaukhamba Sanskrit Series Office, 2016, p.136.

30　李渔：《闲情偶寄》（上），杜书瀛译注，北京：中华书局，2017 年，第 233 页。

类，这是较为科学的。李渔没有明确的器乐分类，但他所谓的"丝竹肉三音，向皆孤行独立"，大抵蕴含了乐器的分类思想，即古代的弦乐、管乐和人的歌声。

无论是《舞论》或《闲情偶寄》，都在自然表演的基础上，提炼了角色反串等基本原理。例如，婆罗多指出："在戏剧表演中，演员应依据其年龄和服饰，以身体的自然形态表演角色……在舞台上表演的人物角色可以分为三类：本角（anurupa）、异角（virupa）、串角（rupanusarini）。女人扮演同龄的女性角色，男人扮演同龄的男性角色，这是本角。儿童扮演老人，或老人扮演儿童，且在戏中流露真性，这是异角。男人表演女人的情态，或女人表演男人的性情，优秀演员们称之为串角。女人也可随心所欲地扮演男性角色，但老人和儿童不可模仿彼此的举止动作。"（XXXV.25-32）[31]

与婆罗多相比，李渔对男女反串的情形论述较多，且对相关的表演技巧作了更为详细的说明。明代徐渭在《西厢序》中指出："世事莫不有本色，有相色。本色犹俗言正身也，相色替身也。替身者，即书评中婢作夫人终觉羞涩之谓也。婢作夫人者，欲涂成主母而多插带反掩其素之谓也。故余于此本中贱相色，贵本色。"[32]这里提到的"本色"与"相色"似乎与婆罗多谈论的"本角"与"异角"相近，但又有所差别。

戏剧表演是一种公开的大众娱乐、文明活动，角色的表演自然须在健康文雅的状态下进行。婆罗多和李渔均已认识到这一点。例如，婆罗多指出："熟悉戏剧法的人知道，不能在舞台上表演睡觉的动作。如出于某种原因须得如此表演的话，这一幕戏就此结束。如某人没有目的地单独睡觉或与人同眠，此时在舞台上不能表演接吻、拥抱、用牙齿咬、用指甲抓、松裤带、按胸脯和下唇等动作。进食，在水中嬉戏，或不道德的行为，均不宜在舞台上表演。因为父亲、儿子、岳母和婆母坐在一起观看传说剧（戏剧），所有这些动作应尽量避免表演。"（XXIV.291-295）[33]李渔则认为科诨表演很重要，不可取代，但须忌淫邪，以利于雅俗共赏。他对科诨表演提出了严格的要求，即演员应避免低

31 Bharatamuni, *Nāṭyaśāstra*, Vol.2, Varanasi: Chaukhamba Sanskrit Series Office, 2016, pp.200-201.

32 秦学人、侯作卿编著：《中国古典编剧理论资料汇编》，北京：中国戏剧出版社，1984年，第38页。

33 Bharatamuni, *Nāṭyaśāstra*, Part.2, Vol.1, Varanasi: Chaukhamba Sanskrit Series Office, 2017, p.197.

级庸俗和色情下流的表演："戏文中花面插科，动及淫邪之事，有房中道不出口之话，公然道之戏场者。无论雅人塞耳，正士低头，惟恐恶声之污听，且防男女同观，共闻亵语，未必不开窥窃之门，郑声宜放，正为此也……人问：善谈欲事，当用何法，请言一二以概之。予曰：如说口头俗语，人尽知之者，则说半句，留半句，或说一句，留一句，令人自思。则欲事不挂齿颊，而与说出相同，此一法也。"[34]与婆罗多相比，李渔对舞台表演忌淫邪的论述较多，且对相关的表演规则作了更为详细的说明。婆罗多并未对不宜公开表演的内容如何表演进行说明。

婆罗多和李渔都认为，必要的戏剧化装和服饰是无可指责的，但演员们运用的道具或服饰不宜沉重，也不宜太过奢侈、艳俗，因为负载过重会妨碍戏剧表演的正常进行，奢侈浮艳则有违戏剧表演的随意自然。这说明中印古代理论家都对戏剧表演的细节洞若观火，这与他们自身具有丰富的戏剧表演经验或亲自指导演出的经历有关。

印度古典文艺理论自婆罗多《舞论》始，有论述"诗病"之传统，而中国古典文论也有这一传统，只不过时间晚于印度。因此，不难理解《舞论》和《闲情偶寄》均有论述"戏病"或"诗病"、"乐病"或"舞病"的相关内容，它们自然与"戏德"或"诗德"和"乐德"等相对应。明代另一位戏曲理论家王骥德在《曲律》中也运用"曲之病也"亦即"曲病"的概念。[35]这是辩证法在东方古典文艺理论中的合理运用。两相对照，婆罗多论述"戏病"的范围更宽，涉及戏剧表演的舞蹈、音乐成分，而李渔只是就戏曲表演中的服装、语言等进行诟病，并未涉及戏曲的歌舞因素。相近的是，二人在诟病或指瑕时，均对某些"戏病"开出了相应的"药方"。

《舞论》论述戏剧的范围更为宽泛，篇幅更为宏大，《闲情偶寄》无法涵盖前者所论述的许多主题或内容。婆罗多戏剧论的核心即四大表演论：语言表演、真情表演、形体表演和妆饰表演。婆罗多不仅论及舞台的空间表达法和两种典型的戏剧表演法即世间法（laukiki）和戏剧法（natyadharmi），还论及道具制作、演员化妆和服饰表演、各种戏剧表演风格和地方风格等。上述内容，有一些是李渔所关注的，也有一些内容是其未关注的。

---

34 李渔：《闲情偶寄》（上），杜书瀛译注，北京：中华书局，2017 年，第 158 页。

35 王骥德著，陈多、叶长海注释：《曲律注释》，上海：上海古籍出版社，2012 年，第 275 页。

第五节　历史影响和跨文化传播

印度学者瓦赞嫣指出："《舞论》一问世，就影响了批评理论和艺术创造，这不仅波及戏剧艺术、文学、诗歌、音乐和舞蹈，还涉及建筑、雕像和绘画。"[36]她还认为，可以推断婆罗多的《舞论》是印度文艺理论惟一的综合性文献来源。该书与其他同时代的著作一道，催生了各种分支的传统著作，它们包括诗学、戏剧学、舞蹈学著作，也包括美术理论著作。"所有这些著作都全部或部分地借鉴了《舞论》……很明显，早在《舞论》成型之时，它便开始衍生出不同但却相关的支流。这些支流涉及诗学、戏剧、音乐、舞蹈、建筑、雕像和绘画论者。"[37]事实的确如此。《舞论》不仅深刻地影响了梵语戏剧论者、梵语诗学家、舞蹈论者、音乐论、绘画和造像论者，也对后来的戏剧名著和乐舞表演等产生了影响，这可视为戏剧理论影响艺术实践的鲜活例证。例如，迦梨陀娑在戏剧《优哩婆湿》中谈到婆罗多教导的戏剧"含有 8 种味"。[38]薄婆菩提在戏剧《罗摩后传》中提到婆罗多的大名以示敬意。[39]

客观而言，与《舞论》范围广阔的深远影响相比，《闲情偶寄》虽有些相形见绌，但也发生了较为重要的历史影响。这是因为，婆罗多大约生活在中国的秦汉之际，其理论影响遍及后来的戏剧、诗歌（诗学）、舞蹈、音乐、绘画和建筑艺术理论等各个领域，也对后世文艺创作和艺术表演产生了深刻的影响；李渔出生在晚于婆罗多千余载的明代，他是在继承前辈学者理论的基础上，吸纳金圣叹等人的思想要素，对中国古典戏剧理论进行集大成式的思想总结。1671 年即康熙十年，《闲情偶寄》付梓问世。它对后世产生了重大的影响。有些戏剧论著，如清代杨恩寿的《续词馀丛话》和民国初年吴梅的《顾曲麈谈》，存在大量袭用《闲情偶寄》原话的情况。吴梅的《顾曲麈谈》分为《原曲》、《制曲》、《度曲》和《谈曲》四章，其中的《制曲》第一节"论作剧法"确乎存在大量借鉴和袭用《闲情偶寄》论结构、词采、音律、宾白、科诨等的内容。[40]近代著名学者胡梦华、朱东润、曹百川等均对李渔以极高的评价，或

36　Kapila Vatsyayan, *Bharata: The Nāṭyaśāstra*, New Delhi: Sahitya Akademi, 2015, p.102.

37　Kapila Vatsyayan, *Bharata: The Nāṭyaśāstra*, New Delhi: Sahitya Akademi, 2015, pp.115-116.

38　C. R. Devadhar, ed. & tr., *The Works of Kālidāsa: Three Plays*, Vol.1, Delhi: Motilal Banarsidass, 2015, p.53.

39　薄婆菩提：《罗摩后传》，黄宝生译，上海：中西书局，2018 年，第 105 页。

40　吴梅：《中国戏曲概论》，北京：中国人民大学出版社，2004 年，第 50-69 页。

将《闲情偶寄》与亚里士多德的《诗学》相提并论。"由此可见李渔剧论在后人心目中的地位。实际上,这部著作也确实是中国古典戏剧美学史上十分重要的一部作品。如果把它称为一块里程碑,在一定意义上说,也并不算是过誉。"[41]客观地说,李渔接受前人的影响,似乎要多于他惠及后人的施与。因此,李渔对后世文艺理论家和文艺实践的历史影响,与印度前辈婆罗多相比,似乎要稍逊一筹。

从跨文化传播的地域看,《舞论》和《闲情偶寄》的差异明显。前者主要影响印度、尼泊尔、斯里兰卡和孟加拉国等南亚各国的文艺理论和文艺实践,也影响了泰国、柬埔寨等东南亚国家,但对东亚国家、西亚国家、欧美国家和非洲国家、拉美国家的跨文化传播力度和幅度较弱,但19世纪下半叶起,这一状况逐渐发生了变化;后者因为出现较晚,其历史传播主要局限于日本等地,19世纪晚期至今逐渐流传到西方,但它对印度等南亚国家的跨文化传播罕见。

跨越三个世纪的《舞论》翻译和研究,以欧洲近现代梵学家为先驱,以印度学者为大本营和中流砥柱,以中国、泰国、日本等亚洲国家的学者和欧美当代学者为侧翼,组成了世界"《舞论》学"的三驾马车。具体而言,欧美梵学界与亚洲学者的翻译和研究构成了《舞论》世界传播的生力军,而印度学者的相关翻译和研究既确保了古代文化传统的薪火相传,也为世界范围的《舞论》研究提供了充实的原料和动力。相比而言,中国学者的《舞论》译介和研究落在了西方和印度学者的后边。

有的学者指出:"李渔堪称中国古代的通俗文化大师,成就斐然,声名远播。他的戏曲和小说先后被译成日文、英文、拉丁文、法文、德文和俄文等在世界各地出版、译介,《闲情偶寄》也在国外有多种节译本和选译本。李渔的作品几乎在世界所有重要图书馆中都有收藏。"[42]客观而言,《闲情偶寄》的跨文化传播与《舞论》相比似乎要稍微逊色。根据学者的介绍可知,李渔的戏剧和小说在国外受人欢迎,但其包含戏曲理论的生活美学著作《闲情偶寄》在国外除了日译本外,似乎一直缺乏各种外文的全译本。国外学者专攻李渔戏曲理论或美学的也不多见。"国外对于李渔的研究,主要还是集中于李渔的戏

---

41 杜书瀛:《李渔美学思想研究》,北京:中国社会科学出版社,1998年,第3页。

42 王飞:《李渔闲情美学思想研究》,北京:中国传媒大学出版社,2019年,第35-36页。

曲、小说创作，而对于其以《闲情偶寄》为核心的生活美学的内容，还基本停留在译介水平，鲜有跳出文本本身所开展的更进一层的研究，即使有相关的研究，也多是零散不成体系的。"[43]

综上所述，与《舞论》相比，《闲情偶寄》的历史影响和跨文化传播均有某种落差。我们虽然承认李渔对中国古代戏剧理论的总结和力求创新是一种杰出的历史贡献，但事实胜于雄辩，公元前后便产生的《舞论》确实是空前绝后的世界文艺理论名著，它的耀眼光芒有目共睹。但是，我们也不可妄自菲薄，因为在比较视野下考察，《舞论》的印度特色永远也无法遮蔽《闲情偶寄》的中国特色。所谓的"各美其美、美美与共"，用在此处较为适宜。

---

43 王飞：《李渔闲情美学思想研究》，北京：中国传媒大学出版社，2019 年，第 41 页。

第十八章　中国戏剧起源与中印比较：兼谈德江傩堂戏和酉阳面具阳戏

　　季羡林先生在 1988 年 11 月 7 日撰写的一篇文章《吐火罗文 A（焉耆文）〈弥勒会见记剧本〉与中国戏剧发展之关系》（基于季先生在 1988 年冬应邀赴香港中文大学讲学的提纲扩写而成）中，借鉴欧洲学者温特尼茨的观点指出，印度戏剧和中国戏剧有八个相似的特点："1.韵文和散文杂糅，二者相同，在中国是道白与歌唱相结合；2.梵文、俗语杂糅，中国戏剧从表面上看不出来；但是倘仔细品评，至少在京剧中员外一类的官员与小丑的话是不相同的；3.剧中各幕时间和地点随意变换，二者相同；4.有丑角，二者相同；5.印剧有开场献诗，中国剧有跳加官，性质相同；6.结尾大团圆，二者基本相同，中国剧间有悲剧结尾者；7.舞台，印剧方形，长方形或三角形，中国剧大抵方形。……8.歌舞结合以演一事，二者相同。"[1]这说明，中国传统戏剧和印度古典梵剧存在某种程度的可比性。在此之前，还有部分学者如郑振铎认为中国古代戏曲源自印度戏剧的影响，即"印度输入"说。对此，郑传寅先生指出："我认为这一判断并没有充足的根据。印度梵剧与古代戏曲确有相似之处，但也有较大的差异。中印戏剧的相似性未必能证明其'血缘关系'，而两国戏剧的差异倒似乎可以说明'输入'说难以成立。"[2]他还认为，梵剧和戏曲都生长在东方，

1　季羡林：《季羡林全集》（第 17 卷），北京：外语教学与研究出版社，2010 年，第 564-565 页。
2　郑传寅：《古代戏曲与东方文化》，武汉：武汉大学出版社，2007 年，第 50 页。

而中印古代文化交流源远流长，因此不难理解两种戏剧中存在某些相似性。如二者都喜欢载歌载舞，都喜欢"大团圆"结局，都采用时空自由转换的开放式线性结构，都有相当一部分剧目融入了宗教智慧，具有仙俗交通、人神杂出的"神性品格……但长期以来，道其同者不但忽略中、印戏剧的差异，而且力图夸大其相同之处，对那些表面上相似而实则不同的特点则缺乏深入的体察。其实，梵剧与戏曲也是有不少不同之点的"。[3] 窃以为，无论是梵剧与戏曲（戏剧）的相似或差异，都无法否认比较研究二者的学术意义。事实上，中印古代戏剧理论比较是自然而合理的学术实践，因为两国的文化和思想宝库中都有丰富而独特的戏剧理论体系。与此相应，中国古代戏剧或民间传统戏剧与印度古代戏剧或传统戏剧之间，也自然存在比较研究的基础，并且这种基于比较文艺学或比较艺术学、文化人类学的文明互鉴，将给我们更准确、更深入地考察、分析中国传统戏剧提供一些新的视角或契机。因此，本章以德江傩堂戏和重庆酉阳面具阳戏为例，对中国傩戏与印度古典梵剧及其现代变体库迪亚旦剧（Kutiyattam）进行简略比较，以探索中印戏剧表演艺术的某些异同。

第一节　中国戏剧起源

论者指出："中国戏曲的源头可以追溯到中华民族渺远的远古时代，但其成熟期一直到公元 12 世纪才真正到来。换言之，只有 12 世纪形成的南戏和 13 世纪形成的北杂剧，以及以后走向繁荣和发展的戏曲，才是中国戏曲的本体，此前为戏曲的孕育期，孕育期的各种类型的'雏形的戏曲'对戏曲的成熟和艺术特征的形成均有影响。与公元前 6 世纪后期诞生的古希腊戏剧、公元前后诞生的古印度梵剧相比，中国戏曲显得相当的'晚熟'，其创生过程更为艰难而又迟缓、曲折而又漫长。"[4] 这说明，中国戏曲（戏剧）在世界三大古典戏剧体系中是发展和成熟最晚的一支，而梵剧为代表的印度古典戏剧至少已有两千多年的历史。

黄宝生先生对印度戏剧的起源探索是联系古希腊戏剧、中国戏剧起源探索而进行的。他的结论是：古希腊戏剧起源于雅典时代酒神祭祀合唱队中的"答话"演员，成型于公元前 6 世纪至前 5 世纪埃斯库罗斯的悲剧；中国戏剧

3　郑传寅：《古代戏曲与东方文化》，武汉：武汉大学出版社，2007 年，第 50-51 页。
4　《中国戏曲史》编写组：《中国戏曲史》（第二版），北京：高等教育出版社，2023 年，第 23 页。

起源于先秦时代的"俳优"，成型于以"参军戏"为标志的唐代（公元 7 世纪）戏剧；印度戏剧起源于波你尼时代（公元前 4 世纪左右）的"戏笑"伎人，而它的成型时间难以确认，只能宽泛地说大约成型于公元前 2 世纪至公元 2 世纪之间。[5]

　　在中国古代戏剧的起源问题上，部分中国学者持梵剧影响说。这方面最早的例子非郑振铎先生莫属。在 1932 年出版的《插图本中国文学史》第 40 章《戏文的起来》中，郑振铎指出："中国戏曲的产生在诸种文体中为独晚。在世界产生古典剧的诸大国中，中国也是产生古典剧最晚的一国。"[6]他还指出，就中国古代的传奇或戏文的体裁、组织考察，它们和印度戏曲即印度戏剧存在许多令人惊异的"逼肖之处"，这使得他相信中国的戏曲是由印度输入的。他的五条理由是：第一，印度戏曲是以歌曲、说白及科段三个元素组织成功的，这与中国的戏文或传奇以科、白、曲三者组织成为一场戏完全无异。第二，在印度戏曲中，主要的角色为相当于中国戏文生角的男主角、相当于旦角的女主角、相当于丑或净的丑角、男主角的下等仆从（相当于中国戏文中的家僮或从人）、女主角的侍从或女友（相当于中国戏文中的梅香或宫女）。第三，印度的戏曲在每场戏开场之前必有一段"前文"，由班主或主持戏文的人上台对观众说明演出内容及出场表演的主角，它包括颂诗祝福、说明戏名和剧情大略等，这和传奇、戏文中的"副末开场"或"家门始末"一模一样。这些是中印戏剧最毕肖之处。第四，印度戏曲的每戏必有"尾诗"结尾，这和我们戏文中总括全剧情节的"下场诗"相同。第五，印度戏曲的上流人物使用梵语，下流人物使用俗语，这和传奇的语言使用习惯相同。从这五点来看，足以证明中国戏曲是由印度输入的。西方学者说"中国剧的理想完全是希腊的，其面具、歌曲、音乐、科白、出头、动作，都是希腊的。……中国剧底思想是外国的，只有情节和语言是中国的而已"。倘若将这段话中的"希腊的"一词改为"印度的"，似乎更为妥当。[7]在《中国俗文学史》一书中，郑振铎将中国历代俗

5　黄宝生：《印度古典诗学》，北京：线装书局，2020 年，第 18 页。

6　郑振铎：《插图本中国文学史》（下），北京：中央编译出版社，2012 年，第 452 页；李肖冰、黄天骥、袁鹤翔、夏写时编：《中国戏剧起源》，上海：知识出版社，1990 年，第 119 页。

7　郑振铎：《插图本中国文学史》（下），北京：中央编译出版社，2012 年，第 456-458 页；李肖冰、黄天骥、袁鹤翔、夏写时编：《中国戏剧起源》，上海：知识出版社，1990 年，第 123-126 页。

文学分为诗歌、小说、戏曲、讲唱文学和游戏文章等五类。他说，戏文可分戏文、杂剧和地方戏三种。其中，戏文"产生得最早，是受了印度戏曲的影响而产生的，最初，有《赵贞女蔡二郎》及《王魁负桂英》等"。[8]

关于中国戏曲或戏剧的起源问题，学术界观点不一，至今尚无定论。其中，戏曲起源的"祭祀仪式说"、"王宫俳优说"、"傀儡影戏说"、"古印度梵剧说"等看法的影响尤其广泛、深远。通过考察和分析，部分学者认为，戏曲起源于宗教仪式或王宫俳优或皮影戏、傀儡戏的六安段都是不成立的。影戏或曰影子戏之于戏曲，只是相互影响、互为借鉴的关系。[9]这些学者也否定了印度古代梵剧影响中国戏剧的说法："古印度的乐舞确曾输入中国，对我国表演艺术的发展起过重要的促进作用，但迄今并未找到梵剧在戏曲成熟前传入中国的确切记载。即使戏曲成熟前梵剧可能已传入我国，但它是否对戏曲的创生发生影响，也需存疑。鉴于古代梵语的特殊性，如果不经翻译，梵剧对于古代戏曲作家和演员而言，并无任何应用价值，至今并未发现梵文剧本在南戏成熟前就已译成汉语的证据，更没有发现此前梵剧在我国演出的证据。鉴于汉代直至唐宋时期中印文化交流的普遍性，戏曲或有可能从古印度的乐舞中汲取过营养，但这二者之间并不是一个衍生另一个的亲缘关系。中国戏曲与梵剧的某些相似，完全可以从中国本土的文化传统那里找到依据……南戏的行当化体制在隋唐盛行的参军戏中已初见端倪，至宋金杂剧，院本已形成大体完整的体系，曲牌联套体源于宋金时期广泛流行的诸宫调，因此，戏曲的文本体制和扮演体制均有着清晰而鲜明的'中国血统'。"[10]

当然，这些学者也非常清醒、正确地认识到，否定戏曲起源于宗教（巫术）仪式，并不是无视戏曲起源过程中宗教发挥的历史作用。我国长期存在戏剧性极强的宗教仪式，它们虽然未能直接衍生出戏剧，但在戏曲起源上不同程度地起过一些作用。宗教仪式也是戏曲多元"血统"的一员。在我国，对戏曲创生起源影响最大的宗教仪式，是从原始时代的图腾崇拜演变而来的驱邪逐疫的傩祭仪式。傩祭审美意味逐渐增强，直接导致了后来的傩戏产生，如贵州、四川、重庆、湖南、云南、湖北等地的傩堂戏、脸壳戏等傩戏的演出。一些地方

8　郑振铎：《中国俗文学史》（上），北京：中国书籍出版社，2022 年，第 5 页。

9　《中国戏曲史》编写组：《中国戏曲史》（第二版），北京：高等教育出版社，2023 年，第 23 页。

10　《中国戏曲史》编写组：《中国戏曲史》（第二版），北京：高等教育出版社，2023 年，第 25-26 页。

戏还保留着傩戏的音乐曲调。我国早期的戏曲舞台多建于寺庙，这反映了戏曲的创生和宗教活动之间存在密切联系。宗教仪式中的巫师常常以特定的面具、服饰、语言和动作来实现身份的转换，也就是把现实生活中某个具体的巫师转换为观念中某个神灵或其他人物，这就给代言体的化身表演提供了范例，为戏曲的创生准备了条件。戏曲的多元"血统"中，还存在外来文化（外国文化）的因子，特别是外来乐舞的重要影响。[11]

陈明教授在 2011 年发表的一篇论文中指出，西域出土的戏剧文献主要涉及三种语言：梵语、吐火罗语和回鹘语。其中比较成型的是公元 1 世纪至 2 世纪印度佛教戏剧家马鸣（Aśvaghoṣa）的梵剧《舍利弗剧》（Śāriputraprakaraṇa）和佚名作者的《弥勒会见记剧本》（Maitreyasamiti-Naṭāka）等。陈明发现国内学者提及新疆吐鲁番出土的马鸣佛剧等对中国戏剧形成的影响时，除许地山和季羡林等少数学者外，大部分人"基本上没怎么谈到《舍利弗剧》的内容及其戏剧特点，也较少涉及印度的这些古典戏剧究竟是通过什么途径以及如何影响中国戏剧的"。[12]

陈明教授说："2002 年，季羡林先生在《新日知录》一文中，指出要重写中国文学史，必须研究中国戏剧的渊源。实际上，在面对梵剧是否影响我国戏剧起源这一问题时，不管是赞同者还是反对者，首先应该考察印度本土的梵剧以及西域丝绸之路出土的戏剧史料。只有结合印度古典戏剧理论著作，研究清楚了印度梵剧的特点，追溯梵剧在西域丝绸之路的传播以及演变形态，才可能找到解决'汉剧外来说'这类问题的钥匙，最终得出比较确切的答案来。迄今为止，国内这方面的研究也有了不少的基础史料。"[13]他还指出："中国戏剧（说唱文学）的起源虽然还是一个有待解决的大难题，但随着新出土的印度和西域戏剧史料逐渐增多，中印戏剧的关系问题终将会真相大白的。因此，国内的比较文学和戏剧史研究者们应该充分注意到这些新刊剧本残卷的学术价值。"[14]

印度古代戏剧对中国戏剧的影响，其具体情形究竟如何，这是一个尚存争议的复杂问题，但也是国内外学界非常关注的一个领域。颇为令人惊奇但却合

---

11 《中国戏曲史》编写组：《中国戏曲史》（第二版），北京：高等教育出版社，2023 年，第 31-32 页。

12 陈明：《阿富汗出土梵语戏剧残叶跋》，《西域研究》，2011 年第 4 期，第 99 页。

13 陈明：《阿富汗出土梵语戏剧残叶跋》，《西域研究》，2011 年第 4 期，第 99 页。

14 陈明：《阿富汗出土梵语戏剧残叶跋》，《西域研究》，2011 年第 4 期，第 100 页。

情合理的历史事实是，印度古代戏剧对中国文化的影响虽然远远早于其对欧洲文学的影响，但以《沙恭达罗》为代表的具有印度教色彩的梵语戏剧并非这一跨文化传播的主角，以佛教文化为内核、以汉译佛经等为语言载体的梵语戏剧成了中印古代文学关系的历史纽带。特别值得一提的是，20 世纪在新疆（即古代西域所在地）出土了三部佛教性质的梵语戏剧残卷，这是印度戏剧影响中国戏剧的力证，尽管这些证据还存在一些迄今无法完全解决的疑惑。

正是从这一点出发，叶长海先生等的《插图本中国戏剧史》的相关思考值得参考。他们认为，许地山在 20 世纪 20 年代的文章《梵剧体例及其在汉剧上底点点滴滴》中，从文心和文体（即内容和形式）两个方面，对中国戏剧与印度梵剧进行了比较研究，认为梵剧和中国戏剧在演出形式和角色称谓上多有相似，因此可以断言中国戏剧如果不是因为印度戏剧的影响，就是与其存在历史的巧合。许氏的这种观点"具有很高的学术参考价值"。20 世纪以来，在中国新疆地区多次发现印度佛教的梵剧剧本，这说明"梵剧东渐已是一个不争的事实"。[15]他们从《弥勒会见记》等西域流传的佛教剧本并非直接译自梵文而是译自吐火罗语、回鹘文等连续转译的历史事实出发，认为汉人从西域各国文字中把梵剧译为汉语，剧本原初风貌必然在几次转译中被削弱。"中国戏剧是走着自己的发展道路的，对任何域外的表演艺术只能是吸收，不可能照搬，因此虽然中印戏剧后来有许多相似之处，但那已是中国戏剧又一阶段的事了。"[16]

尽管在中国戏剧起源和梵语戏剧是否影响中国戏剧的问题上存在诸多疑点、纷争，但有一点是无法否认的：印度古代戏剧术语通过汉译佛经的传播，不同程度地为中国古人所知。如将此视为印度戏剧对华历史传播的一个侧面或一种缩影，应该不是违背学术的错误判断。从另一个层面看，与中国古代聚焦于佛典的翻译而忽略《摩诃婆罗多》、《罗摩衍那》等印度教经典的译介一脉相承的是，义净和玄奘、鸠摩罗什等精通汉语、梵语的高僧从来没有想过翻译、介绍《沙恭达罗》或《小泥车》等印度教色彩浓厚的梵语戏剧经典。由此可见，印度古代戏剧的精华即以印度教文化为核心的梵语戏剧几乎没有为中国古代学者或普通大众所了解。

---

15 叶长海、张福海：《插图本中国戏剧史》，上海：上海古籍出版社，2019 年，第 82 页。

16 叶长海、张福海：《插图本中国戏剧史》，上海：上海古籍出版社，2019 年，第 84 页。

　　事实上，印度古代的梵语戏剧是一个巨大的文学宝库。公元 1 世纪到公元
12 世纪为古典梵语文学时期。这一时期产生了往事书文学、佛教文学、耆那
教文学、俗语文学、古典梵语诗歌、梵语小说、故事文学，当然也产生了梵语
戏剧。其中，对梵语戏剧理论发展有不同程度影响的主要是以迦梨陀娑
（Kālidāsa，约公元 4 世纪至 5 世纪）和薄婆菩提（Bhavabhūti，约公元 7 世
纪至 8 世纪）等人作品为代表的梵语戏剧。著名的梵语戏剧家还包括著有十三
个梵剧的跋娑（bhāsa）、首陀罗迦（Sūdraka）、戒日王（Śīlāditya）、毗舍佉达
多（Viśākhadatta）等，次要的梵语戏剧家更多。英国学者在 1900 年出版的书
中感叹道："对欧洲智者而言，印度戏剧史绝对是蛮有兴趣的源头，因为我们
在此拥有一种重要的文学分支，它是充满多样性的民族发展，完全不受西方的
影响。"[17]著名的梵语戏剧包括《惊梦记》（Svapnavāsavadatta）和《善施》
（Cārudatta）等跋娑十三剧、迦梨陀娑的《沙恭达罗》（Abhijñānaśākuntala）
和《优哩婆湿》（Vikramorvaśīya）、薄婆菩提的《罗摩后传》（Uttararāmacarita）
和《茉莉和青春》（Mālatīmādhava）、首陀罗迦（Śūdraka）的《小泥车》
（Mṛcchakaṭika）、戒日王（Śīlāditya，590-647）的《璎珞传》（Ratnāvalī）和《龙
喜记》（Nāgānanda）、毗舍佉达多（Viśākhadatta）的《指环印》（Mudrārākṣasa）、
婆吒·那罗延（Bhaṭṭa Nārāyaṇa）的《结髻记》（Veṇīsamhāra）等。除上述梵
语戏剧外，印度古代文学中还有很多的俗语戏剧。

　　印度古代戏剧不仅产生、成熟时间很早，在世界文明史上书写了辉煌灿烂
的一章，它还具有区别于古希腊戏剧的一些特色，如高度重视情味的表现和浪
漫主义的写意等。和中国戏剧相比，印度戏剧也具有自己的特色，如乐舞元素
更为丰富、宗教色彩更加浓厚等。总之，印度古代戏剧是世界古代戏剧"百花
园"中芬芳馥郁、色香独特的一朵。正因如此，德国学者莫里斯·温特尼茨
（Maurice Winternitz，1863-1937）在其著名的《印度文学史》第三卷中指出：
"正如我们所知，印度戏剧有一种彻底的、强烈的印度民族特色，它拒斥任何
一种外国影响的假说。"[18]

　　印度教色彩浓厚的梵语戏剧为中国学界真正熟悉，还是 20 世纪中叶以后
的事。这便是以季羡林先生、吴晓铃先生、黄宝生先生等为代表的当代中国梵

17　Arthur A. Macdonell, *A History of Sanskrit Literature*, Delhi: Motilal Banarasidass
　　Publishers, 2015, p.346.
18　Maurice Winternitz, *A History of Indian Literature: Classical Sanskrit Literature,*
　　Scientific Literature, Vol.3, tr. by Subhadra Jha, Delhi: Motilal Banarsidass, 2015, p.195.

学家对《沙恭达罗》、《优哩婆湿》、《小泥车》、《后罗摩传》、《指环印》、《结鬟记》、《惊梦记》等的迻译。在此过程中，带有某种佛教色彩的梵语戏剧《龙喜记》也被吴晓铃译成了汉语。

就中国古代戏剧（戏曲）文学而言，在其孕育和形成期，出现了先秦两汉的歌舞百戏、魏晋南北朝歌舞戏和优戏、唐代歌舞戏和参军戏、宋金杂剧（包括宋杂剧、金院本）与诸宫调。在宋元时期，出现了南戏和元杂剧，其代表作包括《永乐大典戏文三种》、高明的《琵琶记》、关汉卿的《窦娥冤》、王实甫的《西厢记》、纪君祥的《赵氏孤儿》等千古名作。在明代，出现了诸多的杂剧和传奇，其代表作包括汤显祖的《牡丹亭》等。清代杂剧和传奇中著名者包括洪昇的《长生殿》与孔尚任的《桃花扇》。此外，自古以来，中国还有许多地方戏闻名于世，傩戏便是其中有代表性的一种。

由此可见，中国古代戏剧（戏曲）与印度古代戏剧都非常发达、丰富，虽然前者的成熟期要晚于后者。笔者在分析、思考前辈学者相关研究成果的基础上初步认为，探讨中国戏剧（戏曲）起源，无法绕开包括对印度佛教在内的印度古代文化、印度古典梵剧、中印传统戏剧比较等领域的深入探索。

第二节　傩戏和库迪亚旦剧的相关背景

20 世纪 80 年代，庹修明先生在《古朴的戏剧，有趣的面具——贵州省德江土家族地区的傩堂戏》一文中指出，遵照国家民族事务委员会的指示，德江县从 1983 年开始了民族识别和恢复民族成份的工作。在此过程中，有关人员在德江发掘出了"原始面貌保留最为完整的傩堂戏"。被戏剧界称为"中国戏剧活化石"的傩堂戏，是我国历史最悠久的古代剧种。"由于德江地处边远，交通闭塞，经济、文化落后，因而这一地区的傩堂戏，很少受到现代文化的冲击，较为完整地保留着依附于宗教历史和法事的主要特征，从中我们可以看到中国远古傩戏的原始面貌。"[19]

---

[19] 德江县民族事务委员会、贵州民院民族研究所编：《傩戏论文选》，贵阳：贵州民族出版社，1987 年，第 194 页。2023 年 11 月 8 日，笔者拜访了贵州德江县文化与旅游委员会相关部门，了解德江傩堂戏相关情况。感谢德江县文旅委的任透明女士向笔者提供这部现已脱销的珍贵论文集即《傩戏论文选》，并提供另一部重要著作即谢勇、张月福的《国家级非物质文化遗产德江傩堂戏》（贵州民族出版社，2017 年）。在任透明女士的帮助联系下，笔者参观了收藏品非常丰富的德江县傩堂戏博物馆，馆长冉勇先生陪同参观并讲解，为笔者提供了德江傩堂戏历史传

曲六乙先生在 1986 年 4 月撰写的一篇论文《中国各民族傩戏的分类、特征及其"活化石"价值》中指出，国内学者对中国戏剧的源流探讨，先后出现了"巫觋"说、"源自梵剧"说、"古优"说、歌舞说、"傀儡"说等诸种单体论点，而周贻白在《中国戏曲发展史刚要》中提出了"长期综合形成"论。张庚和郭汉城主编的《中国戏曲通史》也支持"长期综合形成"论。近代最早倡导"巫觋"说的学者为王国维，董每戡和唐文标也持类似观点。"应当说明，在这些著作成书问世之前，人们对我国的傩和傩戏很少研究，资料也不多，尤其是各少数民族的傩和傩戏，完全处于空白状态，所以才把汉族戏曲作为中国戏剧史的唯一对象进行研究，如'长期综合形成'论，即专指戏曲起源而言。但近年来却发生了很大变化，特别是各省、自治区编纂《戏曲志》时，组织专人对各种傩戏进行了大量的实地的调查，并翻阅了数以千计的文献、方志资料，认识到调查、研究傩戏的重要意义。'礼失而求诸野'，通过对这些一向被学者文人鄙弃的傩戏的研究，也许可以解决诸如戏剧起源等戏剧史上一些重大的疑难问题。"[20]他还指出："关于中国戏剧的起源，根据对傩戏起源的研究，我认为不应是单源头的而是多源头的。傩戏的起源与产生……直接脱胎于傩的宗教仪式活动之中。这个事实本身并不否定戏曲起源的'长期综合形成'论，却批驳了中国戏剧一元论的起源说……从王国维到今天的戏曲史家，认为戏曲形成于南宋的论点，是可以成立的。但这不能说明南宋以前就不曾产生过不同于戏曲型的戏剧。"[21]

任光伟先生在 2004 年发表的一篇文章中指出，王国维不愧是"中国戏剧翻案修史的第一人，功不可没。但由于受到他所处时代的局限，治史方法只着眼于历代的书斋文献记载……因而《宋元戏曲史》实际上是以戏剧文学为主要依据的雅戏曲史"。[22]中国戏剧史研究迄今尚未在某些重要学术观点和方法上

承、保护的诸多信息。2023 年 11 月 7 日，笔者在贵州德江县稳坪镇政府的张月中主任带领下，拜访了稳坪镇的傩堂戏国家级非物质文化遗产传承人安永柏先生（1964 年生）。非常感谢上述几位女士、先生为笔者提供各种帮助或接受访谈。

20　李肖冰、黄天骥、袁鹤翔、夏写时编：《中国戏剧起源》，上海：知识出版社，1990年，第 220 页。

21　李肖冰、黄天骥、袁鹤翔、夏写时编：《中国戏剧起源》，上海：知识出版社，1990年，第 225 页。

22　任光伟：《中国戏剧治史方法的再探讨——兼论傩戏在中国戏剧史上的作用和地位》，曲六乙、陈达新主编：《傩苑：中国梵净山傩文化研讨会论文集》，北京：中国戏剧出版社，2004 年，第 1 页。

大幅度超越王国维的《宋元戏曲史》。任光伟先生认为，中国戏剧研究界的"戏剧"定义存在问题，如某些民间戏在写入戏剧史或戏曲史时遇到了麻烦，因为有不少在民间称作"戏"的却不能入史，即使写入也不能算作"真戏剧"。这里就包括属于傩文化范畴的各种戏剧。"问题出在史论界对中国戏剧的传统界定上。"[23]王国维的《宋元戏曲史》把宋元及此后的中国戏剧统称为戏曲，把中国戏剧分为"非纯正之戏剧"和"真戏剧"，并称前者为"戏剧之渊源"，这一来，戏曲史就成了中国戏剧全史。实际上，戏剧的定义应该是，凡在一定场合由人扮演故事给观众看者即为戏剧。这样的定义不仅能解决中国戏剧史的分期难题，也可以把中国戏剧的形成上溯到纪元前在祭祀中上演的大傩、乡傩，以与世界戏剧文化相一致。总之，中国戏剧和中国戏曲本非一个概念，二者无法"相表里"。"表里说"实质上是以士人阶层文化观念为中心的文化偏见。因此，中国戏剧从具有戏剧意识并产生戏剧行为之时起就已形成。[24]任光伟先生的结论是："通过个人对傩戏、傩文化的考察与研究，综上所述，我认为中国戏剧的发生、发展就其主体部分大体可以分为三个递进阶段，即原始戏剧、古代戏剧、近代戏剧。**原始戏剧可称为仪式剧**……其原始形态上溯春秋方相氏驱傩仪式……其流变为流行于江南各地的傩戏、傩堂戏。古代戏剧可称为酬神剧，即所谓'婆娑以乐神'。"[25]任先生的上述推理和思考，虽然还存在某些值得商榷的因素，但也在某种程度上为傩戏研究奠定了文化人类学的思想基础：傩戏或傩堂戏是一种原始戏剧即原始仪式剧。

余秋雨先生在 1987 年撰写的论文《中国现存原始演剧形态美学特征初探》中指出，中国还保存着几十种"原始演剧形态"。这种"原始演剧形态"的内涵是，它们至今还处于与民俗性的宗教祭祀仪式相融合的状态，地处偏远，未受现代文明影响，以一种"活化石"的心态保存着。它们没有纳入中国戏剧文化发展的主体航道，与以文学剧本为主干的文人戏剧形态形成鲜明对

23 任光伟：《中国戏剧治史方法的再探讨——兼论傩戏在中国戏剧史上的作用和地位》，曲六乙、陈达新主编：《傩苑：中国梵净山傩文化研讨会论文集》，北京：中国戏剧出版社，2004 年，第 5 页。

24 任光伟：《中国戏剧治史方法的再探讨——兼论傩戏在中国戏剧史上的作用和地位》，曲六乙、陈达新主编：《傩苑：中国梵净山傩文化研讨会论文集》，北京：中国戏剧出版社，2004 年，第 6-7 页。

25 任光伟：《中国戏剧治史方法的再探讨——兼论傩戏在中国戏剧史上的作用和地位》，曲六乙、陈达新主编：《傩苑：中国梵净山傩文化研讨会论文集》，北京：中国戏剧出版社，2004 年，第 8 页。

照，因此也被正规的戏剧史论所忽略。这种原始形态的戏剧以品类繁多的傩戏为主，也包括与傩戏比较接近的目连戏等戏剧现象。它们主要分布在湖南、湖北、安徽、贵州、云南、广西、江西、江苏、陕西等省份。[26]他认为，研究中国现存原始形态戏剧的途径包括在空间意义上搞清楚其数量、种类、分布地区和民族分野，在时间上考证其发展轨迹和年代，并把它们"作为一个天然的资料库，借以推进民俗、宗教、舞蹈、音乐等单项科目的研究……毫无疑问，这是一个艰难的课题，我的考察和思索还只是刚刚开始"。[27]

上述两位学者均提及傩戏，这说明了傩戏在古代戏剧现代传承和中国戏剧起源研究等方面具有相当的特殊意义。事实也正是如此。

论者指出："戏曲是世界古老戏剧中生命力最为顽强，剧目遗存最为丰富的样式，为世界剧坛做出了贡献。戏曲在世界三大古老戏剧中生命力最为顽强，剧目遗存最为丰富。诞生于公元前 6 世纪后期的古希腊戏剧早在公元前120 年就已退出舞台，现只有数十个剧本传世；诞生于公元前后的古印度梵剧自 8 世纪起走向衰落，11 世纪末已基本上退出舞台，现只有变种传世，而且大体上是'老戏老演，老演老戏'的博物馆艺术，流传的剧本也屈指可数。戏曲的现存数目在万数以上，仍有 300 多个不同的戏曲剧种竞艳于舞台，而且这些剧种大多努力表现现代生活，追步时代前行，不仅是优秀的文化遗产，同时也是当代文化的重要构成部分。戏曲以其卓然特出的风貌成为世界剧坛中不可或缺的别样风景，丰富了世界剧坛的演剧体系。"[28]叶长海先生等指出："然而，古印度梵剧和古希腊戏剧早已湮没无闻，不复得见，后世的戏剧形态，如19 世纪的西方话剧，已和古希腊戏剧相去甚远……古希腊戏剧形态在艺术史上消亡之后，在世界范围内，唯有中国戏剧脱胎于上古歌舞之母体，还保守着母体所给予的一切，至今仍活跃在戏剧舞台上，并以自己独特的艺术魅力，为世惊诧。"[29]这些观点基本上正确，但也有武断之处，例如将印度古典梵剧视为"博物馆艺术"，而没有考虑到印度梵剧的杰出代表库迪亚旦剧的发展现

26 李肖冰、黄天骥、袁鹤翔、夏写时编：《中国戏剧起源》，上海：知识出版社，1990年，第 193 页。

27 李肖冰、黄天骥、袁鹤翔、夏写时编：《中国戏剧起源》，上海：知识出版社，1990年，第 194 页。

28 《中国戏曲史》编写组：《中国戏曲史》（第二版），北京：高等教育出版社，2023年，第 17 页。

29 叶长海、张福海：《插图本中国戏剧史》，上海：上海古籍出版社，2019 年，第 7-8 页。

状并非如此。将中国戏剧视为世界范围内"保守母体的一切且仍活跃在戏剧舞台上"的唯一一种，则是对梵剧的杰出代表库迪亚旦剧视而不见。此外，将傩戏等少数民族戏剧视为戏曲子概念，这似乎不太合适。

曲六乙先生是国内最早将傩戏称为中国戏剧"活化石"[30]的学者。他在1986 年 4 月撰写的一篇论文《中国各民族傩戏的分类、特征及其"活化石"价值》中指出："作为宗教与艺术长期混合的产物，傩和傩戏涉及到人类学、民族学、历史学、宗教学、神话学、文化交流史和戏剧发生学等相当广泛的学科。我认为，现在在我国建立傩戏学，具备着可能比任何国家都充分、优越的条件。傩戏学，应当是一门崭新的边缘学科，它处于上述各个学科交叉的焦点上。我们可以从不同的学科进行研究，更希望从多学科的审视角度，全面地、系统地考察、研究这个焦点。傩戏作为'活化石'的意义，实际上首先表现为结合上述各个学科的研究而获得的成果。"[31]他提倡建立"科学的傩戏学"。[32]他指出，另一方面我们也须看到，不少地区的傩戏由于长期接受戏曲的影响，逐渐演化成了"戏曲型傩戏"，或叫"傩戏型戏曲"。只有彝族的"撮衬姐"和藏族的《米拉日巴劝化记》等尚未接受戏曲的影响。尽管如此，曲六乙先生坚持认为："从戏剧艺术样式的角度，把傩戏和戏曲区分开来，从戏剧艺术交流的角度，研究戏曲对傩戏的渗透与改造，这对研究中国戏剧发展史、各民族戏剧交流史，都有很大意义。大家知道，直到目前为止，所有的中国戏剧史著作，不但忽略了少数民族戏剧史这个重要组成部分，而且对包括汉族在内的各民族的傩戏，也极少提及。事实是，从宋元时期戏曲艺术形成，即从南戏、杂剧到传奇，再到地方戏的兴起，这是戏曲发展的历史。与此相呼应，在民间，特别是偏僻地区和少数民族地区还活跃着傩戏这股戏剧潜流。由于史料的极端匮乏，的确很难判断傩戏产生的最早时间……倘我这不同于别人的看法接近历史实际，则我国傩戏的历史就可以上推到春秋战国时期了。"[33]

---

30 德江县民族事务委员会、贵州民院民族研究所编：《傩戏论文选》，贵阳：贵州民族出版社，1987 年，第 3 页。

31 李肖冰、黄天骥、袁鹤翔、夏写时编：《中国戏剧起源》，上海：知识出版社，1990年，第 219 页。

32 德江县民族事务委员会、贵州民院民族研究所编：《傩戏论文选》，贵阳：贵州民族出版社，1987 年，第 5 页。

33 德江县民族事务委员会、贵州民院民族研究所编：《傩戏论文选》，贵阳：贵州民族出版社，1987 年，第 12-13 页。

朱恒夫先生指出："我们在衡量傩事活动中的表演是否为傩戏时，不能用戏曲的标准，更不能用西方的歌剧、舞剧或音乐剧等戏剧的尺子，因为傩戏的源流历程比起戏曲或西方的戏剧要长得多，在功能上要多得多，对人的影响力也大得多。它除了在戏曲兴盛之后受过戏曲的一些影响之外，基本上是按照其已经形成的规律在运动，从没有在本质上做过多少改变。"[34]

曲六乙和朱恒夫的上述分析说明，傩戏是中国的一个独特剧种。前边说过，任光伟先生通过对王国维戏剧二分法的诘难，断言傩戏或傩堂戏是一种原始戏剧即仪式剧，这也旁证、支撑了上述判断。傩戏的民族品格，足以保证其在世界戏剧大家庭中享有某种可以辨识的特殊身份，自然也在文化人类学或戏剧人类学意义上占有某种特殊的重要地位。接下来看看印度古典梵剧库迪亚旦剧的相关背景。

经过几百年乃至上千年的发展演变，带有浓郁民间色彩的古典戏剧如喀拉拉邦的库迪亚旦剧（Kuttiyattam）、泰米尔纳德邦的"尊者会"剧（Bhagavata Mela）、安德拉邦的"药叉歌"剧（Yakshagana）等如今在印度存活下来，库迪亚旦剧还与中国昆曲一道，被纳入联合国教科文组织的"世界非物质文化遗产"名录。库迪亚旦剧包含浓厚的乐舞元素，称其为舞剧、音乐剧甚或乐舞剧未尝不可，这也恰恰印证了梵语戏剧学名著《舞论》所定义的"戏剧"（nāṭya）的复杂内涵。

1992 年，在美国圣菲召开的联合国教科文组织世界遗产委员会第 16 届会议将文化景观作为文化遗产的类型，从而丰富了历史文化遗产的内涵。1997 年，非物质文化遗产的概念即"人类口头与非物质文化遗产代表作"（Masterpieces of the Oral and Intangible Heritage of Humanity）获得国际认可。截至 2005 年，170 多个国家成为《保护世界文化和自然遗产公约》的缔约国，788 处遗产列入《世界遗产名录》，47 个列入非物质遗产名录。截至 2018 年底，中国入选联合国教科文组织的非遗名录项目达 40 个，是目前世界上拥有世界非物质文化遗产数量最多的国家。[35]从人类非物质文化遗产代表作名录看，

---

34 杜建华主编：《中国傩戏剧本集成·巴蜀傩戏》，"总序：论傩戏与傩戏剧本"，上海：上海大学出版社，2018 年，第 7 页。

35 参见百度词条"世界非物质文化遗产"：https://baike.baidu.com/item/%E4%B8%96%E7%95%8C%E9%9D%9E%E7%89%A9%E8%B4%A8%E6%96%87%E5%8C%96%E9%81%97%E4%BA%A7/8482213?fr=aladdin。访问该网页词条日期：2019 年 11 月 4 日。

2001 年首次被联合国教科文组织（UNESCO）列入的包括中国的昆曲和印度的库迪亚旦剧。从该组织颁发给库迪亚旦剧的证书上看，正式收录的时间是 2001 年 5 月 18 日，地点是法国巴黎。证书上的英文关键词是：Kutiyattam，Sanskrit Theatre-India。[36]

印度学者穆拉里马达万（P. C. Muraleemadhavan）在题为《库迪亚旦剧的叙事技巧》的文章中指出："库迪亚旦剧是喀拉拉邦已知最早的梵语戏剧表演形式。它与任何其他地方现存已知的戏剧表演形式都有区别。喀拉拉出现了几种艺术形式，它们可以说非常古老。"[37]他说："作为一种戏剧艺术，库迪亚旦剧并非是每一个人都可容易欣赏的。它适合事先熟悉故事、戏剧内容、演出册子上的表演内容、表演方法和规则亦即熟悉其全部表演规则的观众。由于演员和观众双方需要全面了解库迪亚旦剧的复杂语言，它至今仍只是一种专门属于那些愿意分享其隐秘但却无限的体验的观众的戏剧。"[38]

印度当代学者苏妲·戈帕拉克里希南（Sudha Gopalakrishnan）在其近期著作《印度传统遗产库迪亚旦》中，对库迪亚旦（Kutiyattam）这一流行于南印度喀拉拉邦的传统戏剧进行了系统的介绍。她先对 Kutiyattam 一词进行解说："Kutiyattam 是一个包容性强的术语，它指称的艺术形式超越了库迪亚旦剧。它还包括了 koothu（表演）。库迪亚旦剧是男演员（Chakyar）和女演员（Nangiar）共同参加表演的一种戏剧。koothu 这个词在马拉雅兰姆语中表示戏剧表演，它分为密切相关的三类艺术：男人剧（Prabandhakkoothu）、女人剧（Nangiar-koothu）和库迪亚旦剧。其中的女人剧是专门由女演员表演的戏剧，而男人剧或曰男人的戏剧表演，是男演员的语言叙事剧。"[39]

库迪亚旦剧是南印度喀拉拉邦历史上的男女同台表演剧。作为传统的地方性戏剧，库迪亚旦剧的独特性体现在以下几个方面：首先，它在传统上是由男演员（Chakyar）和女演员（Nangiar）表演的一种世袭性职业，而男演员可以得到住在剧场的敲打弥吒乌鼓（mizhavu）的职业鼓手（Nambiar）的帮助；

36 Sudha Gopalakrishnan, *Kutiyattam: The Heritage Theatre of India*, New Delhi: Niyogi Books, 2011, p.140.证书见该页影印图。

37 Radhavallabh Tripathi, ed., *Nātyaśāstra and the Indian Dramatic Tradition*, New Delhi: National Mission for Manuscripts, 2012, p.237.

38 Sudha Gopalakrishnan, *Kutiyattam: The Heritage Theatre of India*, New Delhi: Niyogi Books, 2011, p.73.

39 Sudha Gopalakrishnan, *Kutiyattam: The Heritage Theatre of India*, New Delhi: Niyogi Books, 2011, p.18.

它是男演员与女演员同台演出的传统戏剧；它综合吸收了南印度本地的达罗毗荼文化要素与流行全印度的戏剧表演传统，融汇了主角、配角和丑角等基于古典梵剧的复杂精致的表演要素，也结合了操本地方言即马拉雅兰姆语的丑角的表演，这使库迪亚旦剧成为融合梵语与马拉雅兰姆语的综合表演；库迪亚旦剧的创造力超乎剧作家的想象力，它拓展了剧本的内容，运用风格化的复杂表演拓宽了戏剧演出的范畴。"一位理想的观众须得通晓戏剧的表演规则，演员和观众之间存在一种富有想象力的合作关系，以表达戏剧的内涵。演员和观众的互动关系，丰富了kuti（协作）一词的内涵。"[40]

苏姐指出，库迪亚旦剧在古代只是婆罗门阶层和其他高种姓人士有幸接触的剧种。直到最近一个时期，它还是局限于神庙演出的一门"神圣艺术"（sacred art），这便可以解释它的独特性或曰不向普通大众敞开的排他性。库迪亚旦剧吸引力有限的另一个主要原因是，其表演方法和演出技巧相当复杂且精细繁琐，只有极少数精通其表演规则与原理的人才可领悟。库迪亚旦剧大体上遵循《舞论》规定的戏剧表演规则，但在某些地方也呈现出一定的差异。《舞论》为戏剧艺术提供了一种理论框架和极好的模式，但无论如何也不是印度戏剧表演的唯一模式。印度梵剧表演有多种方式、不同的风格和地方性变异。不巧的是，除了早期文献提及以外，没有发现什么直接的证据。"库迪亚旦剧的理论框架大体上遵循婆罗多《舞论》阐述的美学原则。然而，喀拉拉南部存在的库迪亚旦剧的表演方法，具有自己的独特性，特色鲜明，规则特殊，它或许可称为实践《舞论》的地方性改编而非刻意的背离。因其自身契合本地环境和文化，它存在了许多个世纪，特别适合喀拉拉本地观众的欣赏兴趣，其戏剧表演通过内在的强化而经受住了岁月的考验。"[41]

由此可见，库迪亚旦剧是一种深受梵语戏剧学名著《舞论》影响的古典梵剧，也是南印度喀拉拉邦的传统地方戏，它在漫长的历史岁月中，为了适合本土观众的欣赏情趣，大量吸纳了当地文化要素，从而为自己的长期流传打下了坚实的基础。库迪亚旦剧走出神庙并在当代印度赢得人们的关注，也有历史发展的积极因素使然。这一点和中国傩戏的历史发展与现代命运颇为相似。

40 Sudha Gopalakrishnan, *Kutiyattam: The Heritage Theatre of India*, New Delhi: Niyogi Books, 2011, p.18.

41 Sudha Gopalakrishnan, *Kutiyattam: The Heritage Theatre of India*, New Delhi: Niyogi Books, 2011, p.73.

第三节 两种表演体系异中有同

　　傩戏不仅属于中国，也属于世界，这和传承中国文化基因的《诗经》、《道德经》、《窦娥冤》、《红楼梦》等文化经典既是中国的、也是世界的完全同理，也和传承印度文化基因的《梨俱吠陀》、《摩诃婆罗多》、《罗摩衍那》、《沙恭达罗》等文化经典既是印度的、也是世界的完全同理。换言之，从文化人类学意义上说，从文学人类学角度看，越是民族的，也就越是世界的。

　　中国傩戏这种戏剧"活化石"既蕴含远古祭仪的表演特征，又有自己的表演体系或方式（手段）。它是集仪式表演与歌舞白于一体的民族戏剧。这种表演体系或表演方式的不同，是它自动区别于梵剧（库迪亚旦剧）的重要原因。但是，通过细致的观察和研究可以发现，傩戏和梵剧的表演体系仍然存在一些颇有价值的共性。

　　中国古代戏剧艺术的两大特征是，由曲、白、事、表演等四要素构成，以歌舞形式表现戏剧故事。[42]原始形态的傩戏作为中国特色的仪式性戏剧，发展到近代、现当代阶段后，自然也不会偏离中华民族的文化传统，因此，傩戏表演者载歌载舞，伴以对话或独白以及相应的动作表演（科）。如果说可以"歌"或"乐"来取代"曲"的内涵的话，那么，歌舞科白或曰乐舞科白（曲舞科白）成了傩戏表演的几大支柱。例如，《广元射箭提阳戏》的表演充满打击乐器、掌坛师和扮演孟姜女的演员等的歌唱与对白。重庆酉阳面具阳戏（仪式剧）即鬼脸壳戏之一《庞氏夫人镇台》的剧本开头便有文字说明："打闹台锣鼓，庞氏夫人在堂屋门外阶沿跳唱。"[43]酉阳阳戏压台戏《关爷扫殿》开头写道："打闹台锣鼓。关爷在堂屋门口阶沿唱跳。坛主（唱）：金州金县，银州银县。紧打锣鼓，关爷扫殿。关爷进到堂屋唱跳。"[44]这种跳唱就是载歌载舞。酉阳阳戏也是流布于贵州遵义和罗甸等地与重庆武隆和涪陵等地的黔渝阳戏的一个重要组成部分。"阳戏演出也从人偶同台过渡到巫优扮演的形态……而且这一地区的阳戏仍存有木偶演出的痕迹。重庆市酉阳土家族苗族自治县的面具阳戏，有'天戏'与'地戏'之分。天戏是'由一人在幕后操纵戴有面具的提

---

42 谭帆、陆炜：《中国古典戏剧理论史》，上海：华东师范大学出版社，2005 年，第 19 页。

43 杜建华主编：《中国傩戏剧本集成·巴蜀傩戏》，上海：上海大学出版社，2018 年，第 365 页。

44 杜建华主编：《中国傩戏剧本集成·巴蜀傩戏》，上海：上海大学出版社，2018 年，第 375 页。

线木偶进行表演，地戏则由人涂面化妆或戴面具装扮角色进行表演'。"[45]

重庆酉阳面具阳戏是一类独具特色的、与印度古典梵剧非常具有可比性的传统戏剧。2015 年 9 月 29 日，酉阳土家阳戏剧团应邀参加第四届中国少数民族戏剧会演，获得了一批专家学者的好评。例如，国家非遗保护中心主任罗薇女士评价说："酉阳阳戏是一个非常独特的戏剧样式，与舞台表现的传统戏剧是有所不同的，非物质文化强调文化的多样性，从戏剧的角度看，其整体性、可持续性是需要保护的。"曲六乙先生指出："在土家阳戏进京演出之前，一直遗憾傩戏没有参加国家大舞台的大型演出，（这）说明土家阳戏是先行者。土家阳戏与傩戏相似，主要是还愿……土家阳戏有其独特性，一是家族传承，二是人神借助于面具的转换，体现了人神合一的思想。世界上几个古老的剧种，希腊的悲喜剧、印度的梵剧、中国的戏剧，前几个几近消亡，唯独中国的戏剧存续良好。呼吁大家用敬畏的心态去研究、考查。阳戏（傩戏）是具有深厚的历史文化价值的，思考其发展，是一个非常迫切而又现实的问题。"[46]

庹修明先生指出，德江县土家族地区傩堂戏是用汉语演出的，因为该地"汉化"早，民族语言已经消失。傩堂戏行当划分为老生、小生、老旦、小

---

45 吴电雷、陈玉平编校：《中国傩戏剧本集成·川渝阳戏》，"阳戏概述"，上海：上海大学出版社，2016 年，第 5 页。同时参考段明：《四川省酉阳土家族苗族自治县双河区小岗乡兴隆村面具阳戏》，台北：台北施合郑民俗文化基金会，1993 年，第 14 页。需要指出的是，吴电雷、陈玉平编校的《中国傩戏剧本集成·川渝阳戏》收录"重庆阳戏"剧本时，将酉阳县的阳戏剧本冠以"酉阳县兴隆乡小岗阳戏坛仪式"，这是失误。事实上，2021 年 5 月 24 日，酉阳土家面具阳戏经中华人民共和国国务院批准列入第五批国家级非物质文化遗产名录，它以小河镇小岗村、桃坡村等地的面具阳戏为代表。此处的"兴隆乡小岗阳戏"这一称谓不属实。

46 这里的介绍和引述的罗薇女士、曲六乙先生的观点，参见酉阳土家族苗族自治县文化馆编：《酉阳阳戏走进北京：参加第四届中国少数民族戏剧会演资料汇编》，2017 年编，第 64、67 页。另外，根据酉阳土家族苗族自治县文化馆于 2018 年 12 月编制的《酉阳面具阳戏保护和传承规划刚要》来看，酉阳县对如何保护、发掘、推广酉阳县传统面具阳戏作出了极具战略前瞻意义的规划。据介绍，2021 年 5 月，酉阳县面具阳戏已经被列入国家级非物质文化遗产名录。与印度古典梵剧具有很强可比性的这种酉阳面具阳戏，在未来定会焕发出新的活力。——感谢酉阳土家族苗族自治县旅游投资集团的吴秀武先生提供酉阳面具阳戏的诸多宝贵信息，并于 2024 年 1 月 30 日给笔者快寄上述两种珍贵的内部资料即《酉阳阳戏走进北京：参加第四届中国少数民族戏剧会演资料汇编》和《酉阳面具阳戏保护和传承规划刚要》。同时感谢提供上述二种内部资料的酉阳土家族苗族自治县文化馆馆长陈永胜先生。

旦、花脸。它在长期流传过程中，已经形成了一套富有民族特色、地方色彩的唱腔，其基本音调是"九板十三腔"。九板是指扑灯蛾、凤点头、双拍翅、朝金殿、豹子头和三击鼓等锣鼓的九种打法或曰板式，十三腔即滴水、神河、悲哀、二黄、慢三眼、喜乐、猛虎、三黄快、倒数、桃花拜柳、二黄原、三黄散、四平调等唱腔。傩堂戏演出二十四戏（正戏）和固定插戏均用九板十三腔，它是傩堂戏的基本音乐。德江傩堂戏多用五声羽调式和五声商徵调式，结构完整，常见为四分之二拍，旋律起伏不大，比较平稳。一般情况下，演员唱时不舞，舞时不唱，多数情况是演唱者在唱腔间奏中随锣鼓声起舞。傩堂戏舞蹈逐渐趋向程式化，舞蹈动作包括单插翅、双插翅、手拨摇摆步、单金、双金、起飞式、大团圆、滴水舞等。德江傩堂戏逐渐演变为一门综合性的娱乐性表演艺术，它插进了花灯小调、山歌民谣、薅草锣鼓、打快板、打金钱竿、说相声、讲绕口令、吟诗作对、杂技和魔术等。[47]长期研究贵州德江、思南和铜仁土家族傩堂戏仪式音乐的邓光华先生说："通过傩戏的表演，我们今天尚能看到中国表演艺术由歌舞向戏剧发展进程中的某些原始面貌。"[48]此话一语中的，因为他道出了傩戏被称为戏剧"活化石"的基本内涵。

梵语戏剧不仅有文人的剧本创作，也有即兴表演、宗教仪式表演等各类表演。婆罗多以 abhinaya 一词指代戏剧表演。他说："戏剧有四类表演方式，它们是形成各种戏剧的基础。诸位婆罗门啊！戏剧表演被分为四类：形体表演（āṅgika）、语言表演（vācika）、妆饰表演（āhārya）和真情表演（sāttvika）。"（VIII.8-9）[49]婆罗多把戏剧表演分为身体、语言、服饰与化妆、情感等为基础的四种类型。他的戏剧表演论以此四类表演为手段核心和基础而展开。黄宝生先生认为，妆饰表演也可按其梵语即 āhāryābhinaya 的字面意思译为"外部表演"。"也就是说，语言、形体和真情属于或产生于人体，而妆饰属于人体之外。"[50]

婆罗多的戏剧表演论包括面部神态表演、眼神表演、手势和步伐表演等。库迪亚旦剧在这方面也很好地继承了经典。《舞论》对各种眼神和手势的论

47 德江县民族事务委员会、贵州民院民族研究所编：《傩戏论文选》，贵阳：贵州民族出版社，1987 年，第 206-207 页。

48 邓光华：《贵州土家族宗教文化傩坛仪式音乐研究》，台北：新文丰出版公司，1997年，第 27 页。

49 Bharatamuni, *Nāṭyaśāstra*, Part.1, Vol.1, Varanasi: Chaukhamba Sanskrit Series Office, 2017, pp.115-116.

50 黄宝生：《印度古典诗学》，北京：北京大学出版社，2000 年，第 145 页。

述，均已化为库迪亚旦剧的"艺术血液"与"舞蹈细胞"。苏妲指出："库迪亚旦剧演员倾心于面部表情的艺术达到了超乎想象的地步。其动作经过了精心的设计，可以感染观众的感情。风格化的眼神表演具有重要的内涵。眼睛在库迪亚旦剧的表演中也许是最重要的因素，因为其动作和表现力是如此优美，如此有穿透力和涵盖度，它们可以通过情感描述所有情境和行为。"[51]就各种舞蹈手势语而言，库迪亚旦剧中也大量地运用。"库迪亚旦剧有一套复杂的手势语，可以表达任何的句子含义……库迪亚旦剧的手势语大体上以名叫《手相灯》的著作为基础，卡塔卡利舞等喀拉拉的其他艺术形式也采用之。"[52]婆罗多论述的旗帜式和三旗式等 24 种和其他双手式，都为库迪亚旦剧演员们所采用。"同样，这些基本手势的每一式都可表示大量的语言，从而构成库迪亚旦剧的复杂语汇。马拉雅兰姆语 attam 大致表示舞蹈或演出。在库迪亚旦剧中，有一些特殊的舞蹈图形象征复杂的戏剧模拟要素。"[53]

　　库迪亚旦剧关注语言表演、形体（身体）表演和情感表演，同时也高度重视包括道具、服饰和化装在内的妆饰表演。这种重视是以契合时代地域的变异为基础的。这是对《舞论》原理的自觉继承："事实上，许多民间和古典风格的表演都称'直接'发端于《舞论》之类经典著作的规范……因此，主要面向神庙的神奴舞（Dasiyattam）获得了一个新名字'婆罗多舞'，包括库契普迪舞、奥迪西舞和其他本地风格的整个表演风格，都称其衍生自《舞论》。"[54]另一方面，这也是对经典规范的艺术变异或辩证扬弃："尽管《舞论》中蕴含的美学原理，为库迪亚旦剧的表演提供了基础，它的实际演出却有不同的一些特征，这些特征并非只依赖《舞论》的模式。库迪亚旦剧的艺术表演有赖于语言与非语言因素，如手势、身体动作、面部表情、风格化的语言或台词吟诵，旨在为情味激发提供充足的空间。那么，究竟何为库迪亚旦剧和《舞论》模式的差异？……库迪亚旦剧的表演规则具有自己的独特性，它不完全遵从《舞论》的规则……这两者方法的差异，可见于妆饰、语言、形体和真情等 4 种表演方

51　Sudha Gopalakrishnan, *Kutiyattam: The Heritage Theatre of India*, New Delhi: Niyogi Books, 2011, p.26.

52　Sudha Gopalakrishnan, *Kutiyattam: The Heritage Theatre of India*, New Delhi: Niyogi Books, 2011, p.93.

53　Sudha Gopalakrishnan, *Kutiyattam: The Heritage Theatre of India*, New Delhi: Niyogi Books, 2011, p.94.

54　Sudha Gopalakrishnan, *Kutiyattam: The Heritage Theatre of India*, New Delhi: Niyogi Books, 2011, p.78.

式。"[55]库迪亚旦剧的形体表演并不盲从《舞论》，而是采取自有特色的表演方式。"库迪亚旦剧的形体表演或许可从 3 个关键的要素来考察：手势规则、身体动作和面部表情……相对而言，库迪亚旦剧的手势显然具有更多的象征性特质，有时类似于密教手印（tantric mudras）。库迪亚旦剧的身体动作大致可分 3 类：irunnattam（坐姿表演）、patinnattam（慢速表演）和 ilakiyattam（适度的即兴表演）……库迪亚旦剧的步伐表演和行姿表演与《舞论》提到的那些并不吻合。"[56]尽管如此，库迪亚旦剧的舞蹈表演还是保留了《舞论》形体表演论的影响痕迹。

由此可见，婆罗多的四分法（形体表演、语言表演、妆饰表演和真情表演），把戏剧表演明确地划分为身体、语言、服饰与化妆、情感为基础的几种类型。这和傩戏以及它后来逐渐接受的古代戏剧（戏曲）歌舞科白表演体系存在极其明显的差异。这是因为，婆罗多的形体表演与语言表演虽然其内涵迥异于傩戏的科（动作）白（语言）表演体系，但毕竟尚可发现对应的概念。而婆罗多所谓的妆饰表演与真情表演，似乎不见于傩戏的表演体系。换一个角度看，傩戏的歌舞表演涉及傩堂戏的音乐表演（傩歌和相应的法器音乐）、舞蹈表演（巫舞等），这两项内容似乎不见于婆罗多的四大表演体系。

但是，如果我们仔细深究，便可发现《舞论》丰富的音乐论、舞蹈论就是婆罗多戏剧表演四大体系的有效补充，而乐舞元素也正是库迪亚旦剧的主要表演内容。就傩戏表演体系而言，它也存在自己的妆饰表演（包括各类面具表演和服饰化装等）和真情表演（如娱神娱人等）。这便是傩戏和梵剧两大传统戏剧的表演体系可以不同程度地沟通、对话的理论基础和艺术要素。此即两种表演体系的异中之同。

进一步观察可知，婆罗多所谓的形体表演基本上相当于现代人所谓的舞蹈表演，它的核心是程式化的三类手势动作（24 种单手势、13 种双手势和 30 种纯舞势），108 种舞蹈基本动作，32 种组合动作，32 种地面与凌空基本步伐，20 种地面和凌空组合步伐，36 种情味眼神以及手、足、头等部位的各种表演动作，还包括各种各样的行姿表演、坐姿表演与躺姿表演。婆罗多的舞蹈表演与音乐表演论是相互融合的，这一点在《舞论》第 5 章的序幕表演中表现得非常典型。

---

55 Sudha Gopalakrishnan, *Kutiyattam: The Heritage Theatre of India*, New Delhi: Niyogi Books, 2011, pp.78-79.
56 Sudha Gopalakrishnan, *Kutiyattam: The Heritage Theatre of India*, New Delhi: Niyogi Books, 2011, p.106.

　　婆罗多所谓的语言表演主要涉及各类诗律（音律）、庄严（修辞法）和诗相的论述，但更主要的还是关于戏剧角色的语言表述方式、戏剧人物称呼或命名等的论述。

　　傩戏的舞蹈表演与音乐表演也是相互交织的，同时还伴随咒语吟诵、独白或对白等语言表演，这便是戏剧或原始戏剧的基本内涵：乐舞戏融为一体、彼此不分。正因如此，曲六乙先生在1986年4月撰写的一篇论文《中国各民族傩戏的分类、特征及其"活化石"价值》中指出："巫师为驱鬼敬神、逐疫去邪、消灾纳吉所进行的宗教祭祀活动，称为傩或傩祭、傩仪。巫师所唱的歌、所跳的舞称为傩歌、傩舞。傩戏便是在傩歌、傩舞的基础上出现的。从傩嬗变出傩戏，在我国经历了一个漫长的时期。"[57]

　　庹修明先生指出："从傩堂戏跳神的内容看，大都是原始宗教，是巫教。巫要祭神驱鬼，就要朗诵、唱歌、跳舞。为了充实宗教活动内容，吸引更多的人参加，巫师就必须使用本地区、本民族的歌舞及其他为当地人民所喜闻乐见的文艺形式，来扩大影响，强化效果。傩堂戏是在民间通过宗教形式而发展起来的一种独特的戏剧样式，与土家族习俗和信仰紧密结合，因而它具有广泛的群众基础与顽强的生命力，受到土家族群众的欢迎。少数民族戏剧一种是在本民族民间艺术的基础上发展起来的，如彝戏、苗戏；另一种是从宗教仪式活动中产生的，这就是傩戏。德江县土家族地区傩堂戏的渊源没有系统的文献记载，但民间传说故事却很多。"[58]他还指出："我国土家族主要聚居在湘、鄂、川、黔四省边境，傩堂戏具有明显的土家族文化特色。傩堂戏的发展，先是傩、傩舞，然后产生傩戏。傩舞溯源于遥远的人类蒙昧时期，是我国最古老的一种舞蹈艺术，在漫长的历史进程中，由原来的驱鬼被灾的祭祀仪式……成为一种古朴的民间艺术。傩戏，就是在这个基础上，增添了诸种戏剧因素发展起来的。德江县土家族地区傩堂戏产生的年代，因无史料记载，无法作出准确判断……至少在五、六百年前，傩堂戏在德江土家族苗族地区就很盛行。"[59]

57 李肖冰、黄天骥、袁鹤翔、夏写时编：《中国戏剧起源》，上海：知识出版社，1990年，第209页。

58 德江县民族事务委员会、贵州民院民族研究所编：《傩戏论文选》，贵阳：贵州民族出版社，1987年，第196页。

59 德江县民族事务委员会、贵州民院民族研究所编：《傩戏论文选》，贵阳：贵州民族出版社，1987年，第197页。需要补充说明的是，1997年，重庆市从四川省分开，成立了直辖市。因此，这里的话也可以按照现在的行政省区规划变更为"我国土家族主要聚居在湘、鄂、川、渝、黔五省区"。

邓光华先生指出，根据祭祀的性质和仪式剧的类型，德江傩仪音乐分为各具特色的三类：祭祀唱腔、正戏唱腔和插戏唱腔。第一类用于"冲傩还愿"的法事，旨在酬神、娱神与驱邪赶鬼，其声音特点是粗、强、硬、响，充满了"傩神"的威力。这类唱腔大多为传统唱腔，具有强烈的民间色彩和地域特征，因此有所谓的母体傩腔之说。从音乐形态看，它们大多是一些不完全的五声音阶调式，三音列、四音列歌曲占比例大，而且旋律多呈下行趋势。其曲体结构较为原始，几乎都是以一个单句体为核心，或在句首加引腔，句尾加帮腔。有的则以一个唱句为基础，不断重复，形成循环往复、没完没了的套曲形式。"这种在音乐上的原始性与不成熟性，是远古巫傩仪式音乐的遗存。"[60]就巫舞音乐而言，无论是"四大坛"、"八小坛"，凡进行"参神"、"请圣"仪式时，都要表演巫舞。巫舞动作古朴、粗犷，甚至带有一些原始色彩，除《雪花盖顶》、《黄龙缠腰》、《边鱼戏水》和《苦竹盘根》等传统的舞蹈动作外，还有不少的舞蹈是从远古宗教仪式中直接演变而来的，至今仍保留许多古代巫舞的特点。[61]

按照邓光华先生的观察和考释，在德江傩戏的开坛仪式中，不仅要请来各方神灵和历代祖师，还要安顿好诸神带来的兵马，只准他们驻扎在九州城内，不让走出一步，以免扰乱傩坛还愿仪式的进行。为此，巫师即掌坛师需要跳特殊的巫舞"踩九州"，以镇住各方兵马。德江傩堂戏的"踩九州"不仅是一类特殊的宗教仪式舞，还包括自己的音乐。"踩九州"音乐由锣鼓、歌唱两部分组成，歌曲结构短小，一般只有上下两个乐句，句幅的长短常常根据歌词的变化而伸缩，每唱完一段，锣鼓即起，锣鼓停歇，歌声又起，如此循环往复，直到踩完九宫八卦为止。"踩九州"讲究方位、步伐，它的舞蹈动作包括旋转步、梭梭步、雀雀步、品字步、跨门步、丁字步、碎步、小羔羊步等各类舞蹈步伐。可惜这些舞步大多失传，现在只有极个别的巫师能够跳上一两段基本步伐。[62]这是因为，踩九州或跳禹步时，巫师非常强调思想意念，心中默念八卦之图（乾、坎、艮、震为阳，巽、离、坤、兑为阴），步伐和唱词须吻合。踩

60 邓光华：《贵州土家族傩仪式音乐研究》，北京：文化艺术出版社，2014 年，第 95 页。

61 邓光华：《贵州土家族傩仪式音乐研究》，北京：文化艺术出版社，2014 年，第 67 页。

62 邓光华：《贵州土家族傩仪式音乐研究》，北京：文化艺术出版社，2014 年，第 105-109 页。

位时，必须以奇数为实步，以偶数步为虚步，一阴一阳，一虚一实。跳时还须与手诀配合，做到脚跳、手挽、神思、口念（唱）四位一体，从而使人、神之间得以沟通。因此，巫师认为这种舞步是每个傩戏班子成员必须熟记和掌握的，不能跳错一步。[63]还有学者这样评述"踩九州舞"："踩九州是傩堂戏中一种比较原始古老的舞步，又名'九宫八卦'，但真能踩、敢踩的傩艺师不多了（传说踩错一步会少活一岁），凡举办大的'冲傩还愿'都要跳'踩九州舞步'……踩九州的意思就是端公先生将赴傩堂的诸神带来的兵马安置在傩堂内一定的方位，即八方兵马归位。其目的是不准他们乱窜乱动，以免扰乱傩堂。其动作特征是转胯、转体、踢腿、快跨等，基本步伐以踩八方步为主。"[64]

　　一般而言，傩舞是德江傩堂戏的重要组成部分。土家族的师娘派的傩舞步伐轻盈灵巧，有女性的"扭怩"味，而茅山派的傩舞步伐则略显粗犷雄劲，大方有力，颇有阳刚之美。傩舞的步伐常用以下十多种：四方步、推磨步、跪行步、捣摆步、靠脚小捣步、梭子步、八字步、丁字步、踩步、搓步、碎步、矮子步以及虎跳、旋转、筋斗等，这些类似于婆罗多《舞论》所述的各种基本步伐（cārī）都不同程度地反映到数十支傩舞中，如三盘角号舞、马鞭舞、铺傩舞、牌带舞、茶盘舞、踩九州舞、立楼舞、卦子舞、执旗舞、造钱舞、交标舞、领牲舞、小山舞、地盘舞、报虎舞、风箱舞、梅山舞等。德江境内的各个傩戏班舞蹈风格不同，舞蹈的地点是傩堂或傩堂的一张竹席。这些傩舞可以分为傩仪中的傩舞，包括三盘角号舞、马鞭舞、铺傩舞、牌带舞、茶盘舞、踩九州舞、立楼舞、卦子舞、交标舞、批罡发马舞、发五猖舞、神锣舞和纸钱舞（造钱舞）等13种，主要由掌坛师（端公先生）所跳，其中的发五猖和纸钱舞为双人舞。傩戏中的傩舞包括地盘舞、梅山舞、风箱舞、报虎舞、领牲舞、送神舞等6种，它们分别由一位、两位或三位掌坛师所跳。[65]

　　由此可见，傩戏的舞蹈、音乐（祭祀唱腔和正戏唱腔等三类唱腔以及锣鼓等器乐伴奏）是有机地融合在其正戏、插戏之中的。这和库迪亚旦剧的表演特

63　邓光华：《贵州土家族傩仪式音乐研究》，北京：文化艺术出版社，2014年，第70页。

64　谢勇、张月福：《国家级非物质文化遗产德江傩堂戏》，贵阳：贵州民族出版社，2017年，第33页。

65　谢勇、张月福：《国家级非物质文化遗产德江傩堂戏》，贵阳：贵州民族出版社，2017年，第32-36页。

色基本一致。婆罗多强调戏剧表演与舞蹈表演、音乐表演的三位一体，这一点在库迪亚旦剧中也有体现。该剧不仅重视演员的面部表情、眼神、步伐和手势等表演，也重视音乐元素的运用。库迪亚旦剧运用 21 种源自《舞论》音阶论和调式论的拉格（曲调或旋律框架），它还运用 dhruvatala 等 10 种节奏类型。库迪亚旦剧也大量运用鼓等膜鸣乐器和螺号等气鸣乐器、铙钹等体鸣乐器，而维那琴的运用似乎较少。相关的乐器名有：弥咤乌鼓（mizhavu）、打击乐库茨塔兰（kuzhitalam）、怡达卡鼓（idakka）、提米拉鼓（timila）、气鸣乐器库扎尔（kuzhal）、螺号（sankhu）。[66] 从实际运用看，鼓手（Nangiar）在所有乐手中的地位似乎最为重要。他的台词吟诵（akkitta）是序幕的仪式表演的重要组成部分。他的音乐性吟诵与不同的拉格和节奏型相结合。"鼓手的作用不只局限于乐队的一员，有时还充当指挥演出的戏班主人。"[67]

特别值得一提的是，德江傩堂戏掌坛师所吟诵的某些咒语（如观音咒、藏身咒、收邪咒、解秽咒、安神咒、灵官咒、雪山咒、黑煞咒、开关咒和观师咒等），与梵剧中戏班主在序幕表演中所吟诵的颂神诗值得比较。傩戏中运用的傩戏中运用的一些手诀也称诀法（包括祖师诀、独角将军诀、灵官诀、四元枷拷诀、铜锤诀、五猖诀、尖刀利剪诀、打鬼诀、莲台诀等），大略相当于库迪亚旦剧运用的各类手势，或更近似于印度教湿婆派经典、毗湿奴派经典所记载的各类手印（mudrā）。掌坛师用来镇魔压邪、驱鬼治病、祈福禳灾的一些符讳（符箓）也叫字讳，是一种是符非符、似字非字的神秘符号，大约相当于梵文 yantra 的内涵。它们包括健身符、退病符、隔鬼符、桃符、催生符、魁罡符、镇宅符、小儿夜哭符、鲁班符、紫薇符、紫微讳、破血封血讳、铁草鞋讳、海水讳、封条讳、闭门讳、生离死别讳等。[68] 每个手诀指法都有固定的形式，常用的三十六诀名称是：绕边拨路诀、同等高上诀、五雷匝山诀、绞路缠边诀、惩妖魔邪鬼诀、恶虎勾栏诀、压掌五雷铜墙铁壁诀、乱云恋辣诀、喝邪吃鬼诀、拖山压邪精诀、五脉蛮夷手手中印诀、高来长生诀、五朵莲花诀、蟠桃养老诀、大都官诀、小都官诀、统兵诀、勾兵诀、黄斑饿虎诀、铁牛诀、阴差诀、

---

66 Sudha Gopalakrishnan, *Kutiyattam: The Heritage Theatre of India*, New Delhi: Niyogi Books, 2011, p.80.

67 Sudha Gopalakrishnan, *Kutiyattam: The Heritage Theatre of India*, New Delhi: Niyogi Books, 2011, p.104.

68 谢勇、张月福：《国家级非物质文化遗产德江傩堂戏》，贵阳：贵州民族出版社，2017 年，第85-93 页。

阳差诀、天车诀、地车诀、穿山透顶诀、捆鬼诀、杀凶恶鬼神短肠精诀、三元将军诀、四元枷拷诀、金猫捕鼠诀、铜板诀、铁块诀、盖瓦诀、长鞭诀、金光银光万里放豪光诀、铜锤铁锤诀。[69]

　　这些符讳在库迪亚旦剧的表演中是不存在的，将其与开红山、上刀山、捞油锅等掌坛师绝技一道，视为中国傩戏的"独门绝技"实不为过。这也可以视为我国以后申报联合国教科文组织的人类非物质文化遗产代表作的重要依据之一。

　　关于上述傩戏运用的咒语、手诀和符讳（字讳），论者评价说："总之，傩坛中的咒语、手诀、符讳是傩掌坛师举行法事驱鬼镇邪，显示傩法无比威力的手段，带有较浓厚的迷信色彩。"[70]笔者认为，既然已经承认它们是傩戏掌坛师举行法事驱鬼镇邪且"显示傩法无比威力"的一些手段，那么就不应将这些手段亦即傩堂戏的表演手法视为"带有较浓厚的迷信色彩"，因为它们正如前述，只是一类宗教仪式表演的戏剧道具或艺术符号而已。上述傩戏掌坛师采用的手诀，或许来自于古代时期中国佛教所采用的某些手印，虽然它们和梵剧（库迪亚旦剧）演员们采用的舞蹈手势不相同，但与印度教（密教）所采用的一些手印存在极强的可比性。这似乎可以成为未来傩戏研究的一个新领域。

　　婆罗多心目中的妆饰表演指的是化装（服饰和油彩）与道具（模型和活物）。梵剧的背景主要依靠角色用语言描绘。舞台上的景物可用语言和形体动作暗示，而省略道具。库迪亚旦剧的服饰、化装与舞台布景，与《舞论》的规定存在一定的差异。"库迪亚旦剧的妆饰旨在确证典型的梵剧的'超现实'环境，与人类相处的神灵、恶魔与天国居民等非凡人物住在这一环境中……库迪亚旦剧的服饰并非只供个别角色所用，而是这些角色所代表的共同特征。"[71]印度的库迪亚旦演员服饰艳丽，花色繁多，但他们一般不戴婆罗多《舞论》所描述的各类头冠，其脸部化妆类似重庆黔江、彭水和武隆一带演员的开脸阳戏，且与重庆酉阳一带的面具阳戏有别。

69　谢勇、张月福：《国家级非物质文化遗产德江傩堂戏》，贵阳：贵州民族出版社，2017 年，第 93 页。

70　谢勇、张月福：《国家级非物质文化遗产德江傩堂戏》，贵阳：贵州民族出版社，2017 年，第 92 页。

71　Sudha Gopalakrishnan, *Kutiyattam: The Heritage Theatre of India*, New Delhi: Niyogi Books, 2011, p.80.

重庆市文化艺术研究院的段明研究员在《重庆酉阳土家族面具阳戏——神奇世界的戏剧文化遗存》(原载《渝州艺谭》1996 年第 2 期)一文中指出,重庆地区的阳戏演出,基本上不戴面目。戏中角色的装扮,其面部多为象征性的淡妆。在结构上有内坛(主要是做法事)和外坛(主要是唱戏)之分。但是,下川东涪陵地区[72]的阳戏,则分为面具阳戏和开脸阳戏两类。根据《涪陵地区戏曲志》的记载:"它(阳戏)流行于酉阳、秀山一带属面具阳戏;流行于黔江、彭水、武隆一带是开脸阳戏。所谓面具阳戏,就是表演者戴着面具演出,每个戏班有各种角色三十至五十多个不等,按常能演出剧目人物多少备制。而开脸阳戏,直接在表演者脸部装彩,绘制脸谱。"[73]酉阳阳戏又叫"跳戏"或鬼脸壳戏,它没有明显的内坛、外坛之分,由坛祭仪式和唱跳正戏两大部分组成。坛班所跳之戏,其内容都是阳间之事。阳戏班也不走丧家做阴斋道场。出场的角色均由人装扮,除旦角外,其余角色都戴面具。正是从这一表演特点出发,人们习惯称之为面具阳戏,以区别于其他地方的阳戏。[74]

就中国的傩戏表演体系而言,它也存在自己的妆饰表演和真情表演(如娱神娱人等)。傩戏的妆饰表演包括各类面具表演和服饰化装、法器道具。德江傩堂戏的法器道具包括主要四大件即牛角、师刀、牌带和卦子,还包括一般道具即令牌、马鞭、祖师棍、头扎、法衣、法裙、斗坛、朝片、竹席、竹筛子、头帕、大刀、大斧、锤、锣、鼓、钹、马锣子、木鱼、香、纸、烛、供品。傩堂戏演出时要戴上面具,面具也叫脸壳或脸子。"酉阳鬼脸壳戏出自今重庆市酉阳县,是一种流行于川东涪陵、酉阳等地区戴面具演出的民间祭祀戏剧,当地民众习称鬼脸壳戏。"[75]这类酉阳鬼脸壳戏也称"酉阳阳戏",其代表性剧目有《关爷镇台》、《庞氏夫人镇台》和压台戏《关爷扫殿》等。

面具在傩堂戏里具有特殊的重要地位,是这个剧种最突出的艺术特色。面具是傩堂戏演出中代表角色身份的一种夸张面貌形貌的化妆手段,也是衡量

---

72 这里所谓的"下川东涪陵地区"实际上指的是现在的重庆市十县区:涪陵区、垫江区、南川区、丰都县、武隆县、石柱县、黔江区、彭水县、秀山县、酉阳县。重庆市于 1997 年从四川省划出而成立直辖市。

73 转引自刘祯主编:《祭祀与戏剧集——中国傩戏学研究会 30 年论文选》,北京:学苑出版社,2019 年,第 350 页。

74 刘祯主编:《祭祀与戏剧集——中国傩戏学研究会 30 年论文选》,北京:学苑出版社,2019 年,第 350 页。

75 杜建华主编:《中国傩戏剧本集成·巴蜀傩戏》,上海:上海大学出版社,2018 年,第 360 页。

土老师在宗教活动中地位高低的标志。面具越多，能演出的剧目就多，聘请作法事的人就多，"司坛"的声望就越高。每个面具都有固定的名称，代表着扮演角色的身份。演出时用的面具数目，德江有"全堂戏二十四面，半堂戏十二面"的说法，这些面具的名称包括唐氏太婆、桃源土地、灵官、开山莽将、先锋小姐、消灾和尚、梁山土地、掐时先生、关爷（关羽）、卜卦先生、鞠躬老师、幺儿媳妇、了愿判官、乡约保长、关夫子、秦童娘子等。每一个面具背后都有一个传说故事。这说明这些面具确实具有中国特色。傩堂戏的面具多选用白杨、柳木制作，面具的造型则依据说唱本提供的线索和有关此类人物的传说进行绘制、雕刻。这些傩戏面具线条雄劲，雕刻深沉，色彩浑厚古朴，体现了无法以语言表达的原始宗教观念和情感。傩堂戏表演时，演员戴上面具，通过面具上的眼、嘴、鼻角处所开的小孔往外观察，进行表演。德江县傩堂戏面具有专用（如关羽和判官的面具）与通用（如丫环的面具）两类，通用的面具一般是在插戏中运用。德江县傩堂戏的道具和服饰都很古朴。傩堂戏不用布景，更不需要幕布，保持了我国古代民间小圆场地演出"百戏"的特点。土老师们给傩堂戏的道具和服饰涂上了一层神秘的宗教色彩，必然会在观众心里产生一种肃穆感，引发一种独具特色的剧场效果。傩堂戏的服饰特别简朴，武将上身着裙，分花色与素色两种，腰间用布或绸扎成彩结，上身穿普通服装加上简单配饰，穿普通鞋袜，背上插四、五面三角小旗，插上雉尾数支。文人服饰为中式长袍，服装多为演员自备。以前服饰比较讲究，有专门的傩堂戏装和戏鞋，但目前此类服饰已很少见。[76]不过，与婆罗多所论述的妆饰表演相比，梵剧演出时，演员的服饰、饰物似乎要更为丰富多彩。这可以《舞论》第23章述及种类繁多的花环、耳坠、耳环、手饰、脚饰、臂饰等为证。至于傩戏中也运用的头冠，在梵剧中更是无比丰富。梵剧中述及的涂彩亦即面部化妆和傩戏演员面目化妆，与双方运用的各类独具特色的面具一样，理应成为比较研究的一个重要内容。

实事求是地说，由于得到婆罗多《舞论》非常系统的情味论滋养，库迪亚旦剧在表现情味（即真情表演）方面更容易区分、辨析。相反，情感表演并非是傩戏、特别是德江傩堂戏这类宗教仪式剧的首要目的，因为它最初是一类还愿剧。当然，这也不能完全排除德江傩堂戏、酉阳鬼脸壳戏等在娱神、娱人方

76 德江县民族事务委员会、贵州民院民族研究所编：《傩戏论文选》，贵阳：贵州民族出版社，1987年，第202-206页。

面所表现的滑稽味、艳情味、英勇味或恐怖味（借用婆罗多《舞论》的戏剧情味论术语）。否则，傩戏就不会受到广大下层民众、特别是祖祖辈辈居住在闭塞农村的农民们的欢迎和喜爱。

第四节　余论

曲六乙先生在 1986 年 4 月撰写的论文《中国各民族傩戏的分类、特征及其"活化石"价值》中明确指出了贵州在傩戏研究中的特殊地位。他说："我逐渐形成了一个印象：我们中国是当今世界上保留傩戏最多的国家，而贵州由于它所处的特殊地理位置和社会经济文化条件，则成了我国傩戏最多的一个省份（地区）。"[77]他说："对于傩戏，人们从（20 世纪）五十年代起，就把它归入戏曲范畴，仿佛这已是定论，无可怀疑……现在我认为，傩戏不应属戏曲范畴，而是自成一类戏剧艺术体系。作为宗教文化与艺术文化的混合产物，世界上所有民族的傩戏，尽管都蜕变于宗教祭祀活动之中，都有受原始宗教影响的历史胎痕，都是在傩歌、傩舞和神话、民间传说的基础上产生的一种戏剧样式。黔西北威宁彝族的'撮衬姐'就是傩戏的一种形式。傩戏是具有世界普遍性的艺术现象，戏曲是中国所独有的艺术现象。无论起源、性质，还是表演内容、演出活动的习俗与方式，以及演出目的和表达手段，都不一样。这说明傩戏不属戏曲艺术范畴。"[78]曲先生认为"作为宗教文化与艺术文化的混合产物"的傩戏是"具有世界普遍性的艺术现象"，这一不同凡响的论断可谓空谷足音，足以振聋发聩，令人深思。正是因为傩戏的表演艺术具有一种"世界普遍性"，它和古典梵剧以及传承梵剧基因的库迪亚旦剧才有了充分而必要的比较基础。相较于傩戏和日本能乐比较而言，它和印度梵剧的比较更有基础，也更有意义。

朱恒夫先生主持的 2014 年度国家社科基金重大招标项目《中国傩戏剧本整理与研究》的系列成果已经出版。公开信息显示，该项目系列成果"为傩戏的深入研究提供了基础性的条件。傩戏问题十分复杂，理论难点较多，学科基础薄弱。尽管傩戏研究取得了一定的成就，但许多问题的讨论还停留在表层

77 德江县民族事务委员会、贵州民院民族研究所编：《傩戏论文选》，贵阳：贵州民族出版社，1987 年，第 2 页。

78 德江县民族事务委员会、贵州民院民族研究所编：《傩戏论文选》，贵阳：贵州民族出版社，1987 年，第 11 页。

上，还有一些问题则从来没有涉及过，如傩戏该如何定性？……傩戏有哪些宗教成分，它们是如何融合在一起的？等等。而要深入地讨论这些问题并取得突破性的进展，前提条件是研究者必须见到能够进行纵横比较的各地各种类的傩戏剧本。现在中国傩戏也引起了许多国家学者的关注，韩国、日本、俄罗斯、美国、英国、德国等国家都有人研究中国的傩戏，而《中国傩戏剧本集成》无疑能为他们的研究提供较为完备的文献资料"。[79]

笔者认为，要深入地讨论上述问题并取得突破性进展，前提条件不光是研究者必须见到各地的傩戏剧本，他们还应在树立民族文化自信的前提下，合理地构建傩戏研究的视野框架、心理基础，其中最重要的两环是真正走向跨学科的比较艺术学研究，走向文明交流互鉴的跨文化、跨国别研究。

当前，傩戏缺乏一大批吸引西方艺术界、西方的东方学研究界目光的表演艺术家，而包括库迪亚旦剧在内的梵剧表演家或印度古典舞蹈、古典音乐表演家却并非如此。中国的傩戏表演艺术和表演艺术家到过法国、韩国、日本等域外国家，也有日本、韩国等国外学者发表过傩戏研究的成果，但与印度学者以英语这一世界语言发表的海量的梵剧和梵剧艺术研究成果（自然也包括库迪亚旦剧和婆罗多舞等）相比，自然是"小巫见大巫"。如加上印度裔西方学者和部分西方学者以英语、法语、德语等发表的梵剧研究成果，中国傩戏在西方世界的研究成果在数量、规模上自然是落下风的。当然，这并非是贬低国内学者对于傩戏的相关研究。实际上，近年来，除了朱恒夫先生主持国家社会科学基金重大项目专题研究傩戏外，一些地方机构也自发成立相关的傩戏博物馆等，有的还不定期出版傩文化研究的相关学术期刊（内部期刊）。例如，位于贵州铜仁的贵州傩文化博物馆自1991年至2021年，已经发行了16期内部期刊《贵州傩文化》，它专门登载国内外学界的傩文化研究信息，登载傩戏研究成果，这是非常难得的，因其为国内第一种也是惟一的一种。近年来，关于傩戏研究的国家级、教育部等各级项目和研究生学位论文也不断涌现，傩文化研究呈现一片繁荣景象。[80]

---

79 上海师范大学社会科学管理处："成果获奖：朱恒夫《中国傩戏剧本集成》"，2021年5月19日上网。网址：https://shkch.shnu.edu.cn/51/0f/c27972a741647/page.htm。2024年1月29日登录查询。

80 周永健：《贵州傩文化研究述评（1980-2020）》，载唐治州主编：《贵州傩文化》（贵州傩文化博物馆主办），2021年，第2期（总第16期），第69-79页。2022年7月9日，笔者造访贵州傩文化博物馆，该馆唐治州馆长慷慨赠予多期《贵州傩文化》杂志，使笔者得以初步了解贵州傩文化的全貌。感谢唐馆长。

根据曲六乙先生透露的信息，到了新世纪即 21 世纪初，贵州的地戏和撮泰吉、安徽的池州傩、江西南丰傩和婺源傩、广西师公戏、云南关索戏等都被批准纳入国家级或省级非物质文化遗产，此前一段时间被打入"黑五类"的土老师、会首、民间艺人等被评定为国家级、省级非物质文化遗产传承人，得到了国家法律的保护。中国傩戏学研究会原副会长王兆乾先生同奥地利学者布兰德尔教授合著的德文版《傩戏》在德国出版发行。直到 2019 年，它仍旧是唯一一部向海外介绍、宣传中国傩戏的著作。[81] 由此可见，中国的傩戏研究要尽快地走向更加广阔的以英语为主的西方世界，何其难哉？！

这便是我们在进行以德江傩堂戏等为代表的傩戏与库迪亚旦剧的比较研究时面对的历史和现实，这也是当代整个中国学术界与世界学术对话时面临的尴尬、困惑与困境。

尽管如此，曲六乙先生的观点和声音仍然有效。他引述欧洲学者布兰德尔（Rudolf Brandel）的观点即"傩是世界古老民族的共生现象"后指出："把中国和东亚汉文字圈的傩与傩文化，同世界古老民族遗留下来的或者经过多次演变残存下来的原始形态或再生形态的假面民俗祭祀仪式歌舞活动，进行历史的比较学的研究，有可能拓宽对世界文化人类学、民族学、民俗学、宗教学、艺术学等领域的探索与研究。"[82]

笔者曾经说过，通过全面比较《诗学》与《舞论》的戏剧原理可知，这两部东、西方的划时代巨著存在一些明显的相似，但也存在一些差异。《诗学》与《舞论》的某些相似表明人类在情感智慧方面具有共同点，这使东、西方戏剧理论具有一定的亲和力；它们的差异又体现东西方民族文化的差异，这使它们彼此之间具有更多的互补性。[83] 如果以这样的心态看待以贵州德江傩堂戏等为代表的中国傩戏和以库迪亚旦剧为代表的梵剧的相似与相异，我们也认可曲六乙先生对傩戏具有世界普遍意义的断言，我们或许应该对这种跨中印文明的比较研究保持一种美好的愿望。

笔者认为，我们应尽快将中国学者曲六乙先生等人关于中国傩戏的重要

81 刘祯主编：《祭祀与戏剧集——中国傩戏学研究会 30 年论文选》，"序言：珍贵的历史足迹"（中国傩戏学研究会名誉会长曲六乙），北京：学苑出版社，2019 年，第 2 页。

82 贵州省德江县民族宗教事务局编：《傩韵：贵州德江傩堂戏》（上册），"代序"（曲六乙），贵阳：贵州民族出版社，2003 年，第 20-21 页。

83 尹锡南：《梵语诗学与西方诗学比较研究》，成都：巴蜀书社，2010 年，第 165 页。

研究成果译为英语或德语、法语等西方语言，在西方出版。中国的傩戏研究者须关注梵剧理论或梵剧表演艺术，关注日本、韩国等东亚国家之外的其他亚洲国家和美洲、欧洲国家戏剧表演，在宏大的跨文明（文化）视野下开拓中国傩戏研究新领域。

现代阐发

第十九章　梵语诗学的现代运用

　　印度学者认为，梵语诗学"应该成为世界文化遗产的一部分"。[1]在印度诗学与西方诗学的深入比较中，印度学者建立了一种坚强的文化自信，即古典梵语诗学与西方现代文论一样，皆具现代运用价值，二者可以互补，前者可以解决后者力所不逮的问题。一百年来，以印度伟大诗人泰戈尔等人为起点和代表，印度学者利用古典梵语诗学味论、韵论、庄严论、曲语论、合适论等分析、评价东、西方文学已蔚然成风。我们似乎可以将自泰戈尔以来的梵语诗学现代运用命名为"梵语批评"或曰"梵语诗学批评"。[2]梵语诗学批评在印度国内曾经是一个热门话题，但同时也是备受争议且引起国际学术界关注的现象。如《逆写帝国》的几位西方作者早在 20 世纪末就对这一现象进行追踪："印度学者和批评家曾经纠缠于这样的争论中：传统的东西在多大程度上适合于印度文学的现代批评。"[3]换句话说，梵语诗学味论、韵论、庄严论等在评价印度文学或西方文学时是否比"进口"的西方理论更加合适。《逆写帝国》的几位作者判断说："至少在一定程度上，这种争论是关于解殖的争论。"[4]按照

1　C. D. Narasimhaiah, ed., *East West Poetics at Work*, New Delhi: Sahitya Akademi, 1994, p.36
2　笔者曾在 2006 年将此现象称为"梵语批评"，时任《南亚研究》副主编的中国社会科学院印度文学研究专家刘建先生同年在修改笔者提交的一篇稿件时，将其改为"梵语诗学批评"。笔者采纳刘建先生的术语。本章原载《外国文学研究》2007年第 6 期。
3　Bill Ashcroft, Gareth Griffiths, & Helen Tiffin, *The Empire Writes Back: Theory and Practice in Post-colonial Literature*, London and New York: Routledge, 1989, p.117.
4　Bill Ashcroft, Gareth Griffiths, & Helen Tiffin, *The Empire Writes Back: Theory and Practice in Post-colonial Literature*, London and New York: Routledge, 1989, p.117.

比较文学中国学派理论倡导者的说法，以东方文学理论阐释西方文学属于双向阐释的一种，当然也属于比较诗学研究的范畴或延伸，因此，本章对梵语诗学在印度当代语境中的批评运用进行简要说明。

第一节　梵语诗学批评的发展历程

如果要从学理上追踪现代梵语诗学批评的源头，印度现代文学发展史上的两个著名人物即奥罗宾多·高士和泰戈尔不能忽略。他们的梵语诗学批评实践是一种不自觉的成功的"解殖"尝试。它预示着后殖民时代的印度学者将在这一既定道路上走得更远。

独立后一段时期，印度学者的梵语诗学批评乏善可陈。时间进入六十年代后，情况有了变化。1965 年，K.查塔尼亚在印西诗学比较著作中利用味论和印度宗教文化精神阐释西方现代诗人保尔·瓦莱里和 T.S.艾略特的诗歌。[5] 1971 年，维斯瓦纳塔在对殖民时期英国作家 F.W.贝恩（Francis William Bain，1863-1940）书写印度的小说进行评价时再次运用了泰戈尔式的味论点评法。维斯瓦纳塔称贝恩为"味宝库"（Rasakosa）。[6]查塔尼亚和维斯瓦纳塔的味论阐释法，掀开了后殖民时期印度学者进行梵语诗学批评实践的序幕。次年，著名学者 K.拉扬出版《诗歌中的韵与直白》。他用新批评派和法国象征派的诗歌理论对 T.S.艾略特和华慈华斯等人的英语诗歌进行分析，不时又以欢增的韵论进行印证。他说："我常常从梵语诗学里引进一些概念，但无一例外都是为了从另外一个角度讨论英语诗歌创作和批评观念。"[7]这说明了拉扬欲以韵论对西方诗歌理论的功用进行补充的心理。

几乎与维斯瓦纳塔的味论点评同步，部分印度学者在进行一种自觉的学术反思，其中以迈索尔大学的 C.D.纳拉辛哈教授和尼赫鲁大学英语教授 K.卡布尔等人为典型。1965 年，在迈索尔大学讨论欧洲与印度文学批评传统的一次学术研讨会上，纳拉辛哈呼吁道："过去几个世纪里，我们在印度一直可悲而焦急地关注别人的历史。如果我们不能超越而只能关注别人的过去，那么已

5　K. Chaitanya, *Sanskrit Poetics: A Critical and Comparative Study*. Delhi： Asian Publishing House，1965, pp.320-327.

6　K. Viswanatham, *India in English Fiction*, Waltair: Andhra University Press, 1971, p.134.

7　Krishna Rayan, *Suggestion and Statement in Poetry*, "Preface," London: The Athlone Press, 1972.

经到了关注我们自己历史的时候了。"[8]纳拉辛哈所谓"关注历史"可以理解为"遵循传统理论"，实际上就是回归梵语诗学与文学传统。这是对泰戈尔的回应，也预示着印度学界将在某一个方向进行长期的探索和努力。1974 年，苏吉特·穆克吉在《贾达夫普尔比较文学学报》上发表文章说，应该承认，西方文论与印度文学水土不合，不能用来评价印度文学。但悲哀的是："尽管亚里斯多德和朗吉努斯至今还在西方文学评论中有用武之地，我们印度却不能让自己的诗学遗产发挥任何作用。"穆克吉承认："在一个西方占统治地位的世界里，很难完全忽略西方的标准。"但穆克吉坚信："如果文学是特定文化的产物，它的价值最终要靠来自那一文化的理论进行评价。"[9]这里，穆克吉分明已经将梵语诗学批评的缘由点了出来。2005 年 3 月，积极倡导梵语诗学原理现代运用的尼赫鲁大学英语教授卡皮尔·卡布尔在接受笔者访谈时说过一番意味深长的话："印度受到西方影响已经多年，印度教育体制已被西方取代，印度传统思想文化不受重视。印度人在心智上已经成为西方的附庸。西方的成为理论，而印度的东西则变成论据。某种程度上可以说，印度已经停止思考，我们在思想观念上依赖于西方，失去了独立性。三十年前，我决定教授梵语诗学理论和哲学，提倡运用印度诗学理论来评价西方文学。我认为，印度的必须成为理论，让西方的成为论据。如果我们能够独立地运用自己的诗学理论发言，而不再一味借重西方话语，那我的初衷便实现了。"[10]卡布尔为此身体力行。从 1970 年代开始，他先后组织力量将一些梵语诗学名著如《诗探》和《味海》等翻译成英语，让英语系的学生首先进入梵语诗学的传统话语空间。他的这一工程至今还在进行中，并已扩大到梵语语言学、哲学经典范畴。

在卡布尔之后，一些学者不断加入梵语诗学批评的理论鼓吹和实践行列中。纳根德罗七十年代观察到，以往以西方文论评价东方文学的单向阐释正在让位于双向阐释："过去只是单向阐释，现今开始了双向阐释。我们用西方批评术语来阐释印度文学批评原理，同时也用印度诗学来解释西方文学理论。因

8　Naresh Guha, ed., *Jadavpur Journal of Comparative Literature*, Vol.12, Calcutta, 1974, p.140.

9　Naresh Guha, ed., *Jadavpur Journal of Comparative Literature*, Vol.12, Calcutta, 1974, pp.139-140.

10　尹锡南：《新世纪中印学者的跨文化对话：印度学者访谈录》，《跨文化对话》（第19 辑），南京：江苏人民出版社，2006 年，第 251 页。

此，一种普遍适用的文学批评法则正在形成。"[11]他认为，之所以如此，是因为印度拥有历史悠久且能有效阐释文学基本问题的诗学传统，其次也是因为印度学者拥有熟练掌握印度和西方文学理论体系的独特优势。历史地看，20世纪八十年代后，印度学界的梵语诗学批评更为典型且更见成效。1984 年 1月和 1985 年 5 月，在印度南部城市迈索尔的"韵光文学理论中心"（Literary Criterion Centre, Dhvanyaloka）分别举行了两次学术研讨会，主题分别是"建构共同的印度诗学"和"建构一种民族文学的观念"。这两次研讨会开始严肃地探讨运用韵论批评印度文学的问题。学者们的讨论结果是，梵语诗学的确可以"用来阐释和评价各种印度语言文学"。[12]

1988 年，M.S.库斯瓦哈编辑出版《印度诗学和西方理论》一书。他在序言中抨击印度评论界唯西方理论马首是瞻、甘愿充当西方理论注脚的现状。他引用别人的话问道，为什么印度"没有产生一个文学批评的印度学派"？[13]他在书中收录了大量有关梵语诗学与西方诗学比较的论文，还别出心裁地收入了 S.C.古普塔的一篇文章即《印度诗学烛照下的哈姆雷特》，对莎剧进行印度式研究。

克里希纳·拉扬在 1987 年和 1988 年连续出版两部书即《文本与亚文本：文学中的韵》和《燃烧的灌木丛：印度文学中的韵》。他总结十年前的初衷说："在我于 1972 年出版的书《诗歌中的韵与直白》中，我尝试利用 9 到 11世纪梵语诗学中的味韵论模式和法国象征主义诗学及新批评理论构建一种崭新的"韵论"（theory of suggestion）。[14]他在《文本与亚文本》中，按照东西结合的"新韵论"对弥尔顿、叶芝、贝克特等人的西方文本逐一进行阐释。在次年出版的《燃烧的灌木丛》中，他又以同样的方式对包括梵语、英语、孟加拉语、印地语在内的 16 种印度语言文学的精选代表作进行阐释。1991 年，拉扬出版《印度文学理论的批评实践》。他在序言的开头说："这本书提出的并非什么全新的理论，而是从印度诗学体系和近来及当下的西方理论中发展而

11 Nagendra, *Literary Criticism in India*. "Introduction," Nauchandi and Meerut: Sarita Prakashan，1976, p.36.

12 Krishna Rayan, *The Burning Bush: Suggestion in Indian Literature*, Delhi: B. R. Publishing Corporation, 1988, pp.10-11.

13 M. S. Kushwaha, ed., *Indian Poetics and Western Thought*, "Preface," Lucknow: Argo Publishing House, 1988.

14 Krishna Rayan, *Text and Sub-text: Suggestion in Literature*, "Preface," Delhi: Arnold-Heinemann Publishers, 1987.

来。"[15]应该说，拉扬是一个具有创新意识的睿智者。他既未远离梵语诗学传统，又没有抛弃西方诗学，而是结合二者，试图创立一种融合东西的新理论。他将这一新理论既运用在西方文学的分析上，也用来衡量印度内部多语言文学的成就。拉扬在梵语诗学批评的理论建树和实践操作方面，是一个非常特殊的人物。某些印度学者评价他说："拉扬因为运用梵语诗学核心要旨阐释英语文学和印度文学而声名鹊起。"他的四部论著使他成为一个"非常厉害的当代批评家"。[16]

进入九十年代后，印度学者的梵语诗学批评实践稳步前进，并时有"惊人之作"面世。1991 年，由印度文学院与迈索尔韵光文学理论研究中心联合主办了一次历史性的学术讨论会，主题与后来结集成册的书名相同："East West Poetics at Work"（东西诗学批评实践），这一主题非常鲜明地体现了印度学者化古典为实用、从清谈到运作的清晰思路。与会者包括著名的学者 C.D.纳拉辛哈、R.P.德维威迪、拉扬、K.克里希纳穆尔提、M.S.库斯瓦哈等。这些来自印度各地的二十五位学者中，包括了梵语、英语和其他语言的学者。I.N.乔杜里在开幕式致词中呼吁印度学界尽快重建文学评论标准，以利西方读者以合理方式欣赏印度文学。他承认这是一项巨大的工程。纳拉辛哈认为，印度人虽然近期在自然科学与工程技术方面有了些成就感，但是在谈论自己的文学艺术时，判断标准却不是自己的。纳拉辛哈有些无奈地说："众所周知，只有在吃饭和作爱方面没有人替得了你！"[17]他的失望和愤懑溢于言表。这次迈索尔研讨会是梵语诗学批评发展史上分水岭式的大事件。与会大多数学者提交的论文多是以梵语诗学标准来分析阐释印度与西方的文学作品，如 R.穆克吉的《韵论的运用：评"希腊古瓮颂"》、D.梅农的《味韵诗学能否有助于我们理解济慈的作品》、C.N.拉马钱德拉的《曲语论的运用检测》、C.N.室利纳塔的《霍普金斯诗歌中的曲语》、R.拉马钱德拉的《印度诗学观照中的李尔王》、V.R.拉奥的《印度诗学视野中的洛丽塔》和 A.潘尼迦的《作为文学评论标准的合适论》等。这次研讨会的一大特点是，学者们打破了以往集中于味论和韵论的现

15 Krishna Rayan, *Sahitya, a Theory: For Indian Critical Practice*, "Preface," Delhi: Sterling Publishers, 1991

16 C. S. Singh & R. S. Singh, eds., *Spectrum History of Indian Literature in English*, Delhi: Atlantic Publishers and Distributors, 1998, p.118.

17 C. D. Narasimhaiah, ed., *East West Poetics at Work*, New Delhi: Sahitya Akademi, 1994, p.5.

代运用的格局，将合适论、曲语论等其它梵语诗学流派的理论悉数拿来进行批评运用。这次集团亮相吹响了梵语诗学现代运用的嘹亮进军号。研讨会对梵语诗学批评的发展起到了极大的促进作用。

V.K.查利在 1990 年出版的《梵语文学批评》中也采取了梵语诗学批评的方法，对中国古代诗人李白的诗歌《玉阶怨》（英译为"Jewel Stairs' Grievance"）进行解释。该诗全文为："玉阶生白露，夜久侵罗袜。却下水晶帘，玲珑望秋月。"[18]他引用了庞德的评价后，再说出自己对该诗各种场景和意象排列的阅读印象："人们可以把诗中这种描写称为'味韵'（rasa-dhvani），因为诗中的女性'并没有说出什么抱怨的话'。"[19]C.S.辛哈在书中探讨了印度教和佛教哲学视野中的 T.S.艾略特诗歌理论、德里达与佛教思想的互动及印度视野中的布莱克和惠特曼作品。[20]这是在印度文化视野中分析阐释西方作品，批评的标尺当然是"印度造"。

直到 20 世纪末，印度国内对梵语诗学现代运用的反对呼声也没有停止过。著名比较文学专家阿米亚·德维评价纳拉辛哈主编的《东西诗学的批评实践》时说，该书价值不大，因为，梵语诗学只是印度诸多诗学体系中的一支，为什么偏偏要用梵语诗学来解读西方文学。按照他的观点，以梵语诗学来评价莎士比亚是没有害处的。他话锋一转："问题是理解莎士比亚，你得回到历史深处。"[21]这样来看，他基本上否认了梵语诗学批评的现实意义。卡布尔也承认，他当初提倡梵语诗学批评时，遇到了相当大的阻力。联系德维的观点，可以发现，印度学界部分学者对于梵语诗学批评仍然持谨慎乃至反对心态。

尽管一直存在分歧，从 1991 年迈索尔研讨会到新世纪来临的十多年里，梵语诗学批评还是一如既往地向前发展。例如，1990-1995 年间，古吉拉特邦沙达尔·帕特尔大学梵语系主任 A.I.塔戈尔教授就先后运用味论、韵论、庄严论等点评用古吉拉特语进行创作的诗人和小说家数人。1994 年，印度卡里库特大学梵语教授 C.纳根德罗在其关于梵语诗学跨文化研究的新著中，附录了

18 《李白诗选注》编选组：《李白诗选注》，上海古籍出版社，1978 年，第 49 页，该书中将"水晶帘"写为"水精帘"。

19 V. K. Chari, *Sanskrit Criticism*, Honolulu: University of Hawaii Press, 1990, p.130

20 Charu Sheel Singh, *Self-Reflexive Materiality: Three Essays in Comparative Methods*, Delhi: Associated Publishing House, 1997.

21 尹锡南：《新世纪中印学者的跨文化对话：印度学者访谈录》，《跨文化对话》（第 19 辑），南京：江苏人民出版社，2006 年，第 256 页。

一篇论文《作为诗艺的曲语：关于麦克佩斯的研究》。[22]这是以曲语论研究莎士比亚的悲剧。同年，印度古吉拉特邦沙达尔·帕特尔大学英语系博士生 V.朱普拉在导师 D.S.米什拉指导下完成学位论文《关于莎士比亚主要悲剧的印度式研究》（ *Shakespeare's Major Tragedies: A Study in the Context of Indian Approaches* ）。作者利用味论等古典诗学理论对莎士比亚悲剧进行了出色的分析。前述的 M.S.库斯瓦哈于 2000 年主编出版《印度和西方的戏剧理论与实践》，该书收录了印度国内外学者撰写的论文，它们包括《莎士比亚戏剧中的味韵》、《哈姆雷特的独白：以〈舞论〉为标准评价其本质和功能结构》、《从布莱希特的戏剧理论和实践看印度古典戏剧》和《解构与重构〈沙恭达罗〉》等。从这些题目便可以看出，库斯瓦哈在提倡梵语批评的同时，也在进行一种大胆的尝试，这就暗合中国学者提倡的"双向阐释"。库斯瓦哈在前言中直截了当地说："我们需要一种双向的文学话语。"[23]这是进入 21 世纪以来印度梵语诗学批评的一种新动向。下边再介绍三部相关专著。

1990 年，印度学者帕德科出版了《关于跋娑戏剧庄严的分析》一书。因为前人对梵语戏剧家跋娑的研究成果非常丰富，他在研究中决定另辟蹊径。帕德卡在书中先利用已有的五十八种梵语诗学庄严（修辞法）如夸张和明喻等逐一分析跋娑十三剧，再自创讥刺、委婉、警句、感叹和设问等五种新庄严对跋娑戏剧中的修辞手法进行评析。最后，帕德卡还从跋娑戏剧中析出了八种味和两种韵。帕德卡写道："跋娑已经运用了五十八种庄严，显示了他高度的原创性。本书研究可以得出这样的结论：跋娑是一位在文学中运用庄严技巧和艺术的大师（master）。"[24]帕德卡或许是以几十种庄严集中分析印度古典作家的第一位印度学者，他还创造了五种新的庄严，以解释跋娑戏剧的修辞手法。

1997 年，P.帕特奈克出版了令学界耳目一新的著作《美学中的味：味论之于现代西方文学的批评运用》。这部论著是梵语诗学现代运用旅途上迈出的崭新一步。味论是印度古代文学理论的精华，也是世界古代文学理论的代表性话语之一。本书是印度、也是世界学术界第一本以味论诗学系统阐释西方文学的著作。K.克里希纳穆尔提在该书前言中说："我钦佩帕特奈克博士的韧劲和虔

---

22 C. Rajendran, *A Transcultural Approach to Sanskrit Poetics*, Calicut: University of Calicut, pp.93-97.

23 M. S. Kushwaha, ed., *Dramatic Theory and Practice Indian and Western*, "Preface," Delhi: Creative Books, 2000.

24 S. S. Phadke, *Analysis of Figures of Speech in Bhasa's Dramas*, Goa: Panaji, 1990, p.116.

诚。他将味论分析用在了当代经典上。据我所知，这种尝试乃是同类书中的第一本"。[25]帕特奈克在序言中认为，在一个理论正变得越来越技术化的学术世界里，干巴无味而又错综复杂的辩论正困扰着现代文论家。幸运的是："味论使人感到神清气爽，明白易解。"[26]该书主体分为十一章。第一、二章介绍味论一般原理和九种味之间的关系。第三至十章分别利用九种味（艳情味、滑稽味、悲悯味、英勇味、暴戾味、奇异味、恐惧味、厌恶味和平静味）点评西方文学，偶尔也涉及中日印等东方文学。其点评的作家包括英国作家约瑟夫·康拉德、科勒律治，德国作家海尔曼·赫塞，法国作家加缪，奥地利作家卡夫卡，美国作家海明威等。在"结语"中，作者清醒而理智地设问："九种味真的能包容人类所有情感吗？"[27]看来，作者已经认识到，现代社会中的现代文学已带给味论不可忽视的挑战。但他还是自豪地说："非常有趣地是，一种1500年前的古老理论还能用来评价现代文学，而西方文学家却不得不提出新的理论来应对之。"[28]他无比自信地说："不管可能有多么完善，所有理论都会面对某些局限。如果一种理论能够满足一切情况，那它就只是一种理论而已。因为所有的理论都是不完美的，它们也就不能运用于某些语境中。但理论是活生生的东西，它会在成长变化中适应时代的需要。味论需要成长，需要重新变为生机勃勃的理论。这一点很重要，特别是当我们注意到这样一个事实：在过去四百年中，不幸的是，味论的发展非常缓慢。不过，味论能够用来评价现代文学这一事实，这就显示了它的普世性、超越时间的品质和富含的潜力。希望无比珍贵的味论能为现代批评家继续采用，以使古老文化传统长存于世。"[29]

2004年，印度古鲁古拉·康格里大学英语系主任S.K.夏尔玛教授出版《恭多迦之曲语论原理在英语诗歌鉴赏中的运用》。该书是21世纪以来印度学界以梵语诗学理论系统阐释西方文学的第一部著作。"曲语"即"Vakrokti"是

25 P. Patnaika, *Rasa in Aesthetics: An Appreciation of Rasa Theory to Modern Western Literature*, "Foreword," Delhi: D. K. Print World, 1997.

26 P. Patnaika, *Rasa in Aesthetics: An Appreciation of Rasa Theory to Modern Western Literature*, "preface," Delhi: D. K. Print World, 1997.

27 P. Patnaika, *Rasa in Aesthetics: An Appreciation of Rasa Theory to Modern Western Literature*, Delhi: D. K Print World, 1997, p.251.

28 P. Patnaika, *Rasa in Aesthetics: An Appreciation of Rasa Theory to Modern Western Literature*, Delhi: D. K Print World, 1997, p.254.

29 P. Patnaika, *Rasa in Aesthetics: An Appreciation of Rasa Theory to Modern Western Literature*, Delhi: D. K Print World, 1997, p.256.

由两个梵语词汇组成：vakra 即"曲折的"，ukti 即"表述"。曲语论来源于婆摩诃的《诗庄严论》。恭多迦在前人基础上构筑了一个体系严密、操作性强的曲语论体系。夏尔玛循着恭多迦操作性强的曲语论体系，对英国诗人雪莱、拜伦、济慈、华兹华斯、柯勒律治等人的诗歌进行曲语阐释。由于英语与梵语均属分析性语言，在性、数、格、词缀、分词、语态等诸多方面有共通之处，所以该书第二章"词音曲语"、第三章"词干曲语"、第四章"句子曲语"等的运用分析最为引人入胜，某些地方甚至比前述 1997 年帕特奈克那本运用味论进行梵语批评的著作更见功力，也更具说服力，当然对于梵语批评也就更具示范价值。作者在"结语"中说，该书有两大目的，一是探索梵语诗学与当今时代之相关性，二是按照印度传统知识视角，利用曲语论对英语诗歌或用世界上任何一种语言创作的诗歌进行评价。夏尔玛的结论是："总之，经过恭多迦曲语论原理之检视，英语诗歌的优美被证明是实至名归的。"[30]

第二节　梵语诗学批评的动因简析

梵语诗学批评运用已经走过了一百年历程。梵语诗学批评萌芽和发展的背后，到底有着怎样的政治或文化背景？它的发展存在着哪些问题？前景如何？

解释梵语诗学批评这一影响深远的复杂的文化现象，当然要联系到印度近代以来的历史发展。印度独立后，由于印巴分治的惨剧需要时间弥合人们心上的伤口，国内经济发展成为印度面临的最紧迫任务，再加上其它一些复杂因素，泰戈尔早年的主张与尝试暂时没有找到合适的接力手。随着时间推移，印度有识之士开始反省评论界的某些作为。例如，1965 年，K.查塔尼亚指出，诗学体验具有一种普世性，但印度知识界熟悉传统文化的人却患有一种"精神分裂症"。他们运用梵语诗学理论评价梵语诗歌，但在评价英语诗歌或用印度其它地方语言如印地语、孟加拉语等创作的诗歌时，却采取西方的评论标准。查塔尼亚直言不讳："这不是一种正当之举。因为诗学体验的本质应该基本一致，不管它是采取哪种语言媒介。"[31]以后，印度学者对于这些相关问题继续进行深入探讨。例如，库斯瓦哈对于印度学者、特别是印度英语学者唯西方马

30　S. K. Sharma, *Kuntaka's Vakrokti Siddhanta: Towards an Appreciation of English Poetry*, Meerut: Shalabh Publishing House, 2004, p.271.

31　K. Chaitanya, *Sanskrit Poetics*, "Preface," Delhi: Asian Publishing House, 1965.

首是瞻的奴化思想表示不满。他认为，尽管如此倾心而持续地关注西方理论，印度英语学者并未在西方学术界成功地打上思想烙印。例如，1984年版的《鹈鹕英语文学新指南导读》（*The New Pelican Guide to English Literature: A Guide for Readers*）可以视为现代英语学者的思想记实，它选择的印度学者没有超过十来个，并且多集中在印度英语创作领域。印度英语学者的文学批评理论，几乎完全是衍生性和模仿性的东西。印度英语批评界如此可悲的状况起因何在？他在书中写道："我们必须扪心自问，为什么自己的英语文学批评被贬斥为一直充当西方理论学说的注脚（foot-note）？"[32]从印度文化经典中获取精神动力后，库斯瓦哈毫不含糊地呼吁印度学者道："现在，我们需要做的就是扭转乾坤，即从遵循"他人之法"转向信奉"自己之法"，从'恋英癖'（Anglomania）转向'自恋'（metanoia）。我们必须与自己的根基、自己的土壤、自己的智慧和文化传统联系在一起。我们只能从真正属于我们而非借自他者的传统中创造出真正的文学与真正的文学批评理论。也许，这就是埃德蒙·格斯（Edmund Gosse）建议萨罗吉妮·奈都（Sarojini Naidu）在'印度精神启示'中创作诗歌的意涵。印度英语文学创作史也显示，只有当它不再模仿西方而坚守自己的根基时，才能获得国际文坛的赞赏。这就是说，只有当印度英语作家开始像印度人而非像英国人或欧洲人那么进行创作时，他才能获得国际认可。这正是"自我之法"的内涵所在。"[33]库斯瓦哈还在提倡遵循"自我之法"的基础上呼吁印度学者尽快地"确立自己的身份"，具备"印度视角"。他说："印度英语文学批评还未吸取这一教训。至今为止，它完全依赖西方学界的批评思考，其发展为西方思想观念所左右。印度文学评论如果想确立自己的身份，发出货真价实的声音，这一焦点必须转换。它必须以自己的智慧和美学传统为基础，这些才能给它提供真实的营养。不过，这也不是说，印度英语文学批评将割裂与西方批评理论传统的联系。这既不可能也不可取。我们所希望的只是，印度英语文学批评在获益于西方的洞察力和思想之际，也应该具备独特的印度视角。只有当我们既研究探索印度美学、特别是印度诗学，同时也与我们平常关注和思考的西方文学批评理论保持一致，印度视角才能得以形成。"[34]

---

32 M. S. Kushwaha, ed. *Indian Poetics and Western Thought*, "Preface," Lucknow: Argo Publishing House, 1988.

33 M. S. Kushwaha, ed., *Indian Poetics and Western Thought*, "Preface," Lucknow: Argo Publishing House, 1988.

34 M. S. Kushwaha, ed., *Indian Poetics and Western Thought*, "Preface," Lucknow: Argo Publishing House, 1988.

　　S.K.达斯的观点也非常有代表性。他认为，人类文明史就是不同族群、不同文化和不同意识形态交流的历史。从"邂逅"到"冲突交锋"再到"交流"，encounter 这个英文词的全部含义记录了不同文学传统间的互动、挪用和抵抗。"就我们身处其间的文明交流史而言，印度作家和印度读者的思想意识，大致为过去两个世纪以来在我们社会中并存的几种主要文化传统所决定。不同文学传统的同时存在，给我们的文学圈带来了持久的张力，影响到我们对自己的文学传统和对外国文学的反应的特点。十九世纪中期开始，关于印度文本的阅读因其'外国特性'而引人注目，这又时常和现代性的概念画上等号。对那些受过教育的印度人亦即麦考雷教育体制的寄生物来说，这便成了成就的标志。这也是为何我们对英国文学和其他欧洲文学的反应（通过英国人和其他中介人的调整干预）不能和法国人对英国文学或英国人对俄罗斯文学的反应简单相比的原因。我们的反应所处的情境乃外国统治者所赐，操控我们对英国文学和其他文学的反映的权力结构和使得欧洲文学之间的交流成为可能的权力结构区别非常之大。"[35]达斯接着说，印度从殖民统治下获得解放并没有太多地改变这一状况。与此相反，西方文学观念的霸权气势更盛。"确实，对于这种霸权的抵抗已经存在，各种印度语言文学作品的数量和种类不断增长便是确证，但是，现今印度学者采用的所有批评方法本质上属于西方所有。西方的每一样"珍宝"都左右着印度的批评观念。梵语和泰米尔语中现存的大量诗学文献仍然处于当代印度的思想体验之外。我们甚至开始对自己的史诗（引者按：指印度两大史诗《摩诃婆罗多》和《罗摩衍那》）感到不安，因为它们篇幅庞大，进展缓慢，最重要的是缺乏统一。这即便不完全是、也主要是因为，作为评价标准的经典来自于困扰印度教育体制的欧洲传统。因此，它也困扰了印度的文化精英。结果是，我们已经忘记了怎样阅读自己的经典文学。当下印度文学批评面临的基本矛盾是，一方面，它几乎完全充当了西方文学经典和价值判断的附庸，同时，它也附庸风雅地承认文学具有的文化特性。我们心目中的经典不再来自梵语，这一状况在不远的将来不太可能出现什么变化。"[36]达斯最后补充道："印度的学院派批评家们并不会对西方的强势存在、英语的扩张性市场和建构经典过程中的这种市场威权等感到特别不舒服。

---

35 Sisir Kumar Das, *Indian Ode to the West Wind: Studies in Literary Encounters*, "Introduction," Delhi: Pencraft International, 2001, p.12..

36 Sisir Kumar Das, *Indian Ode to the West Wind: Studies in Literary Encounters*, "Introduction," Delhi: Pencraft International, 2001, p.13..

因为，普通读者（即以阅读文学作为消遣的男男女女）在评价经典上已是整体的趣味败坏，这一现象在一个正经历世俗化进程的民主社会里并不令人惊讶。然而，批评家们应该有社会责任来对文本进行价值判断，换句话说，来建立一种经典。我们曾经为文学研究创造了经典，并在过去两个世纪里培育了经典，这两个世纪的时间包括了我们的殖民史和后殖民的当下。随着我们日益了解自己国家的不同文学、了解西方不同国家和中国、日本、西班牙语地区和非洲等世界其他地方的文学，我们常常需要对经典进行评价和重构。文学探索的领域必须拓展，文学交流的问题也将在我们未来的文学研究中成为核心。我们今天正站在十字路口。"[37]这些学者的思考和反省，从理论上储备了梵语诗学批评足够的精神食粮和动力，保证了梵语诗学现代运用从涓涓细流慢慢成为泓泓清泉，光可鉴人。

究其实，印度学者自觉采用梵语诗学来评价东西方文学，的确还与前述《逆写帝国》的几位作者所谓的"解殖"行为有关。独立以来，印度部分学者坚持进行印西诗学比较，在深层的思想对话中，他们同尼赫鲁一样，也发现了印度的伟大。对于这些人来说，这种伟大就体现在梵语诗学的价值上。他们认为："如果在亚里斯多德的火炬光焰照耀下能够发现印度古典文学价值的话，为何不可按照《舞论》和《韵光》的标准来阐释斯宾塞、肖伯纳、T.S.艾略特、尤金·奥尼尔或华莱士·斯蒂文森？"[38]这分明可以见出文化解殖的强烈诉求。

从跨文化对话与比较诗学的角度看，印度学者一贯提倡梵语诗学对于东西方文学批评的现代运用，也与他们在长期的东西诗学比较中发现的文化差异有关。这使他们对西方理论的普遍适用性及以西释印的传统方式产生了深刻的怀疑，并在一定的时代前提下作出梵语诗学批评的战略转向。他们认为，以西方悲剧观来评价《沙恭达罗》会闹笑话。以亚里斯多德诗学标准评价印度两大史诗是滑稽的。[39]印度学界对于印西文化差异有了非常清楚的认识，这使他们对西方理论在印度语境中的批评运用不能不产生怀疑或抵触情绪。这使他们中的一些思想激进者开始走到以西释印的反面。这是一种以印释西的

37 Sisir Kumar Das, *Indian Ode to the West Wind: Studies in Literary Encounters*, "Introduction," Delhi: Pencraft International, 2001, pp.13-14..

38 M. S. Kushwaha, ed., *Indian Poetics and Western Thought*, Lucknow: Argo Publishing House, 1988, p.2.

39 C. D. Narasimhaiah, ed., *East West Poetics at Work*, New Delhi: Sahitya Akademi, 1994, p.114.

"逆写帝国"。观察到这一动向的《逆写帝国》的几位作者敏锐地指出："印度传统是如此丰富,因此,很难预料建立在对传统美学利用基础上的印度文学批评的未来发展。然而,我们无法不将其作为一种抵抗欧美新普世主义的政治行动而加以赞赏。"[40]这一含有政治色彩的文化"模仿"还值得从印度内部发展来寻找学理依据。它与后殖民时期印度学者强烈的民族文化自信心有关。

　　说到梵语诗学批评,还不能不提到印度内部的复杂语言问题。独立后,印度曾经因此发生过严重的政治事件和社会动荡。现在,印度各邦实行三语并用的政策,即印地语、英语和各邦语言同时使用。在这样一个人口众多、语言复杂、社会问题不断的国家里,怎么保持国家统一,不仅是政治家们的焦虑,也是学者们关心的话题。在梵语诗学现代运用中,印度性又得到了一次强调和升华,这对增强印度的民族凝聚力似乎不无益处。

第三节　相关问题及评价

　　从目前看,印度梵语诗学的现代运用已成一定气候,但其存在的问题也不容忽视。梵语诗学批评发展到今天,已经走过了百年历程。但在它的发展背后,始终存在着许多不利的因素,有的是与梵语诗学本身有关的问题,有的来自其它方面。

　　K.R.S.艾衍加尔的观点比较独特。他既对印度充斥西方文学理论话语表示不满,也对转换视角、以梵语诗学理论评价西方文学持保留态度。他承认,存在印度文学批评界完全以西方理论为准绳的畸形事实。他写道:"在印度,过去100到150年间,我们被迫接受或主动接受西方文学和文论,这两种接受方式最初是合二为一的。接下来,我们对印度文学重新产生兴趣,作为学习西方文学与文论的结果,我们拥有了新的灯光和眼光,并产生了新的困惑,有了一些后见之明(hindsight)。和《伊里亚特》放在一起进行观察,《罗摩衍那》似乎结构混乱,《摩诃婆罗多》更是条理不清。自然,还有迦梨陀娑,哥德曾经赞扬过他的《沙恭达罗》。那么,迦梨陀娑就是我们的莎士比亚,印度的莎士比亚。这些称呼听来顺耳,随着这种满足感不断地获得,我们的兴趣日渐浓厚。米切尔·墨图苏登·杜塔就是印度的弥尔顿……在显微镜下以文本批评模式剖析和审视文学作品,结果发现,就像莎士比亚的十四行诗作者不一,

---

40 Bill Ashcroft, Gareth Griffiths, & Helen Tiffin, *The Empire Writes Back: Theory and Practice in Post-colonial Literature*, London and New York: Routledge, 1989, p.121.

《薄伽梵歌》也出现了很多的作者。罗摩故事的历史真实性受到质疑……如果按照亚里士多德诗学进行研究并发现，《摩诃婆罗多》存在缺憾，如果我们不情愿地承认，梵语戏剧缺乏悲剧（兴许《断股》和《龙喜记》是例外），那么，当我们明白这一点时，自尊心会得到满足：罗摩刚好在即位登基的那天被流放，悉多被罗波那拐骗而走恰好是她苦苦期盼罗摩与金鹿一起归来的日子，这些和索福克勒斯的《俄狄浦斯王》和《安提戈涅》一样，都是完美的悲剧情境。"[41]接着，艾衍加尔调侃道，如果在亚里斯多德的火炬光焰照耀下能够发现印度古典文学价值的话，为何不可按照《舞论》和《韵光》的标准来评价肖伯纳、T.S.艾略特？部分印度学者曾经在《罗摩衍那》中的《阿踰陀篇》和《森林篇》里搜寻亚里士多德式的"错误"（hamartia，或译"过失"）、"突转"（perepeteia）、"发现"（anagnorisis）和"净化"（katharsis，或译"卡塔西斯"、"泄疏"、"宣泄"）。十车王或罗摩的溺爱妻子是否就是推动悲剧前进的"错误"？但是，《罗摩衍那》的作者压根不知道古希腊悲剧观或错误、突转与净化的概念，而且，索福克勒斯在创作悲剧杰作时也没有考虑过这些东西。艾衍加尔说："如果愿意的话，我们可以尝试运用味论和韵论来研究西方文学，但就像在《沙恭达罗》或《昔拉波品》中臆断'错误'或'净化'一样，这也大体上只是一种知性行为，有趣倒是无疑，但并不必然带来什么新鲜的启示或提高诗歌欣赏的质量。长期以来，在一种文化环境里形成的这种并不幽默的批评运用，这种普罗克拉斯提斯式的勉强的批评模式，既不可取，也不会富有成效。如果说通过布拉德雷（Bradley）的理论考察莎士比亚偏离了真实一层，那么，通过《舞论》解读莎士比亚可能只是证明偏离了真实两层。最好直接阅读莎士比亚自己的作品。"[42]上述话说明，艾衍加尔对梵语诗学的现代运用基本上持审慎的态度。他在文章最后部分这样写道："现在，我得停止在西方和印度诗学之间信马由缰，为此文作个小结。模仿论和味论，卡塔西斯（净化）和韵论各自意义复杂，充满变数，它们常常在美学反应和批评鉴赏方面显出差异，但这在所难免，因为，文学创作和文学鉴赏的复杂过程没有一种统一的法则。尽管探索的是各种不同含义，但我仍然试图彰显模仿论和味论、卡塔西斯和韵论之间'遥远的亲情'。我甚至愿意或被迫承认，我的论述只是

---

41 M. S. Kushwaha, ed., *Indian Poetics and Western Thought*, Lucknow: Argo Publishing House, 1988, pp.1-2.

42 M. S. Kushwaha, ed., *Indian Poetics and Western Thought*, Lucknow: Argo Publishing House, 1988, p.2.

一种不太严谨的思考而非确立固定的模式，将西方和印度思想合二为一，形成一种普遍的美学。"[43]这说明，艾衍加尔主张梵语诗学与西方文学理论必须在印度文学批评实践中有机地统一起来。应该说，艾衍加尔的观点有一定的道理。这也显示印度学者对梵语诗学现代运用的态度存在分歧。

在前述以味论诗学解读西方文学的书中，作者帕特奈克清醒而理智地认识到，现代社会包罗万象的文学已带给味论不可忽视的挑战。但他还是相信，古代的味论诗学还能用来评价现代文学。他认为，运用味论评价现代作品，肯定会遇上一些困难。但理论是活生生的，它会在成长变化中适应时代的需要。希望归希望，客观存在的问题却不能否认。他自己也承认这一点。他说："然而，现代文学给味论带来了某些不能简单忽略的问题。讨论聂鲁达和艾略特的时候，我们发现，在很多现代诗人的作品中，知识主义扮演了多么重要的角色。我们在艾略特的诗歌中发现太多的暗示，包括历史、宗教、神话和文化方面的暗示。如果人们要理解这首诗，必须首先理解和明白这些暗示。就大多数现代诗人而言，惯用语具有相当的私密色彩，即语言的运用非常地个人化。因此，就可能出现含混复义。"[44]那么，怎么解决味论诗学批评运用中出现的问题呢？有的印度学者如帕特奈克认为，梵语诗学必须进行自身的现代转化。单就味论而言，九种味的处理太过简单化，不能完全包容现代作品。用味论阐释西方作品可能导致削足适履的结局。因此，在运用于评论之前，味的概念必须先行修正调适。

印度当代提倡梵语诗学批评的学者们对自己的传统诗学充满信心。他们相信："梵语诗学是普遍适用的（Sanskrit is universal）。"[45]有的学者认为，味是独特的印度概念，但它又具有放之四海而皆准的价值。因此，用味论诗学评价东西方文学是恰当的。但事实上，味论诗学从婆罗多《舞论》中八个味的阐发到后来平静味、虔诚味等味的数目增加，更由于新护等人对味论诗学的宗教哲学式阐发，味论诗学已成为地道的印度诗学。以印度传统诗学解释当代不同文化圈的世界文学，的确是一种极大的考验。例如，运用曲语论分析汉语诗

---

43 M. S. Kushwaha, ed., *Indian Poetics and Western Thought*, Lucknow: Argo Publishing House, 1988, p.13.

44 P. Patnaika, *Rasa in Aesthetics: An Appreciation of Rasa Theory to Modern Western Literature*, "Foreword," Delhi: D. K. Print World, 1997, pp.252-253.

45 转引自尹锡南：《中印对话：梵语诗学、比较诗学及其它》，《思想战线》，2006年第1期。

歌，由于汉语综合性语言的特点，可能会产生复杂的问题。当然，部分印度学者也认识到梵语诗学现代运用的一些问题。如 A.I.塔库尔（Ajit I. Thakur）认为，梵语诗学中的某些原理不能用来阐释西方文学，而某些印度诗学原理不能用来分析希腊悲剧。每一种文学理论体系都有适合本土批评的部分，当然也有普遍适用的要素。[46]K.卡布尔（Kapil Kapoor）等其他印度学者也有类似的观点。这说明他们已经意识到梵语诗学现代运用面临的严峻挑战。在此意义上说，艾衍加尔的前述思考的确是先见之明。

梵语诗学现代运用面临的挑战还来自西方文论在印度的"动物凶猛"和"市场泛滥"。毕竟，印度是英国人几百年的殖民地，印度经历了长期的殖民文化体验，西方的思想已经成为印度学术血液的有机组成部分。印度学者在运用梵语诗学于文学批评的道路上，不可能规避西方诗学的巨大影响。梵语诗学与西方诗学在批评运用的过程中，如何做到齐头并进或并行不悖，这同梵语诗学的现代转化一样，也是亟待攻克的学术难题。

---

46 尹锡南：《中印对话：梵语诗学、比较诗学及其它》，《思想战线》，2006 年第 1 期。

第二十章 泰戈尔《吉檀迦利》味论新解

众所周知，以母语孟加拉语进行创作的印度作家泰戈尔凭借自己英译的《吉檀迦利》等诗集获得了 1913 年诺贝尔文学奖。这是亚洲作家有史以来获得的第一个诺贝尔文学奖。已故印度著名学者 S.K.达斯认为，泰戈尔是世界文学史上"唯一一位翻译自己的作品以使其抵达更大范围读者的大作家……泰戈尔将成为我们时代一位最著名、也最具争议性的双语作家"。[1]100 年来，关于英文版《吉檀迦利》的表达主题众说纷纭。《吉檀迦利》带有浓厚而典型的印度色彩，其人神交融的抒情方式尤为引人瞩目。本章尝试以梵语诗学味论阐发《吉檀迦利》。

第一节 中印学者关于《吉檀迦利》的阐释

《吉檀迦利》传入中国后，受到学者们的多方评价。随着中国学者对泰戈尔作品译介的增多，一些学者开始从认识印度宗教哲学入手，探讨泰戈尔的宗教哲学观，进而分析《吉檀迦利》的思想主题和艺术手法。

关于《吉檀迦利》的艺术手法，中国学者刘建认为："将人与神比作一对恋人是几乎所有神秘主义诗人惯用的手法，神秘主义者认为神无所不在，他既可以是善良的女子，也可以是真诚的男人。因此，他们的宗教诗歌往往采用情歌的形式……而通过男女性爱的描写所揭示出来的确是人与神的情爱关系。

---

1 Sisir Kumar Das, ed., *The English Writings of Rabindranath Tagore, Vol.1*, "Introduction," New Delhi: Sahitya Akademi, 2004, p.10.

这在孟加拉语文学中是有着悠久传统的……我们中国读者在理解和欣赏这些诗歌时发生困难，根本原因在于两种民族文化在内容和形式上的悬隔。"[2]刘建还在同一文章中对《吉檀迦利》的叙事结构进行了分析。他认为，诗集第 1 至 7 首是序曲，表达了泰戈尔创作的缘由亦即实现人神合一的希冀；第 8 至 35 首是第一乐章，表达了对神的思念；第 36 至 56 首是第二乐章，主题是人与神的会见，即人神合一；第 57 至 85 首是第三乐章，主题是欢乐颂，先歌颂神带给世界的光明和欢乐，再低吟人神分离的痛苦；第 86 至 100 首是第四乐章，主题是死亡颂，诗人渴望真正达到人神合一的境界；最后三首是尾声，概括了诗集的内容和意义。此文点出了人对神的思念之苦、人神合一之乐和人神分离之痛等三个基本的叙事原型（借用文化人类学术语），这为以梵语诗学味论解读《吉檀迦利》提供了丰富的空间。

印度学者对于《吉檀迦利》非常关注。他们认为，本质上来说，《吉檀迦利》中的诗既是性爱之歌，也是晦涩难解之作，但其本质是爱和虔诚（bhakti）。"在泰戈尔的《吉檀迦利》中，人们可以发现很多诗句尽管包裹着神秘难解的内核，但它们的思想精华和文字魅力却显得非常地富于色情性。"[3]另一位印度学者这样论述《吉檀迦利》所表达的颂神主题："但是在印度，'这样的一位神'若干世纪以来一直是人们熟知的形象。中世纪印度的圣贤诗人对信徒与神的关系处处都涉及到了……神被赋予各种形象：如伙伴、主人、情人、未婚的夫妻甚至儿童。因此，《吉檀迦利》对印度读者并不像对西方读者那样代表着'一个崭新的诗歌体系'。"[4]这里的分析已经将虔诚味论中的某些精华要素点了出来。S.C.森古普塔认为，《吉檀迦利》开头的七首诗，描述的是人神关系，叙述神之礼物的无限重要和人神亲昵，第 8 至 13 首重点在神的亲证，即神如何亲近普通人，第 14 至 36 首首先描述人的焦虑期待，然后是人神相会的欢喜，第 37 至 57 首描述人神相会的真实场景及欢乐。第 58 至 70 首的基调是弥漫世界的欢乐，第 71 至 78 首涉及人神分离的痛苦，剩余的 25 首诗是最后一组诗。"最后一组诗歌的主题是最为合理的死亡，死亡可以摧毁所有的障碍，使人的灵魂返回其主人的怀抱，这与思乡之鹤飞回山巢极为

2 刘建：《论〈吉檀迦利〉》，载《南亚研究》，1987 年第 3 期，第 69 页。

3 Mohit K. Ray, ed., *Studies on Rabindranath Tagore, Vol.1*, New Delhi: Atlantic Publishers, 2004, p.3.

4 维希瓦纳特·S·纳拉万：《泰戈尔评传》，刘文哲、何文安译，重庆：重庆出版社，1985 年，第 125 页。

相似。"[5]

关于《吉檀迦利》，印度学界还存在一种存在主义的阐释模式。这就是说，《吉檀迦利》不是表达人神合一、世界和谐的理念，而是表达人神疏离、自我异化的现代困境。存在主义的解读，显示出西方哲学资源在阐释东方文学经典时的尴尬，这就更加凸显了梵语诗学味论解读《吉檀迦利》的特殊价值。

第二节 《吉檀迦利》的艳情味架构

梵语诗学中的庄严论、风格论、味论、韵论、合适论和曲语论等各具特色。梵语诗学的核心原理是历史悠久的味论。独特的印度文化土壤决定了味论的特质。在味论一千多年的发展过程中，印度中世纪时期出现的虔诚味论典型地体现了印度宗教对梵语诗学的深刻影响。

了解虔诚味论，必先谈谈独具特色的印度味论。味论作为梵语诗学的核心理论，它的发展经历了从戏剧味论到诗学味论、从边缘话语到中心话语的演变。《舞论》的作者婆罗多（Bharata）被称为"梵语文学批评理论之父"。[6]《舞论》在印度文论史上之所以享有崇高的地位，不仅在于它对梵语戏剧学的全面论述，更重要的是它对情味理论的深刻探讨。婆罗多认为："味产生于情由、情态和不定情的结合。"[7]婆罗多将味分为八种，即艳情、滑稽、悲悯、暴戾、英勇、恐惧、奇异和厌恶味。《舞论》中的味论带有浓厚的戏剧表演色彩，但已构成了味论诗学的雏形。

9 世纪以降，在社会政治大动荡和梵语文学僵化衰落的背景下，梵语诗学却出现了崭新的发展高峰。这便是以欢增和新护等为代表的味论、韵论诗学。欢增创立的韵论没有贬低味论，相反，他极为重视味论，在韵论体系中给味论以核心地位。在他之后，新护以对婆罗多《舞论》和欢增《韵光》的阐释深化了味论和韵论。如果说欢增是韵论的卓越代表，新护则是味论的集大成者。他们二人的诗学建树代表了后婆罗多时代梵语诗学的最高水平。味论发展到欢增和新护的阶段，已经成为与韵论双峰对峙的诗学理论。此后，14 世纪的毗首那特在《文镜》中公开提出："诗是以味为灵魂的句子。"他解释说："味

5 S. C. Sen Gupta, *The Great Sentinel: A Study of Rabindranath Tagore*, Calcutta: A. Mukherjee & Co. Ltd., 1948, p.120.

6 A. Sankaran, *Some Aspects of Literary Criticism in Sanskrit of the Theories of Rasa and Dhvani*, Delhi: Oriental Books Reprint Corporation, 1973, p.17

7 黄宝生：《梵语诗学论著汇编》（上册），北京：昆仑出版社，2008 年，第 45 页。

是灵魂，是精华，赋予诗以生命。"[8]这就明确地宣告了味论的核心地位。

随着时代的发展，当初具有客观物质含义的味逐渐演变为主观色彩浓厚的味。随着味的数目不断增多，最初带有世俗审美情感意味的味论不断地神秘化，并在中世纪时期进而演变为彻底的宗教美学即虔诚味论，它是对艳情味的宗教阐发，准确地说是一种虔诚艳情味。味论诗学这种文论与宗教的紧密结合趋势在古代世界三大文论体系中最为突出。

中世纪时期，印度社会发生了巨大变化。商羯罗宗教改革以后，印度教掀起了一场声势浩大、时间久长、涵盖整个南亚地区的宗教改革运动，这就是印度教虔诚派运动。虔诚派运动的特点是，宗教崇拜的中心已从主神崇拜转移到对其化身的崇拜，尤其是对毗湿奴大神的两个化身即黑天和罗摩的崇拜。[9]这些崇拜形成了几个黑天派，其中，孟加拉地区的阇多尼耶派是中世纪印度虔诚派运动最有影响的教派之一，它对泰戈尔的文学创作产生了直接的深刻影响。虔诚文学时期，大量虔诚文学作品以诗歌为主，歌颂毗湿奴大神的化身黑天和罗摩等，表达强烈的宗教情感。沾染虔诚派运动的宗教诗歌对于晚期梵语诗学味论影响巨大，很多虔诚味论者引用这些诗歌以进行理论归纳。孟加拉语文学产生了大量虔诚文学作品，它们以诗歌为主。"艳情味已成为诗的灵魂。因此，印度文学的中世纪时期是味论的黄金期。"[10]虔诚派运动对于中世纪印度文学理论深远，晚期梵语诗学虔诚味论便是这一运动的直接产物。

泰戈尔自幼学习梵文和英语，打下了坚实的民族语言和外语基础。这对其一生的创作与文学批评产生了深远的影响。泰戈尔对梵语诗学味论非常熟悉。他在莎士比亚作品、弥尔顿的《失乐园》和荷马史诗等西方文学经典中读出了"情味"。泰戈尔甚至还提出增加一个"历史情味"，以评价历史小说。泰戈尔对梵语诗学味论的推崇备至和批评运用，决定了他的文学创作必将在某种程度上化用梵语诗学味论的精髓，这在《吉檀迦利》中体现得非常明显。

《吉檀迦利》中人对神的思念、人与神的会合与分离等吟咏模式基本契合梵语诗学味论的基本理论框架，这似乎体现了泰戈尔对婆罗多和胜财等人的味论精髓隐而不见但又恰如其分的运用。这说明，《吉檀迦利》在基于艳情

---

8 黄宝生：《梵语诗学论著汇编》（下册），北京：昆仑出版社，2008 年，第 816 页。

9 刘建、朱明忠、葛维钧：《印度文明》，北京：中国社会科学出版社，2004 年，第 398-409 页。

10 Nagendra. *Literary Criticism in India*, "Preface," Nauchandi and Meerut: Sarita Prakashan, 1976, p.14.

味的前提下构筑其虔诚味话语。这与宗教色彩强烈的虔诚味直接继承和演化诗学艳情味一脉相承。在《吉檀迦利》中，艳情味是其核心情味，而由其直接演化而成的五种虔诚味则是烘托或支撑这一主味的绚丽五色。

婆罗多曾经在《舞论》中详细论述了八种味的不同特征，他首先列出的是艳情味，可见此味的特殊重要性。这种对"艳情"的崇尚，充分体现了印度特色。因为，印度教人生四目标之一就是欲。婆罗多认为，艳情味产生于常情爱，它以男女为因，以美丽少女为本。它有两个基础：会合与分离。换句话说，艳情味包括会合艳情味与分离艳情味。胜财生活在 10 世纪。他在《十色》中说："艳情味分成失恋、分离和会合三种。失恋艳情味是一对青年心心相印，互相爱慕，但由于隶属他人或命运作梗，不能结合。"[11]婆罗多把艳情味分为分离和会合二种，而胜财突破了这种二分法。

就"追求神时的思念"到"与神会面的欢乐"再到"再次分离的痛苦"这种系统连贯、天衣无缝的三阶段人神合一模式而言，"失恋艳情味"自然表现在第一个阶段即"追求神时的思念"。例如，在序曲中表达了与神合一的意愿后，《吉檀迦利》便开始了对神的苦苦思念，这非常近似于胜财所谓的"失恋艳情味"。例如：

我生活在和他相会的希望中，但这相会的日子还没有来到。（第13 首）[12]

阴霾堆积，黑暗渐深。啊，爱，你为什么让我独在门外等候？

……

若是你不容我见面，若是你完全把我抛弃，我真不知将如何度过这悠长的雨天。（第 18 首）[13]

就"与神会面的欢乐"亦即"会合艳情味"而言，泰戈尔在《吉檀迦利》中是这样描述的：

在清晓的密语中，我们约定了同去泛舟。世界上没有一个人知道我们这无目的、无终止的遨游。（第 42 首）[14]

你使我做了你这一切财富的共享者。在我心里你的快乐不住地

---

11 黄宝生：《梵语诗学论著汇编》（上册），北京：昆仑出版社，2008 年，第 464 页。
12 泰戈尔：《泰戈尔诗选》，冰心译，南京：译林出版社，2000 年，第 8 页。
13 泰戈尔：《泰戈尔诗选》，冰心译，南京：译林出版社，2000 年，第 10 页。
14 泰戈尔：《泰戈尔诗选》，冰心译，南京：译林出版社，2000 年，第 20 页。

遨游。在我生命中你的意志永远实现。（第 56 首）[15]

你的世界在我的心灵里织上字句，你的快乐又给他们加上音乐。你把自己在梦中交给了我，又通过我来感觉你自己的完美的甜柔。（第 65 首）[16]

你我组成的伟丽的行列，布满了天空。因着你我的歌声，太空都在震颤，一切时代都在你我捉迷藏中度过了。（第 71 首）[17]

就"再次分离的痛苦"亦即"分离艳情味"而言，《吉檀迦利》中有这样一些诗句进行描述：

假如我今生无缘遇到你，就让我永远感到恨不相逢——让我念念不忘，让我在醒时或梦中都怀带着这悲哀的痛苦。（第 79 首）[18]

我像一片秋天的残云，无主地在空中飘荡。啊，我的永远光耀的太阳！你的摩触还没有蒸发我的水汽，使我与你的光明合一。因此我计算着和你分离的悠长的年月。（第 80 首）[19]

在无望的希望中，我在房里的每一个角落找她；我找不到她。

……

啊，我把空虚的生命浸到这海洋里吧，跳进这最深的完满里吧。让我在宇宙的完整里，感觉一次那失去的温馨的接触吧。（第 87 首）[20]

至此，《吉檀迦利》大致的艳情味叙事模型已经奠基。接下来看看，泰戈尔如何在馥郁芬芳的艳情味花园中铺展或蜡染其五彩缤纷的虔诚色调。

第三节　《吉檀迦利》的虔诚味色彩

梵语诗学家鲁波·高斯瓦明生活在孟加拉虔诚运动勃兴的时代。他创作了两部独具特色的诗学论著，即《虔诚味甘露海》和《鲜艳青玉》。高斯瓦明重视本质上属于宗教艳情味的甜蜜味。按照阁多尼耶派的虔信理论，虔信者与大

---

15 泰戈尔：《泰戈尔诗选》，冰心译，南京：译林出版社，2000 年，第 28 页。
16 泰戈尔：《泰戈尔诗选》，冰心译，南京：译林出版社，2000 年，第 32 页。
17 泰戈尔：《泰戈尔诗选》，冰心译，南京：译林出版社，2000 年，第 35 页。
18 泰戈尔：《泰戈尔诗选》，冰心译，南京：译林出版社，2000 年，第 38 页。
19 泰戈尔：《泰戈尔诗选》，冰心译，南京：译林出版社，2000 年，第 39 页。
20 泰戈尔：《泰戈尔诗选》，冰心译，南京：译林出版社，2000 年，第 42 页。

神毗湿奴的关系有五种类型：沉思型、奴仆型、朋友型、父母型和情人型。与此相应，产生了五种艳情虔诚味（bhaktirasa）：平静、侍奉、友爱、慈爱和甜蜜味。这最后一种甜蜜味是最主要的虔诚味，被称为"虔诚味王"。在高斯瓦明心目中，五种艳情虔诚味中，最美的一种是甜蜜味（madhurarasa）。"也可以说，甜蜜味是一种表现为艳情味的虔诚味。"[21]高斯瓦明把品尝虔诚味看成是超越人生四要即法、利、欲、解脱的终极目标。他在《虔诚味甘露海》的开头写道："心灵深处只要涌起一丝对大神的爱（rati），人生四要就完全只是稻草而已。"[22]高斯瓦明还认为，虔诚味的品质和喜忧闇三德的属性有所区别。"即使稍微品尝一丝甜蜜的虔诚味，也能知晓它的本质，而仅靠推理（yukti）则不行，因为推理不能很好地领会虔诚味的真谛。"[23]信徒对克里希那的神圣之爱就是他们品尝最高欢喜的缘由。这种属于特殊艳情味的爱特别令人喜悦，总是温暖柔和。

　　虔诚文学和虔诚味论对印度各种方言文学有直接的影响和渗透，这种趋势一直延伸到印度近现代文学发展阶段。泰戈尔受其影响便是典型一例。泰戈尔家族信奉的是毗湿奴教派。泰戈尔并不讳言孟加拉语虔诚文学对自己的影响。他的很多宗教性诗歌被视为"神秘"难解之作，但如联系他的人神合一观，很多问题便迎刃而解："泰戈尔的宗教观正是以这种无限虔诚的爱去追求人神合一的真理，他的《吉檀迦利》也是这一思想的具体体现。"[24]泰戈尔追求神人合一的文学之美，本质上是一种来源于虔诚文学传统但也不失现代色彩的虔诚味。泰戈尔对虔诚文学中亲密的人神关系有深刻的体悟，这种体悟渗透到《吉檀迦利》的表达中。诗中常以情人的身份表现对神的渴慕，用父亲、朋友、情人或亲昵的第二人称"你"来称呼神。

　　在高斯瓦明的虔诚味体系中，五种虔诚味是按照一定次序排列的，平静虔诚味是第一个等级，然后逐次上升，最后达到最高亦即最美的甜蜜虔诚味。就高斯瓦明意义上的平静虔诚味（santabhaktirasa）而言，信徒必须清心寡欲，抑制情感，内心纯洁，心中的喜悦近似于苦行者在沉思入定中接触大神的自我灵魂之悦。在《吉檀迦利》中，这种沉思型虔诚味主要出现在最后部分而非开头

21　黄宝生：《印度古典诗学》，北京：北京大学版社，2000 年，第 66 页。

22　Rupa Gosvamin, *Bhaktirasamrtasindhu*, New Delhi: Indira Gandhi National Centre for the Arts, 2003, p.9.

23　Rupa Gosvamin, *Bhaktirasamrtasindhu*, New Delhi: Indira Gandhi National Centre for the Arts, 2003, p.12.

24　姜景奎主编：《中国学者论泰戈尔》（上），银川：阳光出版社，2011 年，第 263 页。

的诗歌中，这无疑体现了泰戈尔对传统诗学资源无比灵活的吸纳利用，也可能是他英译《吉檀迦利》时刻意选择带有沉思型虔诚味的诗歌作为尾声，以避免一开头即向西方读者展示带有平静味的死亡观而产生消极色彩，从而导致其误读诗歌。例如：

> 我知道这日子将要来到，当我眼中的人世渐渐消失，生命默默地向我道别，把最后的帘幕拉过我的眼前。（第 92 首）[25]

> 因为我爱今生，我知道我也会一样地爱死亡。（第 95 首）[26]

> 我跳进形象海洋的深处，希望能得到那无形象的完美的珍珠。

> 我不再以我的旧船去走遍海港，我乐于弄潮的日子早已过去了。

> 现在我渴望死于不死之中。（第 100 首）[27]

就高斯瓦明意义上的侍奉虔诚味（pritibhaktirasa）即第二等级虔诚味而言，这是信徒的服役阶段，他们对神的情感加深，发誓奴仆般服务于神。这是一种奴仆型的虔诚味。[28]例如：

> 只要我一息尚存，我就称你为我的一切。

> 只要我一诚不灭，我就感觉到你在我的四围。任何事情我都来请教你，任何时候都把我的爱献上给你。（第 34 首）[29]

> 过了一天又是一天，啊，我生命的主，我能够和你对面站立吗？

> 啊，全世界的主，我能合掌和你对面站立吗？

> 在广阔的天空下，严静之中，我能够带着虔诚的心，和你对面站立吗？（第 76 首）[30]

就高斯瓦明意义上的友爱虔诚味（preyobhaktirasa）而言，这是信徒的友爱阶段，不再视大神为主人，而视其为朋友，产生人神之间的挚友情感。这种朋友型虔诚味主要是指，在情由等因素的催生下，毗湿奴信徒心中涌起常情"友爱"（sakhya），然后便产生了对大神的友爱虔诚味。[31]例如：

---

25 泰戈尔：《泰戈尔诗选》，冰心译，南京：译林出版社，2000 年，第 44 页。

26 泰戈尔：《泰戈尔诗选》，冰心译，南京：译林出版社，2000 年，第 46 页。

27 泰戈尔：《泰戈尔诗选》，冰心译，南京：译林出版社，2000 年，第 48 页。

28 Rupa Gosvamin, *Bhaktirasamrtasindhu*, New Delhi: Indira Gandhi National Centre for the Arts, 2003, p.412.

29 泰戈尔：《泰戈尔诗选》，冰心译，南京：译林出版社，2000 年，第 16 页。

30 泰戈尔：《泰戈尔诗选》，冰心译，南京：译林出版社，2000 年，第 37 页。

31 Rupa Gosvamin, *Bhaktirasamrtasindhu*, New Delhi: Indira Gandhi National Centre for the Arts, 2003, p.468.

在歌唱中陶醉，我忘了自己，你本是我的主人，我却称你为朋友。（第2首）[32]

啊，我惟一的朋友，我最爱的人，我的家门是开着的——不要梦一般地走过吧。（第22首）[33]

通过生和死，今生和来世，无论你带领我到哪里，都是你，仍是你，我的无穷生命中的惟一伴侣，永远用欢乐的系链，把我的心和陌生人联系在一起。（第63首）[34]

就高斯瓦明意义上的慈爱虔诚味（vatsalabhaktirasa）而言，这是信徒的孝敬阶段，把大神视为父母，产生孝敬心理。这种父子型或母子型虔诚味主要是指，通过情由、情态和不定情的结合，在信徒心中涌起常情"慈爱"（vatsalaya），这就催生了慈爱虔诚味。[35]例如：

我知道你是我的上帝，却远立在一边——我不知道你是属于我的，就走近你。我知道你是我的父亲（my father），就在你脚前俯伏——我没有像和朋友握手那样地紧握你的手。（第77首）[36]

圣母（Mother）啊，我要把我悲哀的眼泪穿成珠链，挂在你的颈上。

星星把光明做成足镯，来装扮你的双足，但是我的珠链要挂在你的胸前。

名利自你而来，也全凭你予取，但这悲哀却完全是我自己的。当我把它当成祭品献给你的时候，你就以你的恩赐来酬谢我。（第83首）[37]

当母亲从婴儿口中拿开右乳的时候，他就啼哭，但他立刻又从左乳得到了安慰。（第95首）[38]

---

32 泰戈尔：《泰戈尔诗选》，冰心译，南京：译林出版社，2000年，第4页。
33 泰戈尔：《泰戈尔诗选》，冰心译，南京：译林出版社，2000年，第12页。
34 泰戈尔：《泰戈尔诗选》，冰心译，南京：译林出版社，2000年，第31页。
35 Rupa Gosvamin, *Bhaktirasamrtasindhu*, New Delhi: Indira Gandhi National Centre for the Arts, 2003, p.508.
36 泰戈尔：《泰戈尔诗选》，冰心译，南京：译林出版社，2000年，第37页。此处及后文所引冰心译文中的英文系笔者对照泰戈尔英文原诗所加。
37 泰戈尔：《泰戈尔诗选》，冰心译，南京：译林出版社，2000年，第40页。
38 泰戈尔：《泰戈尔诗选》，冰心译，南京：译林出版社，2000年，第46页。

　　就高斯瓦明意义上的甜蜜虔诚味（madhurabhaktirasa）亦即最美的虔诚味而言，这是信徒达到的最高境界即甜蜜阶段。在这里，人对神的爱达到最高水平，犹如罗陀对黑天大神的热恋一样。这种恋人型的被称为"虔诚味王"的虔诚味是指，通过情由、情态和不定情的结合，在信徒心中涌起常情"甜蜜"（madhura），这就催生了甜蜜虔诚味。按照《虔诚味甘露海》的描述，这种虔诚味含义极为丰富，但却只能以缩略形式书写，其本质玄之又玄，常人难以领悟，且对不具鉴赏力的读者而言，详细描绘并无必要。[39]这种甜蜜虔诚味在《吉檀迦利》中到处弥漫，例如：

> 我的情人（my lover），你站在大家背后，藏在何处的阴影中呢？（第41首）[40]

> 只因你的快乐是这样地充满了我的心，只因你曾这样地俯就我。啊，你这诸天之王，假如没有我，你还爱谁呢……因此，你这万王之王曾把自己修饰了来赢取我的心。因此你的爱也消融在你情人的爱里。在那里，你又以我俩完全合一的形象显现。（第56首）[41]

> 我的一切存在，一切所有，一切希望和一切的爱，总在深深的秘密中向你奔流。你的眼睛向我最后一盼，我的生命就永远是你的。（第91首）[42]

　　综上所述，泰戈尔心中的虔诚味已经弥漫在《吉檀迦利》的每一处角落，虔诚味与其诗歌创作达到了水乳交融的地步。泰戈尔信奉的确实是不折不扣的"诗人的宗教"。因此，《吉檀迦利》可以视为对最甜蜜的"艳情味"即各种虔诚味的现代注解和文学阐释。

第四节　余论

　　有的中国学者认为，泰戈尔的"神"是梵我合一的自然本体，是泛神论意义上的神。泰戈尔的泛神论首先肯定的是人和人的品德、力量。《吉檀迦利》中的"神"具有多面形象：诗人信念的体现者、真理与理想的化身、光明的象

39　Rupa Gosvamin, *Bhaktirasamrtasindhu*, New Delhi: Indira Gandhi National Centre for the Arts, 2003, p.536.
40　泰戈尔：《泰戈尔诗选》，冰心译，南京：译林出版社，2000年，第19页。
41　泰戈尔：《泰戈尔诗选》，冰心译，南京：译林出版社，2000年，第28页。
42　泰戈尔：《泰戈尔诗选》，冰心译，南京：译林出版社，2000年，第44页。

征、自由之神、爱的使者、生命与自然的表象及心灵的寄托等。[43]一些论者常举《吉檀迦利》第35首为例，以说明泰戈尔对未来印度社会乃至世界的理想憧憬：

> 在那里，心是无畏的，头也抬得高昂；
>
> 在那里，知识是自由的；
>
> 在那里，世界还没有被狭小的家园的墙隔成片段；
>
> ……
>
> 进入那自由的天国，我的父啊，让我的国家觉醒起来吧。[44]

　　可以说，上述论者试图通过《吉檀迦利》体现的神性挖掘其巧妙包孕的人性美、通过透视人神合一的理想设计探索泰戈尔如何将艺术美学与人生哲学、社会伦理、世界意识等水乳交融地编织为一张诗性之网。这自然有其合理之处。值得注意的是，《吉檀迦利》第 35 首的前后几首均为对神灵的颂赞或祈祷。这就自然带出一个看似简单却又复杂的问题：《吉檀迦利》为何在祈求人神合一的颂神诗中突如其来地插入这些看似风马牛不相及的主题呢？出现这种奇特情况的一个原因是，英文版《吉檀迦利》译自《献歌集》等多部不同的孟加拉语诗集，这自然决定了它丰富多彩的内涵基调和情感色泽。

　　从另一个角度看，这也体现了泰戈尔匠心独具的创造意识。众所周知，泰戈尔是集文学家、教育家与社会活动家于一身的杰出人物，也是一位将印度传统与世界意识结合得最好的诗人。正如印度学者所言："他是印度诗人中最有印度特色的一位，也是最有世界意识的诗人……泰戈尔是一位博览群书者，他对人类一切蕴涵永恒价值的东西都保持着强烈的兴趣。"[45]这种世界意识和复杂人格决定了泰戈尔编译《吉檀迦利》的别致方式。他在其中必然或隐或明地添加一些富于现实气息或包孕着私密信息的元素，以体现自己的创作旨趣。如《吉檀迦利》第10、11首对神灵亲近工人、农夫或最贫贱者的描叙，即是他改造印度社会现实的艺术折射，而第60首描述并无物欲羁绊的孩子们在无边无际的海滨嬉戏，这不难看出他在自己创办的国际大学尝试"森林教育"即让孩子们在大自然中愉快学习的影子。

　　这样看来，关于《吉檀迦利》每首诗歌的准确解读确实是不小的挑战，这

---

43 姜景奎主编：《中国学者论泰戈尔》（上），银川：阳光出版社，2011 年，第 373 页。

44 泰戈尔：《泰戈尔诗选》，冰心译，南京：译林出版社，2000 年，第 16-17 页。

45 Sukumar Sen, *Bengali Literature*, New Delhi: Sahitya Akademi, 1971, p.248.

也难怪很多学者和读者均视其为神秘难解之作。通过前边分析可以发现，泰戈尔自觉运用艳情味描摹《吉檀迦利》的轮廓，并有意识地利用几种虔诚味即特殊的宗教艳情味为其渲染烘托，使得整部诗集显得重峦叠嶂、云山雾海却又神秘诱人、美不胜收。可以化用苏轼的《题西林壁》来表达这种复杂的情形："横看成岭侧成峰，《吉檀迦利》各不同，不识'献歌'真面目，只缘眼在诗集中。"

总之，正确理解《吉檀迦利》，必须回到其产生的印度文化土壤进行思考，否则，对于这样一部重要的宗教抒情诗，读者或论者只能是"雾里看花"或隔靴搔痒。这也说明，就《吉檀迦利》或泰戈尔的其他作品、甚至是很多印度文学经典的正确阐释而言，译者和论者们要做的工作还有很多、很多。

第二十一章　梵语诗学烛照下的酉阳土家族诗人冉仲景

　　冉仲景是当代中国少数民族实力派诗人之一，也是当今重庆乃至中国文坛最有代表性的土家族诗人。著名诗人梅绍静说："冉仲景的许多作品您读着读着就要想：'我怎么不是少数民族？特别是今天，少数的像心灵源头的地方是需要回溯的。'"她还认为，冉仲景这种诗人，永远都是"少数民族"，因为他"要把'歌是历史，心跳是家'的深刻哲理当土特产捎给您。"[1]梅绍静的评价是中肯的。作为地道的土家族诗人，冉仲景有着长期的民族地区生活经历。他先在四川康定地区教书，后回到家乡重庆市酉阳县工作。他的创作以诗歌为主，其清新自然的诗风、繁复浓郁的诗情、鬼斧神工的诗语皆为读者留下深刻的印象。正如黄宝生先生所言，好诗经得起时间考验，也经得起读者从各个角度品味。读者可以凭自己的生命体验和艺术学养来品味，也可以按东西方任何一种诗学观念来欣赏。梵语诗学理论与古希腊诗学、中国古代文论形成世界诗学的三大源头。诗学发展到当代，理论形态已经发生很大变化，但这并不影响文学理论批评的某种规律发生作用："无论是古典诗学，还是现代诗学，其基本原理是相通的。这犹如蜡烛和电灯，其照明功能是一致的。"[2]实际上，印度学者近年来已经在当代文学评论中大量地运用梵语诗学理论。在以独特方式保护自己传统文化方面，他们走在了中国学者的前面。一位印度学者在评

1　梅绍静："所谓迟到：序冉仲景《从朗诵到吹奏》"，冉仲景：《从朗诵到吹奏》，北京：中国三峡出版社，2003年。
2　黄宝生：《梵学论集》，北京：中国社会科学出版社，2013年，第142页。

价梵语诗学味论之于文学批评的意义时说："味论使人感到神清气爽，清晰易解。"[3]因此，本章尝试运用梵语诗学理论对冉仲景诗集《从朗诵到吹奏》作一简略分析。

第一节　庄严论

以公元前后不久诞生的《舞论》为起点，梵语诗学经历了 1000 多年的发展史，形成别具一格的诗学体系。它有自己的一套批评术语，如庄严、曲语、情、味、韵、合适、风格、诗德、诗病等。其中，最重要的三个批评原则是庄严、味和韵，分别体现诗歌的语言美、感情美和意蕴美。

梵语诗学家将诗歌修辞叫作"alankara"，汉译为"庄严"。第一部真正意义上的梵语诗学著作是婆摩诃的《诗庄严论》。庄严分为"音庄严"和"义庄严"。音庄严指能产生特殊声音效果的修辞手法，如谐音、叠声等。义庄严指能产生特殊意义效果的修辞手法，如明喻、隐喻、较喻、对偶喻、自比、合说、藏因、奇想、夸张、迂回、明灯等。通过这些修辞手法，形成诗歌语言的优美表达方式。这正是诗歌语言和普通语言的区别所在，也包含了俄国形式主义论者关于诗歌语言"陌生化"主张的合理因素。

冉仲景诗歌之所以令人满口余香，首先在于他对诗歌语言和普通语言的鉴别上。他对于诗歌语言的精心选择使得其诗歌保持了一种恒久的"庄严"美。先以"谐音"为例。梵语诗学家心目中的"谐音"是指重复使用相同的字母，从而达到类似于汉语的押韵效果，以求琅琅上口。以冉仲景诗歌《桑吉卓玛》为例："二十八年里我桑吉着消瘦／八十二年里我卓玛着失眠／在你四四拍的酒窝岸边／你的红颜宽广有如春天的草原。"[4]这里的"眠"、"边"和"原"均含有相同的韵母，非常押韵。再看《格桑》："一次格桑将永远格桑／谁把她们娶作妻子贴到心窝窝上／谁一辈子都感觉温暖。"这里的"桑"和"上"韵母相同，"暖"的韵母近似。（第 50 页）再看《一群醉汉迎亲归来》："酒酒酒酒酒哦——不过是水／喝喝喝喝喝啊——不过是醉。"这里的"酒"和"喝"都是重复使用，延伸了普通词的美学力度。（第 197 页）

3　P. Patnaika, *Rasa in Aesthetics: An appreciation of Rasa theory to modern western literature*, "preface," Delhi: D. K, Print World Ltd., 1997.

4　冉仲景：《从朗诵到吹奏》，北京：中国三峡出版社，2003 年，第 7 页。后引用该书只在文中标明页码，不再一一加注。

再从义庄严来看，冉仲景诗歌更是异彩纷呈。义庄严中最普遍也最要的是比喻。比喻在梵语诗学中分得很细，如明喻、隐喻、较喻和对偶喻等。先看《白马》："大地鼓一般隆起／雪是我的家乡，火是我的天涯。"（第 106 页）这里将明喻和隐喻并举。再看《节日》："这是火焰一般燃烧的节日／让我们捧出大地的硕果。"（第 50 页）这里的比喻有些超乎寻常。而《原野》中的小河更是神奇："小河临风飘举／把婀娜的自己舞成了洁白的哈达。"（第 16 页）事实上，冉诗的这些比喻都不是普通的比喻，他们有的已达到另一种义庄严即奇想的境界。所谓奇想指比喻的主旨不在相似性，而与夸张相关，因此，比一般比喻更具有想象或幻想的成分。它非常切合冉仲景浪漫的诗心，使其诗歌翅膀得以如意翱翔。再举《桑吉卓玛》为例："我走遍了灵魂的每一个角落／如果月亮不是最寒冷的花瓣／你的名字就是我的故乡。"（第 7 页）这里的奇想又藏有对偶喻的影子。冉诗中也有典型的夸张，如《向一个女孩打听远方》："十年，二十年，甚至一千年／我肯定还要回来／回到今天／回到这清浅的河边／回到大地的边缘。"（第 9 页）如《痴望》："我还未到达生命的边缘／便一望三千年。"（第 12 页）冉诗中还有一种称为"迂回"的义庄严。如《重返米旺村》："黑狗年幼／不知道我也姓冉／就闪电一般向我扑来／从泥路上爬起／我没敢伸手／抚摩疼痛难忍的双膝／膝上的泥／真香啊！"（第 205-206 页）在梵语诗学中，"迂回"是指不直接说出想说的事情或观点，而是以另外方式表达。这里的冉诗说黑狗不知道自己姓冉和感叹泥土的清香，就迂回表达了自己对故土的无比依恋。冉诗中有许多令人眼花缭乱的明灯。明灯的梵语原义为"照亮意义"，是指诗中某个词语为各句共用，犹如一盏明灯照亮所有事物。明灯分头、腹和尾三种。冉诗多用腹部明灯。且看《格桑》："她们一朵一朵地格／一朵一朵地桑／极红极黄极紫极蓝极灿烂／也极故乡……于是就美得黑里透红／美得意味深长／直到美得难以为继了／她们就转移到爱情那方。"（第 49 页）这里的明灯运用极为繁复，体现了诗人极为丰富的想象。"一朵"、"极"和"美"就是诗句中一盏盏"明灯"，共同照亮了诗歌的魅力。再如《牵引》："草的尽头是绿色／果实尽头是甜蜜／雪的尽头是飘舞与飞扬／而语言的尽头并非神话／诗歌与爱情，它们是否有尽头。"（第 99 页）"尽头"在这里就是明灯，照亮了诗人关于自然与人生的理性思考。再如《声音》："鸡一声天明／狗一声报告山路上来了客人／花一声呛了阳光／草一声翠了溪涧绿了野岭。""一声"又"一声"交织成最纯粹的山乡田园诗。在《高原：我的又高又远的心脏》中，诗人以头部明灯"如果，如果你，如果你愿意"统摄了第一部分六个诗段。冉仲景还创造了一种可以称为"冉式明灯"的义庄严。且看《流浪》："我就要涉过一条冉的河流／穿过一片仲的牧场／进入那座景的废墟了。"（第103页）他把自己名字拆开来制作一种中国式明灯，让它照亮诗歌的"陌生化"效果。在《返回》中，诗人再次利用这一"冉式明灯"："冉年仲月景日，我离开真言和雪山……冉年仲月景日，我在坠落／以悲悯的速度到达你们中间。"（第151页）这次的明灯又是另外一种风情。

综上所述，冉诗中运用了各种庄严，这使其诗歌的魅力得到强化。多种义庄严的混合运用有助于达到赏心悦目的美学效果。这表明冉仲景是一个语言运用或曰驱使"庄严"的高手。

第二节　曲语论

在梵语文艺理论发展史上，现存已知最早的诗学论著《诗庄严论》的作者婆摩诃提出了"曲语"的概念。他认为，一切文学作品都应以曲折方式来表达。曲语是一切庄严即修辞手法的共同特征。11世纪，恭多迦创造性地发掘庄严论中旧已有之的批评概念，大胆地创立了自成体系的曲语论。他在《曲语生命论》中认为："诗歌是以某种艺术方式处理的语音和词义的结合，它体现诗人的曲折表达，使知音者获得心灵愉悦。"[5]在恭多迦那里，曲语是诗人以艺术方式创造美的过程。他将曲语看成是诗歌的灵魂或生命。不可否认，曲语是在庄严论基础上的创造性发展，它以"曲语为准绳，贯穿一切文学因素"。[6]曲语论因此成为梵语诗学的重要派别。

恭多迦将曲语分成六类即音素、词干、词缀、句子、章节和作品的曲语。音素曲语是指谐音、叠声等产生特殊声音效果的修辞手法，它与庄严论中的音庄严类似。词干曲语则指惯用词、同义词、转义词、修饰词、委婉词、复合词、词根、词性和动词的特殊运用。词缀曲语是指时态、格、数、人称和不变词等语态变化的曲折性。句子曲语相当于庄严论中的义庄严。章节和作品曲语主要指改编作品的艺术处理问题。这里主要运用词干曲语和词缀曲语的某些

5　Kuntaka, *Vakroktijivita*, ed. by K. Krishnamoorthy, Dharwad: Karnatak University, 1977, p.6.

6　黄宝生：《印度古典诗学》，北京：北京大学出版社，2000年，第378页。

原则对冉诗进行分析。

惯用语曲语是指一个常用的词语被赋予它所不具有的意含或属性，或是对一个常用词进行夸张变形以求表达诗人的赞赏或蔑视。如冉仲景的诗歌《简单的草原》："能否以羚羊的奔走怀念速度……能否以泪水的盐分偿还母亲。"（第33页）这里的"速度"和"盐分"即为常用词或惯用语，但它们在这里被诗人赋予了无法言说的丰富意象。再如《走向雪山》："女神名字的雪山／在诗歌的前面／爱情的后面／等我们直到永远。"（第48页）这里的"女神"和"雪山"具有非常丰富的宗教文化内涵，表达了一种虔诚和圣洁的意味，它们与"诗歌"和"爱情"的结合，将诗人心中的礼赞之情表露无遗。再看《草原十四行》："除了苦难的爱情／你是我最艰深最疼痛的词汇。"（第69页）《自白》中曰："向蝴蝶学习轻盈／向浩浩天宇找寻家乡。"（第103页）这里的"词汇"、"蝴蝶"和"天宇"都为诗人负担了承重载轻的夸张变形。再如《邀请》："天亮了，我要把所有的诗句／摊在阳光下：同志们／快来，快来看哪／这里有着你们向往已久的黄金。"（第126页）这里的"诗句"是一普通词汇，但在诗人笔下却具有匪夷所思的功能。

同义词曲语是指在诗歌中对广义上的同义词的艺术使用。它可以是一系列词语的并列，也可以是一系列意象的铺陈，他们在意思或功能相仿的基础上增加诗美。如冉诗《康定》："高远的天空总是充满雪意，充满暗示／所以我把我的爱情叫做康定／把挚友、死敌、围裙与真言叫做康定／从青稞酒中，品味一种高寒的哲学／我把我的欢乐和我的哭泣叫做康定／把短暂一生也叫做康定。"（第8页）这里诗人运用了一系列非同寻常的词语如"爱情"、"挚友"甚至"死敌"等对康定进行"定义"。这些围绕康定而生成的同义词在唤起诗人情感记忆和刺激读者审美愉悦这点上具有相同功能。

转义词曲语是指在引申意义上使用一个词语，表达与它本身没有直接关系的意思。也许这二者之间表面上无任何相似处，但它们之间最细微的一点共同属性也能使之产生独特的诗美。如冉诗《麻雀》："我就是那只麻雀／与生俱来的乡村生活经历／使我温柔，羞怯，唯美／蔑视一切高贵。"（第221页）这里的"麻雀"与"我"本身没有任何相似处，但二者在"乡村生活经历"这一共同环境熏陶下便产生了思想共鸣："温柔，羞怯，唯美"等等。

修饰词曲语是指对于形容词的艺术使用，它能使诗歌语言变得更加生动形象。对一个诗人的真正考验首先就看其关于形容词的使用。冉仲景诗歌在这点上是优秀的。比如他的《祈祷》："除了一行行脉脉流淌的诗歌。""从神话里取出圣洁饱满的种子。"（第47页）再看《格桑》："总是在高原最动情的部位开放。"（第48页）《扎聂演奏》："今夜，月光将带着明丽的孤独。"（第59页）《寄友人》："她有灿烂的笑容纯朴的心灵／还有衣衫下越隆越高的／令山区和我都放心不下的青春。"（第186-187页）

　　动词曲语是指对于动词的精心选择和艺术处理，有时候，一个动词能表达其他动词不能达到的效果，或将一个抽象概念形象化。可以说，动词和形容词的选择是考验诗人的两大难关。冉诗在动词运用上已至化境，如《向一个女孩打听远方》："在码头，我将挽住闪电的手／在车站，我将撞见大雪纷飞的冬天。"（第9页）"挽"和"撞见"便是诗眼。再如《雪水》："一年四季，任意的阳光／走在每一只飞鸟的羽毛上。"（第18页）"走"字用得别出心裁。再看《节日》："我们都是高原既美丽又苦难的孩子／在风中阅读真言／从血液里倾听歌声。"（第51页）"阅读"和"倾听"见出诗人的功力。再如《大地的秘密》："看见梨花／一朵接着一朵涌出枝头／我相信：大地／正藏在春天后面／暗暗使劲。"（第181页）这里的"涌出"、"藏"和"使劲"最传神地显示了诗人的创造才力。

　　委婉词曲语是指用梵语或英语意义上的不定代词如"什么、一切、所有、一些、如此、那么、怎么、什么样、谁"等指代描写对象。不定代词具有含蓄的特性，能使表述对象变得更有魅力。如冉诗《除夕夜，大雪降落高原》："唱民歌的汉子站在雪中／期待着什么／他身后的猎狗也期待着什么／而我醉了／从瓶口一直醉往瓶底／什么都不什么。"（第40页）《祈祷》："除了一行行脉脉流淌的诗歌／我们什么也没有。"（第46页）《草原十四行》："什么样的河流无始无终／什么样的寒冷铭心刻骨……草原草原，我的草原／你积累和收藏的那一切／是否已被大风搬空。"（第69页）《献给雍尼布所尼的诗》："除了白痴，这个时代谁在抒情／除了傻子，这个夜晚谁在做梦。"（第167页）

　　词性曲语是指将两个不同性的词语（阴性和阳性）用来表达同一个对象，或是单用阴性词来表达属于其他词性的对象。因为汉语中除了"他"、"她"和"它"等少数词语表示词性差异外，一般都不像梵语、印地语、法语、德语等语言将词的阴阳甚至中性分得很细，所以，词性曲语在汉语诗歌上的运用并不是很突出。但是，冉仲景诗歌中还是存在着一些词性曲语的例子。如《草原十四行》："草原草原，我的草原／众神的情妇，众水之源／全部的情欲使她趋向荡漾。"（第 74 页）这里将草原比作女子"她"，一个充满青春的形象。再看《重返米旺村》："白菜是对的／她长期穿着那套绿裙子／呆在菜地一角。"（第 204 页）白菜也变成了温柔娴静的女子"她"。

词缀曲语（亦称语法曲语）如时态、格、数、人称和不变词等的曲折变化是梵语和英语、法语等印欧语系语言的特点，汉语乃是不同语系，无时态、格等变化，因此汉语诗歌只在一个小范围内如第一、二、三人称转换方面存在着类似词缀曲语的艺术变化。如冉诗《格桑》："她们就这么轰轰烈烈地开放／一往无前地痴情／令你想起身着藏袍的女子。"（第 50 页）这里以"她们"来替代作为"它们"的格桑花，以第二人称"你"取代第一人称"我"。再如《仰望》："大雁，大雁，请把稳你的舵／请把双桨伸进我深不可测的冥想。"（第 148 页）这里以第二人称称呼属于第三人称的大雁，显示一种亲昵的姿态。

在恭多迦那里，曲语的使用是考验一个诗人创作才能的重要标志，它要求诗人充分发挥主观能动性，最大限度地调动创作神经，以创作出最好的作品。冉仲景以汉语创作，但他仿佛对 1000 年前的梵语诗学曲语论有着很深的体悟，并体现在自己的创作中。这从另一角度显示了梵语诗学理论超越时代地域的批评运用价值。

第三节　味论

味作为一个艺术批评原则，是婆罗多在《舞论》中首先提出的。在他之后，一般的梵语诗学家认可九种味：艳情味、滑稽味、悲悯味、暴戾味、英勇味、恐怖味、厌恶味、奇异味和平静味，它们与人的九种常情相对应：爱、笑、悲、怒、勇、惧、厌、惊、静。

随着梵语诗学的发展，味论逐渐从戏剧学领域进入诗歌领域，并与韵论相结合。梵语诗学家新护对味论有创造性的阐释。他认为，味是普遍化的知觉。诗人描写的是特殊的人物和故事，但传达的是普遍化的知觉。同样，读者读到的是特殊的人物和故事，但品尝的是普遍化的知觉，因为诗中的人物故事经过了诗人的普遍化处理。新护还认为，每个读者都具有心理潜印象，这是世世代代生活经验的心理沉淀。读者在阅读诗歌时，诗中的情由、情态和不定情，唤醒了读者心中普遍存在的感情潜印象。读者自我知觉到这种潜印象，就是品尝到味。新护的普遍化原理揭示了艺术创作中特殊与一般的辨证关系。[7]它对于诗人的艺术创作具有指导意义。

冉诗具有浓郁繁复的各种情味，如艳情味、奇异味、悲悯味、滑稽味等，让人目不暇接地留连忘返于各种情味的品味欣赏之间。先看冉诗《格桑》："她们就这么轰轰烈烈地开放 / 一往无前地痴情 / 令你想起身着藏袍的女子 / 令你的失眠 / 也散发格桑淡淡的香。"（第50页）这里的情由是"她们"，情态是"轰轰烈烈地开放"和"一往无前地痴情"，不定情就是诗人或读者心中的"想起"和"失眠"。它们的结合产生一种起源于常情爱的艳情味。梵语诗学家欢增曾经认为艳情味是一切味中最迷人、最重要的味。新护曾经指出，有七种因素阻碍味的完美体验，如不适合感知，即观众或读者不能感知到对象，其审美活动会受阻，办法是描写世间通常的事物，以利观众产生心理感应。冉仲景在这首诗中描写的是人所常见的格桑花，这就拉近了读者与欣赏对象的审美距离。花与"身着藏袍的女子"之间的联想是古今中外以花喻人的传统手法的再现，也是诗人对于格桑花的普遍化处理。由于世世代代生活经验的心理沉淀，每个读者都具有这种普遍存在的感情潜印象。于是，诗人借格桑花表达的一种艳情味就顺利地传达给了普通读者。再如《草原十四行》："霞光里散步，美貌外展开 / 自由无度的女神阿央嘉玛 / 腰肢丰硕，乳房硕大 / 难继的妩媚使众多的野花陷入悲观。"（第74页）这里的情由是"女神阿央嘉玛"，情态是"腰肢丰腴，乳房硕大"等外露的美，不定情是野花们妒忌而生的慌乱和"悲观"，它曲折反映了女神在作者和读者心中的美。这也是一种艳情味的体验，同样来自于作者和读者在普遍化处理和感情潜印象之间的"心心相印"。

冉诗《邀请》蕴涵着奇异味："天在上面，我采集星光 / 地在下面，我收藏道路 / 黑夜太黑，我拉过厚重的云朵 / 蒙头一觉就睡到了天明。"（第126页）按照梵语诗学家婆罗多的说法奇异味起源于常情惊，这里的"惊"类似惊讶。冉诗的"天"、"地"和"黑夜"就是情由，而"采集星光"、"收藏道路"和"拉过厚重的云朵"便是依赖情由而产生的情态，不定情则是作者馈赠读者的无比惊奇的审美愉悦。这样，奇异味就顺利产生。

冉诗《芭茅满山满岭》是一首广受称道的好诗："她们满头的白发 / 与青春究竟相距多远 / 她们风中摇曳的姿影 / 与幸福和美梦有没有关联。/ 昨夜，

---

7 黄宝生：《印度古典诗学》，北京：北京大学出版社，2000年，第312-313页。

我告别母亲 / 沿着河流的方向远行 / 今天，我回到家乡 / 就看见了芭茅满山满岭。 / 一边掐指计算儿的行程 / 一边偷抹脸上的泪痕 / 谁能像母亲那样把儿牵挂 / 只有芭茅，只有芭茅。 / 为给高粱让出小块土地 / 傻到了不剩一丝芳馨 / 谁能像芭茅那样宽厚坚韧 / 只有母亲，只有母亲。"（第181-182页）这首诗歌最引人注目的意象便是那显在情由 "她们"即 "芭茅"，潜在的情由是 "母亲"，而显在情态是 "满头的白发"、"摇曳的姿影"和 "不剩一丝芳馨"等，潜在情态是 "偷抹脸上的泪痕"，不定情则是由芭茅而白发而母亲而悲伤而感激的味之路线图。这是一种苦涩与幸福交织的悲悯味。

冉仲景的《刀豆》带给我们的是另外一番风味或情味： "用藤互相纠缠 / 用叶互相击打 / 用锋利的豆荚互相杀伐 / 在菜园的舞台上 / 刀豆们正在 / 演出阳光四溅的戏剧 / 旁白：它们的结局 / 小菜一碟。"（第209-210页）这里的情由是 "刀豆"，情态是 "纠缠"、"击打"、"杀伐"，不定情是由 "阳光四溅的戏剧"和 "小菜一碟"所影射的轻松幽默。轻浅一笑中，滑稽味随之产生。

冉诗由于具有以上各具特色的情味，读者在阅读过程中每每感到美不胜收、味之无穷。对于这些繁复浓郁的情味的体验，也就是各种味的产生过程。因此，完全利用西方诗歌理论阐释冉仲景这么一位情味体验丰富的东方诗人，显然是有缺陷的。梵语诗学似乎可以弥补这一缺陷。

第四节　韵论

在诗学味论发展的同时，梵语语法学催生了诗学理论的重要一派即韵论。传统的梵语语法学家认为词语有表示义和转示义两种功能，而韵论派发现词语还有第三种功能即暗示，由此产生第三种意义即暗示义（暗含义），他们认为诗的最大魅力就在于这种暗示义。韵的实质是词的暗示功能和由此产生的暗示义。暗示义是诗歌的真正本质。韵论派的代表人物是9世纪的欢增，他在其代表作《韵光》中指出："诗的灵魂是韵。"而韵的存在是一切优秀诗人的奥秘。换句话说，在优秀的诗篇中，存在一种不同于字面义的暗示义或曰领会义，它的魅力高于字面义的美，正如女人的魅力高于肢体的美。[8]欢增以韵为准绳，将诗分成韵诗、以韵为辅的诗和画诗三类，而后来的诗学家曼摩托则更

---

8 黄宝生：《梵语诗学论著汇编》（上册），北京：昆仑出版社，2008年，第234页。

加明确地将韵诗、以韵为辅的诗和画诗分别称为上品诗、中品诗和下品诗。换句话说，韵诗即暗示义占优的诗最佳，而缺乏暗示义的画诗最差。曼摩托在其代表作《诗光》中形象地揭示了韵的特点："隐含义像少女鼓起的乳房那样产生魅力。"[9]

在韵论派的论述中，有关词的暗示功能最常举的例子是"恒河上的茅屋"这个短语。之所以采用"恒河上的茅屋"这一表述，是为了暗示茅屋濒临恒河这一神圣的宗教文化符号，因而清凉、圣洁。地理意义上的恒河从古到今为印度教徒心目中的圣河。不说"恒河岸上的茅屋清凉圣洁"，而说"恒河上的茅屋"，正是一般表述与诗歌表述的区别。[10]与此例相对应，我们在冉仲景诗歌《走向雪山》中可以发现类似的用法："泪水滚烫，击穿古老梦想 / 白雪堆积在我们苍白的脸上 / 这样的季节谁额头荒凉 / 谁拥有旷世的忧伤 / 我们从未聆听过雪山的歌唱……在通往顶峰逼仄的道路上 / 雪莲是一朵冬天递过来的吻 / 纯洁、含蓄、冰凉……离开梦，又眷恋梦 / 从雪线出发又到达雪线 / 我们马不停蹄地走啊走啊 / 当雪莲把头颅照亮 / 生命的旗帜就静静舒卷 / 女神名字的雪山 / 在诗歌的前面，爱情的后面 / 等我们直到永远。"（第48页）这首诗中多次出现与雪有关的词语如"白雪"、"雪线"、"雪莲"和"雪山"。雪在中国人心目中多代表纯洁无暇与超凡脱俗。冉诗多次采用与雪有关的词语，其意在于借这些蕴涵丰富的词汇表达心中无比微妙的情思。雪又如同一根韵的红线，贯穿了每一行诗句，使这首诗具有了空灵神奇的深远意境。

如果把眼光转移到印度文化中，我们会发现，冰雪覆盖的喜马拉雅山就是印度众神诞生之地，雪山在此便具有恒河一般圣洁神奇的含义。印度教大神之一湿婆曾经在雪山潜心修炼，不为女色所动。后来成为他妻子的山神之女波喱婆提为了与湿婆大神结合生子，不得不同样在雪山修炼无比的苦行，最终如愿以偿。波喱婆提因此被称为"雪山神女"。这段美丽神话曾被印度伟大的梵语诗人迦梨陀娑改编为著名叙事诗《鸠摩罗出世》。更神奇的是，它还启发了梵语诗学家王顶的诗学著述，在他的"诗人学"专著《诗探》中，印度语言和智慧女神娑罗私婆蒂为了生育儿子诗原人，也曾在雪山四季苦修，以求感化大神梵天相助并最终如愿。事实上，两位女神波喱婆提和娑罗私婆蒂都可称为"雪

9 黄宝生：《梵语诗学论著汇编》（下册），北京：昆仑出版社，2008年，第647页。
10 黄宝生：《印度古典诗学》，北京：北京大学出版社，2000年，第335页。

山神女"。她们都求助于湿婆大神或梵天才得以美梦成真。冉仲景诗歌中的
"女神名字的雪山"一句，便分明暗示了该诗无形之中与印度宗教文化达成
了精神契合。诗人将雪山与爱情、诗歌相联系，使雪山的暗示意义得以全面地
延伸渗透。这与雪山体现在上述两位印度"雪山神女"身上的丰富韵味相得
益彰。以是观之，冉诗《走向雪山》从题目到内容都体现了欢增所谓韵诗的特
点，即以暗示义为主。因此，说这首诗是上品诗，当不为过。

第五节　合适论

梵语诗学中的合适概念最早出现在婆罗多《舞论》中，后来的诗学家如檀
丁、楼陀罗托、欢增、新护、恭多迦等人都对合适原则进行过一些论述。正如
恭多迦将古老的曲语原则创造性地阐发为一个完整理论体系，新护的学生、生
活在 11 世纪的安主沿着前辈诗学家的足迹，将合适论进行系统整理，成为一
个同样具有实践价值的诗学体系。安主在其代表作《合适论》中说："合适有
助于产生诗歌的魅力，它还是味的生命所在。"[11]欢增视韵为诗歌灵魂，安主
视合适为诗味的生命。他充分重视诗歌中的合适原则，为此在《合适论》中罗
列出二十七种诗歌构成因素，如词、句、文义、诗德、庄严、味、动词、形容
词、时态、气质、本性等。安主依据这二十七种诗歌因素，从正反两方面举例
说明各种合适原则。从理论总体上看，韵论比合适论更加完善合理，但合适论
强调艺术创作中非常重要的和谐原则与分寸感，对于诗歌创作同样有着不可
忽视的指导作用，对于诗歌鉴赏和评论也具有深刻的启示。下面以合适论若干
原则对冉仲景诗歌作一剖析。

关于词的合适，安主认为，一句话会因为一个最合适的词而美妙无比，如
同花容月貌的女子额头上点上一颗吉祥痣。这与《文心雕龙》的"练字篇"里
对选用字词的强调有相似处："故善为文者，富于万篇，贫于一字，一字非少，
相避为难也。"[12]冉仲景诗歌魅力很多时候来自于他对合适词语的选择，如《痴
望》："这么多个夏天 / 我没花过也没草过 / 只为等待你的驾临。"这里的
"花"和"草"用如动词是非常合适的诗歌语言。（第 12 页）再如《鸟语》：
"鸟语是一粒粒晶亮的雨水 / 越过灵敏的听觉 / 淋湿了每一双充满渴念的眼

---

11 Ksemendra, *Aucityavicaracarca*, Varanasi: Chowkhamba Vidyabhawan, 1964, p.2.
12 刘勰：《文心雕龙》，北京：中华书局，1986 年，第 351 页。

睛。"（第 23 页）这里的"淋湿"最合适地有助于诗人创造通感的企图。再看《酉阳》："乱石的房舍外狗儿含愁／乱石的坟墓里睡着亲爹和亲娘。"（第 193 页）这里的"睡"字不可替换。再如《重返米旺村》："从泥路上爬起／我没敢伸手／抚摩疼痛难忍的双膝／膝上的泥／真香啊。"（第 206 页）这里的"香"字可谓价值连城，整首诗因为这个字而特别耐人寻味。

关于文义的合适，安主认为，作品因为特别合适的意义而有光彩，如同人因财富而显得光耀，因德行而感到幸福。这是强调诗人的具体描写要与文义即作品主旨相协调。如冉诗《袈裟》："走进袈裟神秘的象征／你别拐弯／城堡的门大开，庙宇的门大开／我们卑微的肉体／本身就是一座废墟／在袈裟幽远深邃的光里／说话或弹琴，都是禁忌。"（第 60 页）这首诗从题目来看就已散发出一种浓厚的佛教文化气息。作者使用的词汇如"神秘"、"庙宇"、"卑微"、"幽远深邃"和"禁忌"等无不烘托渲染一种宗教虔诚，它们共同营造了一种与主题非常合适的心理氛围。再如《高原：我的又高又远的心脏》："酒盏高高举过头顶。风情万千的土地／此刻愈加妩媚动人／久违了的季节，久违了的太阳／儿女们鲜花一样自由绽放。"（第 80 页）作者在这里欲表达一种兴高采烈的情绪，所以他使用了一些热情洋溢的词语和句子，从效果上看，他是达到了预期目的。再看冉诗《稻子》："今天，我看见一个农民／为给稻子施肥／向大地弯下了腰去／他的头／比最矮的那一株稻秧／还要低。"（第 209 页）诗人为了描述农民或自己对于土地的虔诚感情，选用了最朴实无华的词语。

安主在《合适论》中用了较多篇幅论述味合适的问题。他认为，诗人刻画的情由、情态和不定情应该适合所要传达的主味，否则有碍于味的产生。他还认为，一篇作品可以包含多种味，各种味的混合能产生一种奇妙的味，但关键是合适。一篇作品应该有一个主味，其他的味起辅助作用，只有这样，才能保持和谐统一而避免味的冲突。冉诗中常常存在多种味混合的例子，如《高原：我的又高又远的心脏》："死一千回，活一万次都在高原／既然命里注定，注定我必须如此这般／那么，我的歌与哭、泪与笑／都只能献给这温柔又残酷的摇篮。"（第 80 页）这里有悲悯味和英勇味的混合，但敏感的读者细心品味后会发现，诗中的悲悯味已远远让位于英勇味，使得该诗呈现一种复合的感情色彩和醇厚的韵味。这与诗人对于主味的着力刻画有关。再如冉诗《粪瓢》："从粪瓢到臭粪／从臭粪到禾苗／从禾苗到粮食／从粮食到酒／这一逻辑天经地义无人怀疑／但从来没人／从一滴酒里回过头去／看见粪瓢／即使看见了／也不会／把它举到酒杯的高度。"（第216页）这是一首令人耳目一新的诗，它是一种滑稽味、厌恶味和奇异味的混合体。由于诗人巧夺天工的精心编织，该诗的厌恶味非常淡薄，滑稽味则时而有之，而品味全诗后，读者感到一种奇异味扑面而来。该诗由于主味突出，不失为一首优秀之作。它体现了诗人对于味合适原则的深刻领悟。

综上所述，梵语诗学经过一定的调适，可以用来评价中国诗歌。推而广之，梵语诗学基本原理具有跨文明批评运用的重要价值。这充分说明，每一民族的文学理论都有普遍适用的一面。印度古典诗学如此，中国古代文论也是如此。新世纪的文学批评，东方诗学原理应该占有重要的一席。

参考文献

一、中文著作（含译著）

1. （印）跋吒·那罗延：《结鬘记》，黄宝生译，上海：中西书局，2019 年。

2. （印）宾伽罗等撰：《印度古典文艺理论选译》（上、下），尹锡南译，成都：巴蜀书社，2017 年。

3. （印）钵颠阇利：《瑜伽经》，黄宝生译，北京：商务印书馆，2016 年。

4. （印）薄婆菩提：《罗摩后传》，黄宝生译，上海：中西书局，2018 年。

5. 曹顺庆主编：《东方文论选》，成都：四川人民出版社，1996 年。

6. 曹顺庆：《中西比较诗学》，北京：北京出版社，1988 年。

7. 曹顺庆主编：《中外文论史》，成都：巴蜀书社，2012 年。

8. 陈岸瑛：《艺术美学》，上海：上海人民美术出版社，2020 年。

9. 陈惇、孙景尧、谢天振主编：《比较文学》，北京：高等教育出版社，2001 年。

10. 陈明：《丝路医明》，广州：广东教育出版社，2017 年。

11. 陈明：《印度梵文医典〈医理精华〉研究》，北京：商务印书馆，2018 年。

12. 陈其射：《中国古代乐律学概论》，杭州：浙江大学出版社，2011 年。

13. 陈应鸾：《诗味论》，成都：巴蜀书社，1996 年。

14. 陈自明：《世界民族音乐地图》，北京：人民音乐出版社，2013 年。

15. 陈自明：《印度音乐文化》，北京：中央音乐学院出版社，2018 年。

16. 德江县民族事务委员会、贵州民院民族研究所编：《傩戏论文选》，贵阳：贵州民族出版社，1987 年。

17. 邓光华：《贵州土家族宗教文化傩坛仪式音乐研究》，台北：新文丰出版公司，1997 年。

18. 邓光华：《贵州土家族傩仪式音乐研究》，北京：文化艺术出版社，2014年。

19. （日）荻原云来编纂：《梵和大辞典》，台北：新文丰出版公司影印，2003年。

20. （印）D.P.辛加尔：《印度与世界文明》，庄万友等译，北京：商务印书馆，2020 年。

21. 杜建华主编：《中国傩戏剧本集成·巴蜀傩戏》，上海：上海大学出版社，2018 年。

22. 杜石然、孔国平主编：《世界数学史》，长春：吉林教育出版社，1996 年。

23. 杜书瀛：《论李渔的戏剧美学》，北京：中国社会科学出版社，1982 年。

24. 杜书瀛：《李渔美学思想研究》，北京：中国社会科学出版社，1998 年。

25. 段明：《四川省酉阳土家族苗族自治县双河区小岗乡兴隆村面具阳戏》，台北：台北施合郑民俗文化基金会，1993 年。

26. 葛路：《中国古代绘画理论发展史》，上海：上海人民美术出版社，1982年。

27. 郭绍虞主编：《中国历代文论选》（第一册），上海：上海古籍出版社，2003 年。

28. （日）河竹登志夫：《戏剧概论》，陈秋峰、杨国华译，成都：四川人民出版社，2020 年。

29. 黄宝生：《印度古典诗学》，北京：北京大学出版社，1993 年。

30. 黄宝生：《印度古典诗学》，北京：北京大学出版社，2000 年。

31. 黄宝生译：《梵语诗学论著汇编》（上、下），北京：昆仑出版社，2008年。

32. 黄宝生：《梵学论集》，北京：中国社会科学出版社，2013 年。

33. 黄宝生译：《奥义书》，北京：商务印书馆，2010 年。

34. 黄宝生编译：《梵语诗学论著汇编·增订本》（上、下），北京：中国社会科学出版社，2019 年。

35. 黄宝生：《印度古典诗学》，北京：线装书局，2020 年。

36. 黄宝生：《印度古代文学》，北京：中国社会科学出版社，2020 年。

37. 黄霖主编：《中国文学理论批评史》，北京：高等教育出版社，2016年。

38. 郭绍虞主编：《中国历代文论选》，上海：上海古籍出版社，2003年。

39. 季羡林主编：《印度古代文学史》，北京：北京大学出版社，1991年。

40. 季羡林：《季羡林全集》，北京：外语教学与研究出版社，2010年。

41. （印）迦梨陀娑：《六季杂咏》，黄宝生译，上海：中西书局，2017年。

42. 江东：《印度舞蹈通论》，上海：上海音乐出版社，2007年。

43. 姜景奎主编：《中国学者论泰戈尔》，银川：阳光出版社，2011年。

44. 金克木译：《古代印度文艺理论文选》，北京：人民文学出版社，1980年。

45. 金克木：《梵竺庐集·甲：梵语文学史》，南昌：江西教育出版社，1999年。

46. 金克木：《梵竺庐集·乙：天竺诗文》，南昌：江西教育出版社，1999年。

47. 金克木：《梵竺庐集·丙：梵佛探》，南昌：江西教育出版社，1999年。

48.《李白诗选注》编选组：《李白诗选注》，上海：上海古籍出版社，1978年。

49. 李重光：《基本乐理》，长沙：湖南文艺出版社，2015年。

50. 李翎：《佛教与图像论稿续编》，北京：文物出版社，2013年。

51. 李玫：《东西方乐律学研究方法及发展历程》，北京：中央音乐学院出版社，2007年。

52. 李肖冰、黄天骥、袁鹤翔、夏写时编：《中国戏剧起源》，上海：知识出版社，1990年。

53. 李小荣：《变文讲唱与华梵宗教艺术》，上海：上海三联书店，2002年。

54. 李渔：《闲情偶寄》，杜书瀛译注，北京：中华书局，2017年。

55. 廖育群：《阿输吠陀：印度的传统医学》，沈阳：辽宁教育出版社，2002年。

56. （日）林谦三：《东亚乐器考》，钱稻孙译，上海书店出版社，2013年。

57. 刘安武：《印度印地语文学史》，北京：人民文学出版社，1987年。

58. 刘建、朱明忠、葛维钧：《印度文明》，北京：中国社会科学出版社，2004年。

59. 刘勰：《文心雕龙》，北京：中华书局，1986年。

60. 刘颖：《英语世界〈文心雕龙〉研究》，成都：巴蜀书社，2012年。

61. 刘祯主编：《祭祀与戏剧集——中国傩戏学研究会30年论文选》，北京：学苑出版社，2019年。

62. 孟春景、王新华主编:《黄帝内经灵枢译释》,上海:上海科学技术出版社,2017 年。

63. 缪天瑞:《律学》,上海:万叶书店,1953 年;北京:人民音乐出版社,2020 年。

64. 缪天瑞主编:《音乐百科词典》,北京:人民音乐出版社,1998 年。

65. 穆宏燕:《波斯古典诗学研究》,北京:昆仑出版社,2011 年。

66. 欧建平:《外国舞蹈史及作品鉴赏》,北京:高等教育出版社,2015 年。

67. 濮侃:《辞格比较》,合肥:安徽教育出版社,1983 年。

68. (美) 乔治·E·拉克特:《印度北方音乐》,雷震、张玉榛译,南京:江苏凤凰教育出版社,2016 年。

69. 秦学人、侯作卿编著:《中国古典编剧理论资料汇编》,北京:中国戏剧出版社,1984 年。

70. 邱永辉:《印度教概论》,北京:社会科学文献出版社,2012 年。

71. 冉仲景:《从朗诵到吹奏》,北京:中国三峡出版社,2003 年。

72. 常任侠:《印度与东南亚美术发展史》,合肥:安徽教育出版社,2006 年。

73. (德) 施勒伯格:《印度诸神的世界:印度教图像学手册》,范晶晶译,北京:中西书局,2017 年。

74. (印) 泰戈尔:《泰戈尔诗选》,冰心译,南京:译林出版社,2000 年。

75. 谭帆、陆炜:《中国古典戏剧理论史》,上海:华东师范大学出版社,2005 年。

76. 佟锦华:《藏族文学研究》,北京:中国藏学出版社,1992 年。

77. 王飞:《李渔闲情美学思想研究》,北京:中国传媒大学出版社,2019 年。

78. 王光祈:《中国音乐史》,桂林:广西师范大学出版社,2005 年。

79. 王骥德著,陈多、叶长海注释:《曲律注释》,上海:上海古籍出版社,2012 年。

80. 王向远:《日本古典文论选译·古代卷》,北京:中央编译出版社,2012 年。

81. 王镛:《印度美术》,北京:中国人民大学出版社,2010 年。

82. (印) 维希瓦纳特·S·纳拉万:《泰戈尔评传》,刘文哲、何文安译,重庆:重庆出版社,1985 年。

83. 巫白慧译解:《〈梨俱吠陀〉神曲选》,北京:商务印书馆,2013 年。

84. 吴电雷、陈玉平编校:《中国傩戏剧本集成·川渝阳戏》,上海:上海大学出版社,2016 年。

85. 吴梅:《中国戏曲概论》,北京:中国人民大学出版社,2004 年。

86. 吴学国:《奥义书思想研究》,北京:人民出版社,2017 年。

87. 谢勇、张月福:《国家级非物质文化遗产德江傩堂戏》,贵阳:贵州民族出版社,2017 年。

88. 许地山:《印度文学》,长沙:岳麓书社,2011 年。

89. 徐鹏:《英语辞格》,北京:商务印书馆,1996 年,第 456 页。

90. 闫桢桢:《东方舞蹈审美论》,北京:社会科学文献出版社,2015 年。

91. 杨荫浏:《中国古代音乐史稿》,北京:人民音乐出版社,2019 年。

92. 叶长海、张福海:《插图本中国戏剧史》,上海:上海古籍出版社,2019 年。

93. 叶朗:《美学原理》,北京:北京大学出版社,2022 年。

94. (唐)义净原著,王邦维校注:《南海寄归内法传校注》,北京:中华书局,1995 年第 1 版,2000 年第 2 次印刷。

95. (印)蚁垤:《罗摩衍那》(七·后篇),季羡林译,北京:人民文学出版社,1984 年。

96. 尹锡南:《梵语诗学与西方诗学比较研究》,成都:巴蜀书社,2010 年。

97. 尹锡南:《印度文论史》(上、下),成都:巴蜀书社,2015 年。

98. 尹锡南:《印度诗学导论》,上海:上海古籍出版社,2017 年。

99. 尹锡南:《舞论研究》(上、下),成都:巴蜀书社,2021 年。

100. 余虹:《中国文论与西方诗学》,北京:三联书店,1999 年。

101. 郁龙余编:《中国印度文学比较论文选》,杭州:中国美术学院出版社,2002 年。

102. 郁龙余等:《中国印度诗学比较》,北京:昆仑出版社,2006 年。

103. 于平:《舞蹈文化与审美》,北京:中国人民大学出版社,2005 年。

104. 俞人豪、陈自明:《东方音乐文化》,北京:中央音乐学院出版社,2013 年。

105. 宇妥·元丹贡布等著:《四部医典》,马世林、罗达尚、毛继祖、王振华译,上海:上海科学技术出版社,1987 年。

106. 张法:《中国美学史》,成都:四川人民出版社,2021 年。

107. 张少康、汪春泓、陈允锋、陶礼天：《文心雕龙研究史》，北京：北京大学出版社，2001 年。

108. 张少康主编：《文心雕龙研究》，武汉：湖北教育出版社，2002 年。

109. 张少康：《中国文学理论批评史》（上、下），北京：北京大学出版社，2015 年，第 190 页。

110. 张玉榛、陈自明：《拉格音乐：印度音乐家拉维·香卡的音乐人生》，北京：中央编译出版社，2014 年。

111. 郑传寅：《古代戏曲与东方文化》，武汉：武汉大学出版社，2007 年。

112. 郑振铎：《插图本中国文学史》，北京：中央编译出版社，2012 年。

113. 郑振铎：《中国俗文学史》，北京：中国书籍出版社，2022 年。

114. 《中国戏曲史》编写组：《中国戏曲史》（第二版），北京：高等教育出版社，2023 年。

115. 周振甫：《文心雕龙今译》，北京：中华书局，2004 年。

116. 庄静：《轮回中的韵律：北印度塔布拉鼓探微》，北京：中国文联出版社，2014 年。

二、中文论文（含译文和内部资料）

1. 陈明：《阿富汗出土梵语戏剧残叶跋》，载《西域研究》，2011 年第 4 期。

2. 陈应时：《西域七调起源之争》，载《音乐艺术》，2013 年第 3 期。

3. 郭穗彦：《〈欲经〉：一部被误解的经典》，载《南亚研究》，2006 年第 2 期。

4. 刘建：《论〈吉檀迦利〉》，载《南亚研究》，1987 年第 3 期。

5. 毛小雨：《库提亚坦：古典梵剧的遗响》，载《戏曲艺术》，1997 年第 2 期。

6. 孟宪武：《古印度的〈欲经〉和古罗马的〈爱经〉》，载《中国性科学》，2009 年第 8 期。

7. 娜仁高娃：《〈诗镜论〉对蒙古族诗论的影响》，载《内蒙古师范大学学报》，2003 年第 3 期。

8. 裴晓睿：《印度诗学对泰国诗学和文学的影响》，载《南亚研究》，2007 年第 2 期。

9. 释惠敏：《印度梵语戏剧略论》，载《艺术评论》（台北艺术学院主编），1996 年第 7 期。

10. （印）S.夏尔玛：《印度音乐与舞蹈美学》，载马维光译，载《舞蹈论丛》，1985 年第 4 期；中国人民大学书报资料中心：《音乐、舞蹈研究》，1986 年第 1 期全文转载。

11. 杨荫浏：《中、印两国在音乐文化上的关系》，载《人民音乐》，1955 年第 7 期。

12. 尹锡南：《中印对话：梵语诗学、比较诗学及其它》，载《思想战线》，2006 年第 1 期。

13. 尹锡南：《梵语诗学的现代运用》，载《外国文学研究》，2007 年第 6 期。

14. 尹锡南：《新世纪中印学者的跨文化对话：印度学者访谈录》，载《跨文化对话》，2006 年第 19 辑。

15. 尹锡南：《梵语诗学中的虔诚味论》，载《南亚研究季刊》，2011 年第 3 期。

16. 尹锡南：《印度古典文艺理论话语建构的基本特征》，载《东方丛刊》，2018 年第 1 期。

17. 尹锡南：《印度古代文艺理论重要范畴及其话语生成机制》，载《中外文化与文论》（第 48 辑），成都：四川大学出版社，2021 年。

18. 尹锡南：《梵语名著〈舞论〉的音乐论略议》，载《南亚研究季刊》，2021 年第 1 期。

19. 于怀瑾：《梵语诗歌韵律发展述略》，载《徐州工程学院学报》，2012 年第 1 期。

20. 于怀瑾：《浅析迦梨陀娑〈鸠摩罗出世〉前八章的诗律结构》，载《徐州师范大学学报》，2012 年第 2 期。

21. 张伯瑜：《印度音乐的基本理论》，载《黄钟》（武汉音乐学院学报），2002 年第 1 期。

22. 张远：《梵语文学研究现状及前景展望》，载《外国文学动态研究》，2016 年第 2 期。

23. 赵康：《〈诗镜〉与西藏诗学》，载《民族文学研究》，1989 年第 1 期。

24. 赵康：《〈诗镜〉及其在藏族诗学中的影响》，载《西藏研究》，1983 年第 3 期。

25. 周永健：《贵州傩文化研究述评（1980-2020)》，载贵州傩文化博物馆主办：《贵州傩文化》，2021 年第 2 期。

26. 内部资料 1：酉阳土家族苗族自治县文化馆编：《酉阳阳戏走进北京：参

加第四届中国少数民族戏剧会演资料汇编》，2017 年。

27. 内部资料 2：酉阳土家族苗族自治县文化馆编：《酉阳面具阳戏保护和传
承规划刚要》，2018 年 12 月。

三、外文著作、论文

1. Aiyar, P. S. Sundaram & S. Subrahmanya Sastri, eds., *Saṅgītasudhā of King Raghunātha of Tanjor*, Madras: Mudrapuri Sangitavidvatsabhaya, 1940.

2. *Amarakosa of Amarasimha*, Jaipur: Jagdish Sanskrit Pustakalaya, 2005.

3. Amṛtānandayogin, *Ālaṅkārasaṅgraha*, Madras: The Adyar Library, 1949.

4. Arya, Ravi Prakash & K. L. Joshi, *Ṛgveda Samhitā*, Vol.1, Delhi, Parimal Publications, 2016.

5. Arya, Ravi Prakash, *Yajurveda Samhitā*, Delhi, Parimal Publications, 2013.

6. Ashcroft, Bill, Gareth Griffiths & Helen Tiffin, *The Empire Writes Back: Theory and Practice in Post-colonial Literature*, London and New York: Routledge, 1989.

7. Ayyar, C. Subrahmanya, *The Grammar of South Indian (Karnatic) Music*, Madras: Ananda Press, First Edition, 1939; Second Edition, 1951.

8. Banerji, Sures Chandra, *A Companion to Indian Music and Dance*, Delhi: Sri Satguru Publications, 1990.

9. Bapat, Shailaja, *A Study of the Vedānta in the light of Brahmasūtras*, New Delhi: Bharatiya Book Corporation, 2004.

10. Basham, A. L., *The Wonder that was India*, New Delhi: Picador India, 2004.

11. Baumer, Bettina, ed. *Kalātattvakośa*, Vol.1, New Delhi: Indira Gandhhi International Centre for the Arts, 2001.

12. Beane, Wendell Charles, *Myth, Cult and Symbols in Śākta Hinduism: A Study of the Indian Mother Goddess*, New Delhi: Munshiram Manoharlal Publishers, 2001.

13. Behera, K. S., *The Liṅgarāja Temple of Bhubaneswar Art and Cultural Legacy*, New Delhi: Indira Gandhhi International Centre for the Arts, 2008.

14. Bhagyalekshmy, S., *Music and Bharathanatyam*, Delhi: Sundeep Prakashan, 1991.

15. Bhagyalekshmy, S., *Ragas in Carnatic Music*, Vetturnimadom: CBH Publications, 2019.

16. Bhāmaha, *Kāvyālaṅkāra*, Delhi: Motilal Banarsidass Publishers, 1970.

17. Bhānudatta, *Rasamañjarī*, tr. by Pappu Venugopala Rao, Chennai: Pappus Academic & Cultural Trust, 2011.

18. Bharatamuni, *Nāṭyaśāstra*, Vol.1, ed. by Pushpendra Kumar, New Delhi: New Bharatiya Book Corporation, 2006.

19. Bharatamuni, *Nāṭyaśāstra*, Vol.1, ed. & tr. by N. P. Unni, New Delhi: NBBC Publishers, 2014.

20. Bharatamuni, *Nāṭyaśāstra*, Vol.1, Varanasi: Chaukhamba Sanskrit Series Office, 2017.

21. Bharatamuni, *Nāṭyaśāstra*, Vol.2, Varanasi: Chaukhamba Sanskrit Series Office, 2016.

22. Bhatkhande, V. N., *A Comparative Study of Some of the Leading Music Systems of the 15th, 16th, 17th and 18th Centuries*, Madras, 1949.

23. Bhatkhande, V. N., *A Short Historical Survey of the Music of Upper India*, Boroda: Indian Musicological Society, 1974.

24. Bhattacharya, Dilip, *Musical Instruments of Tribal India*, New Delhi: Manas Publications, 1999.

25. Bhattacharyya, Suresh Mohan, ed., *The Alaṅkāra Section of the Agni-purāṇa*, Calcutta: Firma KLM Private Ltd., 1976.

26. Bhavnani, Enakshi, *The Dance in India*, Bombay: Taraporevala's Treasure House of Books, 1970.

27. Bhoja, *Sarsvatī-Kaṇṭhābharaṇa*, Gauhati: Publication Board, Assam, 1969.

28. Bhoja, *Śṛṅgāraprakāśa*, Vol.2, Mysore: Coronation Press, 1963.

29. Bor, Joep, Francoise Nalini Delvoye, Jane Harvey & Emmie Te Nijenhuis, eds., *Hindustani Music: Thirteenth to Twentieth Centuries*, New Delhi: Manohar Publishers, 2010.

30. Bose, Mandakranta, *The Dance Vocabulary of Classical India*, Delhi: Sri Satguru Publications, 1995.

31. Bose, Mandakranta, *Movement and Mimesis: The Idea of Dance in the Sanskrit*

Tradition, New Delhi: D.K. Printworld, 2007.

32. Bose, Mandakranta, *Speaking of Dance*, New Delhi: D.K. Printworld, 2019.

33. Chaitanya, K., *Sanskrit Poetics: A Critical and Comparative Study*. Delhi: Asian Publishing House, 1965.

34. Chakrabarti, Tarapad, *Indian Aesthetics and Sciences of Language*, Calcutta: Sanskrit Pustak Bhandar, 1971.

35. Chari, V. K., *Sanskrit Criticism*, Honolulu: University of Hawaii Press, 1990.

36. Clayton, Martin, *Time in Indian Music: Rhythm, Metre, and Form in North Inidan Rag Performance*, New York: Oxfrod University Press, 2000.

37. Danielou, Alain, *The Ragas of Northern Indian Music*, New Delhi: Munshiram Manoharlal Publishers, 1980.

38. Danielou, Alain, *Sacred Music: Its Origins, Powers, and Future: Traditional Music in Today's World*, Varanasi: Indica Books, 2003.

39. Dattila, *Dattilam*, New Delhi: Indira Gandhi National Centre for the Arts, 1988.

40. Das, Maya, ed., *Abhinaya-candrikā and Odissi Dance*, Vol.2, Delhi: Eastern Book Linkers, 2001.

41. Das, Sisir Kumar, *Indian Ode to the West Wind: Studies in Literary Encounters*, Delhi: Pencraft International, 2001.

42. Das, Sisir Kumar, ed., *The English Writings of Rabindranath Tagore*, Vol.1, New Delhi: Sahitya Akademi, 2004.

43. Day, C. R., The Music and Musical Instruments of Southern India and the Deccan, London: Novello, Ewer and Co. Printers, 1891.

44. De, S. K., *History of Sanskrit Poetics*, Calcutta: Firma K.L. Mukhopadhyay, 1960.

45. De, Sushil Kumar, *History of Sanskrit Poetics*, New Delhi: New Bharatiya Book Corporation, Third Edition, 2019.

46. Deva, B. C., *Indian Music*, New Delhi: Indian Council for Cultural Relations, 1980.

47. Deva, Prauḍha, *Ratiratnapradīpikā*, Varanasi: Chowkhamba Krishnadas Academy, 2010.

48. Devadhar, C. R., ed. & tr., *The Works of Kālidāsa: Three Plays*, Vol.1, Delhi: Motilal Banarsidass, 2015.

49. Devarajan, T., *Kāma and Kāma Worship*, Delhi: New Bharatiya Book Corporation, 2011.

50. Dhanañjaya, *Daśarūpaka with the Daśarūpāvaloka Commentary by Dhanika*, tr. by Jagadguru, Varanasi: Chowkhamba Sanskrit Series Office, 1969.

51. Dhayagude, Suresh, *Western and Indian Poetics: A Comparative Study*, Pune: Bhandarkar Oriental Research Institute, 1981.

52. Dīkṣita, Appaya, *Citramīmāṃsā*, Varanasi: Chowkhamba Sanskrit Series Office, 1971.

53. Dillon, Myles, ed., *The Nāṭakalakṣaṇaratnakośa of Sāgaranandin*, Vol.1, Text, London: Oxford University Press, 1937.

54. Dwivedi, Kapil Deva & Shyam Lal Singh, *The Prosody of Pingala with Appreciation of Vedic Mathematics*, Varanasi: Vishwavidyalaya Prakashan, 2008.

55. Dwivedi, Rewaprasada, *Kavyalankarakarika*, Varanasi: Kalidasa Samsthana, 2001.

56. Fabri, Charles, *An Introduction to Indian Architecture*, London: Asia Publishing House, 1963.

57. Ganesh, R., *Alamkarashastra*, Trans. by M.C. Prakash, Bengaluru: Bharatiya Vidya Bhavan, 2010.

58. Gangoly, O. C., *Ragas & Raginis: A Pictorial & Iconographic Study of Indian Musical Modes Based on Original Sources*, New Delhi: Munshiram Manoharlal Publishers, 2004.

59. Gerow, Edwin, *Indian Poetics*, Wiesbaden: Otto Harrassowitz, 1977.

60. Gopalakrishnan, Sudha, *Kutiyattam: The Heritage Theatre of India*, New Delhi: Niyogi Books, 2011.

61. Gosvamin, Rupa, *Bhaktirasamrtasindhu*, New Delhi: Indira Gandhi National Centre for the Arts, 2003.

62. Griffith, Ralph T. H., tr., *The Hymns of the Ṛgveda*, Nilgiri: Kotagiri, Delhi: Motilal Banarsidass Publishers, 1986.

63. Guha, Naresh, ed., *Jadavpur Journal of Comparative Literature*, Vol.12, Calcutta, 1974.

64. Gupta, S. C. Sen, *The Great Sentinel: A Study of Rabindranath Tagore*, Calcutta: A. Mukherjee & Co. Ltd., 1948.

65. Hall, Fitz Edward, *Dasarupam of Dhananjaya with Avaloka-tika by Dhanika*, Delhi: Parimal Publications, 2009.

66. Hemachandra, *Kāvyānuśāsana with Alaṅkāracūḍāmaṇi and Viveka*, Patan: Hemchandracharya North Gujarat University, 2007.

67. Indian Council for Cultural Relations, *Music East and West*, New Delhi: Indian Council for Cultural Relations, 1966.

68. Jagadekamalla, Kavicakravarti, *Sangitacudamani*, Baroda: Oriental Institute, 1958.

69. Jagannath, *Rasagaṅgādhara*, Delhi: Motilal Banarsidass, 1983.

70. Jairazbhoy, N. A., *The Ragas of North Indian Music: Their Structure and Evolution*, London: Faber and Faber, 1971.

71. Jee, H. H. Bhagvat Singh, *A Short History of Aryan Medical Science*, Varanasi: Krishnadas Academy, 1999.

72. Jha, Kalanath, *Figurative Poetry in Sanskrit Literature*, Delhi: Motilal Banarsidass, 1975.

73. Jñānapramodagaṇi, *Jñānapramodikā: A Commentary on Vāgbhaṭālaṅkāra*, Ahmedabad: L. D. Institute of Indology, 1987.

74. Joshi, K. L., ed., *Atharvaveda Samhitā*, Vol.1, Delhi: Parimal Publications, 2015.

75. Kane, P. V., *History of Sanskrit Poetics*, Delhi: Motilal Banarsidass, 1971.

76. Karnani, Chetan, *Forms in Indian Music: A Study in Gharanas*, Jaipur and New Delhi: Rawat Publications, 2005.

77. Karṇapura, Kavi, *Alaṅkārakaustubha*, Delhi: Parimal Publications, 1981.

78. Katz, Jonathan, ed., *The Traditional Indian Theory and Practice of Music and Dance*, Leiden, New York and Koln: E. J. Brill, 1992.

79. Kavicandra, Viśveśvara, *Camatkāracandrikā*, Waltair: Andhra University, 1969.

80. Kaul, Advaitavadini & Sukumar Chattopadhyay, eds., *Kalātattvakośa: A Lexicon of Fundamental Concepts of the Indian Arts*, Vol.4, New Delhi: Indira Gandhi International Centre for the Arts, 1999.

81. Khangura, Mohan Singh and Onkar Prasad, *Methods of Raga Formation and Music Analysis*, Kolkata: Parampara Prakashan, 2015.

82. Kramrisch, Stella, *The Hidu Temple*, Vol.1, Delhi: Motilal Banarsidass Publishers, 2002.

83. Krishnamachariar M. & M. Srinivasachariar, *History of Classical Sanskrit Literature*, Delhi: Motilal Banarsidass Publishers, 2016.

84. Krishnamoorthy, K., *Essays in Sanskrit Criticism*, Dharwar: Karnatak University, 1964.

85. Krishnamoorthy, K., *The Dhvanyaloka and Its Critics*, Delhi: Bharatiya Vidya Prakashan, 1968.

86. Ksemendra, *Aucityavicaracarca*, Varanasi: Chowkhamba Vidyabhawan, 1964.

87. Kulkarni, V. M., *Studies in Sanskrit Sāhitya-śāstra*, Patan: B .L. Institute of Indology, 1983.

88. Kulshreshtha, Khushboo, *History & Evolution of Indian Music*, Delhi: Shree Natraj Prakashan, 2010.

89. Kumbhakarṇa, *Nṛtyaratnakośa*, Jodhpur: Rajasthan Oriental Research Institute, 1957.

90. Kuntaka, *Vakroktijivita*, ed. by Sushil Kumar De, Calcutta: Firma K. L. Mukhopadhyay, 1961.

91. Kuntaka, *Vakroktijivita*, ed. by K. Krishnamoorthy, Dharwad: Karnatak University, 1977.

92. Kuppuswamy, Gowry & M. Hariharan, *Indian Dance and Music Literature: A Select Bibliography*, New Delhi: Biblia Impex, 1981.

93. Kushwaha, M. S., ed., *Indian Poetics and Western Thought*, Lucknow: Argo Publishing House, 1988.

94. Kushwaha, M. S., ed., *New Perspectives on Indian Poetics*, Lucknow: Argo Publishing House, 1991.

95. Kushwaha, M. S., ed., *Dramatic Theory and Practice Indian and Western*,

Delhi: Creative Books, 2000.

96. Kothari, Sunil, ed., *Bharata Natya*, Bombay: Marg Publications, 2000.

97. Mādhavakara, *Mādhavanidānam*, tr. by K. R. Srikantha Murthy, Varanasi: Chowkhamba Orientalia, 2016.

98. Lakshmi, M. Vijay, *An Analytical Study of Saṅgītasamayasāra of śrī Pārśvadeva*, New Delhi: Raj Publications, 2011.

99. Macdonell, Arthur A., *A History of Sanskrit Literature*, Delhi: Motilal Banarasidass Publishers, 2015.

100. Mahajan, Anupam, *Ragas in Hindustani Music: Conceptual Aspects*, New Delhi: Gyan Publishing House, 2001.

101. Mahāpātra, Sthāpaka Nirañjana, *Śilparatnakośa*, New Delhi: Indira Gandhhi International Centre for the Arts, 1994.

102. Malla, Kalyāṇa, *Anaṅgaraṅga*, Varanasi:Chaukhamba Sanskrit Pratishthan, 2011.

103. Mammaṭa, *Kāvyaprakāśa*, Varanasi: Bharatiya Vidya Prakashan, 1967.

104. Manaveda, *The Krsnagiti*, New Delhi: Indira Gandhi National Centre for the Arts, 1997.

105. Marasinghe, E. W., *The Sanskrit Theatre and Stagecraft*, Delhi: Sri Satguru Publications, First Edition, 1989.

106. Matanga, *Brhaddesi*, Vol.1, New Delhi: Indira Gandhi International Centre for the Arts, 1992.

107. Mataṅga, *Bṛhaddeśī*, Vol.2, New Delhi: Indira Gandhi International Centre for the Arts, 1994.

108. Mazars, Guy, *A Concise Introduction to Indian Medicine*, Delhi: Motilal Banarasidass Publishers, 2006.

109. Meer, Wim Van Der, *Hindustani Music in the 20th Century*, London: Martinus Nijhoff Publishers, 1980.

110. Menon, Raghava R., *Indian Music: The Magic of the Raga*, Mumbai: Somaiya Publications., 1998.

111. Michell, George, *Hindu Art and Architecture*, London: Thames & Hudson Ltd., 2000.

112. Mishra, Rajnish Kumar, *Buddhist Theory of Meaning and Literary Analysis*, New Delhi: D.K. Printworld Ltd., 2008.

113. Misra, Purosottama, *Sangitanarayana*, Vol.1, New Delhi: Indira Gandhi National Centre for the Arts, 2009.

114. Miśra, Puroṣottama, *Saṅgītanārāyaṇa*, Vol.2, New Delhi: Indiara Gandhi National Centre for the Arts, 2009.

115. Misra, Susheela, *Great Masters of Hindustani Music*, New Delhi: HEM Publishers, 1981.

116. Mehta, R. C., *Indian Classical Music and Gharana Tradition*, New Delhi: Readworthy Publications, 2008.

117. Mohkamsing, Narinder, *A Study of Rhythmic Organisation in Ancient Indian Music*, Leiden: Universiteit Leiden, 2003.

118. Mukherjee, Sujit, ed., *The Idea of an Indian Literature: A Book of Readings*, Mysore: Central Institute of Indian Languages, 1981.

119. Mukherji, Parul Dave, ed & tr., *The Citrasūtra of Viṣṇudharmottarapurāṇa*, New Delhi: Indira Gandhi National Centre for the Arts, 2001.

120. Nagar, Shanti Lal, ed. and tr., *Śivamahāpurāṇa*, Vol.1, Delhi: Parimal Publications, 2012.

121. Nagendra, *Literary Criticism in India*, Nauchandi and Meerut: Sarita Prakashan, 1976.

122. Nandikeśvara, *Abhinayadarpaṇa*, ed. & tr. by Manomohan Ghosh, Calcutta: Firma K. L. Mukhopadhyay, 1957.

123. Nārada, *Saṅgītamakaranda*, Baroda: Maharaja Gaekwad, 1920.

124. Narada, *Naradiyasiksa*, Varanasi: Chowkhamba Vidya Bhawan, Reprint, 2013.

125. Narasimhaiah, C. D., ed., *East West Poetics at Work*, New Delhi: Sahitya Akademi, 1994.

126. Nijenhuis, Emmie Te, *Dattilam, A Compendium of Ancient Indian Music, Introduction, Translation, Transliteration and Commentary*, Thesis Utrecht, Leiden, 1970.

127. Nijenhuis, Emmie Te, *Indian Music: History and Structure*, Leiden: E.J. Brill, 1974.

128. Nijenhuis, Emmie Te, *Musicological Literature*, Wiesbaden: Otto Harrassowitz, 1977.

129. Omchery, Leela, Deepti Omchery Bhalla, eds., *Studies in Indian Music and Allied Arts*, Vol.1, Delhi: Sundeep Prakashan, 1990.

130. Pande, Anupa, *A Historical and Cultural Study of the Nāṭyaśāstra of Bharata*, Jodhpur: Kusumanjali Book World, 1996.

131. Pandey, Kanti Chandra, *Comparative Aesthetics (Vol.1), Indian Aesthetics*, Varanasi: The Chowkhamba Sanskrit Series Office, 1959.

132. Pathak, Amal Shib, ed. & tr., *Nāṭyalocanam of Trilocanāditya*, New Delhi: Chaukhambha Publications, 2012.

133. Pathak, Amal Shib, ed & tr., *Nāgara Sarvasya of Padmaśrī*, New Delhi: Chaukhamba Publications, 2014.

134. Patnaika, P., *Rasa in Aesthetics: An Appreciation of Rasa Theory to Modern Western Literature*, New Delhi: D. K Print World, 1997.

135. Patwardhan, Krishnaji Shankara, Somashekhara Amrita Naimpally & Shyam Lal Singh, tr., *Līlāvatī of Bhāskarācārya*, Delhi: Motilal Banarsidass Publishers, 2017.

136. Phadke, S. S., *Analysis of Figures of Speech in Bhasa's Dramas*, Goa: Panaji, 1990.

137. Pingala, *Chandahśāstram*, Delhi: Parimal Publications, 2012.

138. Pingle, B. A., *Indian Music*, Delhi: Sri Satguru Publications, 2003.

139. Pischel, R., ed., *Rudraṭa's Śṛṅgāratilaka and Ruyyaka's Sahṛdayalīlā*, Varanasi: Prachya Prakashan, 1968.

140. Pollock, Sheldon, ed. & tr., *A Rasa Reader: Classical Indian Aesthetics*, New Delhi: Permanent Black, 2017.

141. Popley, H. A., *The Music of India*, Delhi: Low Price Publications, 2017.

142. Prajnanananda, Swami, *A Historical Study of Indian Music*, New Delhi: Munshiram Manoharlal Publishers, 2002.

143. Premalatha, V., *A Monograph on Kudumiyanmalai Inscription on Music*, Madurai: Carnatic Music Book Centre, 1986.

144. Raghavan, V., *Studies on Some Concepts of the Alaṅkāra śāstra*, Madras: The

Adyar Library, 1942.

145. Raghavan, V., *Sanskrit Drama: Its Aesthetics and Production*, Madras: Paprin-pack, 1993.

146. Rahamin, Atiya Begum Fyzee, *The Music of India*, New Delhi: Oriental Books Reprint Publications, 1979.

147. Raja, Deepak S., *Hindustani Music: A Traditon in Transition*, New Delhi: D. K. Printworld, 2005.

148. Raja, Deepak S., *The Raganess of Ragas: Ragas beyond the Grammar*, New Delhi: D. K. Printworld, 2016.

149. Raja, Deepak S., *The Musician and His Art: Essays on Hindustani Music*, New Delhi: D. K. Printworld, 2019.

150. Rajendran, C., ed., *Living Tradition of Natyasastra*, New Delhi: New Bharatiya Book Corporation, 2002.

151. Rajendran, C., *A Transcultural Approach to Sanskrit Poetics*, Calicut: University of Calicut, 1994.

152. Rakesagupta, *Psychological Studies in Rasa*, Varanasi: Banaras Hindu University, 1950.

153. Rāmāmātya, *Svaramelakalānidhi*, Cidambaram: The Annamalai University, 1932.

154. Ranade, Ashok Da., *A Concise Dictionary of Hindustani Music*, New Delhi: Promilla & Co. Publishers, 2014.

155. Rao, P. S. R. Appa, *Special Aspects of Natyasastra (Telugu Original)*, New Delhi: National School of Drama, 2001.

156. Raut, Madhumita, *Odissi: What, Why & How, Evolution, Revival & Technique*, Delhi: B. R. Rhythms, 2007.

157. Ray, Mohit K., ed., *Studies on Rabindranath Tagore*, Vol.1, New Delhi: Atlantic Publishers, 2004.

158. Rayan, Krishna, *Suggestion and Statement in Poetry*, London: The Athlone Press, 1972.

159. Rayan, Krishna, *Text and Sub-text: Suggestion in Literature*, Delhi: Arnold-Heinemann Publishers, 1987.

160. Rayan, Krishna, *The Burning Bush: Suggestion in Indian Literature*, Delhi: B. R. Publishing Corporation, 1988.

161. Rayan, Krishna, *Sahitya, a Theory: For Indian Critical Practice*, Delhi: Sterling Publishers, 1991.

162. Rowell, Lewis, *Music and Musical Thought in Early India*, Chicagao and London: The University of Chicaga Press, 1992.

163. Roychaudhuri, Bimalakanta, *The Dictionary of Hindustani Classical Music*, Delhi: Motilal Banarasidass Publishers, 2017.

164. Rudrata, *Kāvyālaṅkāra*, Varanasi: Chaukhamba Vidyabhawan, 1966.

165. Ruyyaka, *Alaṅkāra-sarvasva*, Delhi: Meharchand Lachhmandas, 1965.

166. Sāgaranandin, *Nāṭakalakṣaṇaratnakośa*, ed. by S.B. Shukla, Varanasi: Chowkhamba Sanskrit Series Office, 1972.

167. Sambamurthy, P., *History of Indian Music*, Chennai: The Indian Music Publishing House, 2005, Reprint, 2013.

168. Sankaran, A., *Some Aspects of Literary Criticism in Sanskrit of the Theories of Rasa and Dhvani*, Delhi: Oriental Books Reprint Corporation, 1973.

169. Sanyal, Amiya Nath, *Ragas and Raginis*, Bombay: Orient Longmans, 1959.

170. Śāradātanaya, *Bhāvaprakāśa*, Varanasi: Chaukhamba Surbharati Prakashan, 2008.

171. Saraf, Rama, *Development of Hindustani Classical Music (19th & 20th Centuries)*, Delhi: Vidyanidhi Prakashan, 2011.

172. Sarasvati, Swami Satya Prakash and Satyakam Vidyalankar, ed. & tr., *Samaveda Samhita*, Vol.1, New Delhi: Veda Pratishthana, 1995.

173. Sardesai, N. G. & D. G. Padhye, eds., *Amarakośa of Amarasingh*, Varanasi: Chowkhamba Vidya Bhawan, 2009.

174. Śārṅgadeva, *Saṅgītaratnākara*, Vol.1, New Delhi: Munshiram Manoharlal Publishers, 2007.

175. Śārṅgadeva, *Saṅgītaratnākara*, Vol.2, New Delhi: Munshiram Manoharlal Publishers, 2007.

176. Śārṅgadeva, *Saṅgītaratnākara*, Varanasi: Chaukhamba Surbharati Prakashan, 2011.

177. Sathyanarayana, R., ed., *The Kudimiyamalai Inscription on Music, Vol.1-Sources*, Mysore: Sri Varalaksymi Academies of Fine Arts, 1957.

178. Saxena, Sudhir Kumar, *The Art of Tabla Rhythm: Essentials, Tradition and Creativity*, New Delhi: Sangeet Natak Akademi, 2008.

179. Sen, Arun Kumar, *Indian Concept of Rhythm*, Delhi: Kanishka Publishers, 1994.

180. Sen, R. K., *Aesthetic Enjoyment: Its Background in Philosophy and Medicine*, Calcutta: University of Calcutta, 1966.

181. Sen, Sukumar, *Bengali Literature*, New Delhi: Sahitya Akademi, 1971.

182. Shah, Priyabala, ed., *Viṣṇudharmottarapurāṇa, Third Khanda (Vol.1)*, Vadodara: Oriental Institute, 1994.

183. Shah, Priyabala, *Viṣṇudharmottarapurāṇa, Third Khanda (Vol.2: Introduction, etc.)*, Vadodara: Oriental Institute, 1998.

184. Sankaran, A., *Some Aspects of Literary Criticism in Sanskrit of the Theories of Rasa and Dhvani*, Delhi: Oriental Books Reprint Corporation, 1973.

185. Sastry, K. Vasudeva, ed., *Bharatārṇava of Nandikeśvara*, Thanjavur: Sarasvati Mahal Library and Research Centre, 2016.

186. Sharma, Bhagwat Sharan, *Bhaartiya Sangeet Ka Itihaas*, Hatharas: Sangeet Karyalaya, 2010.

187. Sharma, Dipik Kumar, *Suvṛttatilaka of Kṣemendra*, New Delhi: New Bharatiya Book Corporation, 2007.

188. Sharma, Prem Lata, ed., *Matanga and His Work Brhaddesi: Proceedings of the Seminar at Hampi, 1995*, New Delhi: Sangget Natak Akademi, First Edition, 2001.

189. Sharma, Prem Lata, ed., *Śārṅgadeva and His Saṅgīta-ratnākara: Proceedings of the Seminar Varanasi, 1994*, New Delhi: Sangget Natak Akademi, 2016.

190. Sharma, Priyavrat, ed. & tr., *Carakasamhitā*, Vol.1, Varanasi: Chowkhamba Orientalia, 2017.

191. Sharma, Priyavrat, ed. & tr., *Carakasamhitā*, Vol.2, Varanasi: Chowkhamba Orientalia, 2014.

192. Sharma, Priyavrat, ed. & tr., *Suśrutasamhitā*, Vol.1, Varanasi: Chowkhamba

Visvabharati, 2004.

193. Sharma, Priyavrat, ed. & tr., *Suśrutasamhitā*, Vol.3, Varanasi: Chowkhamba Visvabharati, 2005.

194. Sharma, Swatantra, *A Comparative Evolution of Music in India & the West*, Delhi: Pratibha Prakashan, 1997.

195. Sharma, S. K., *Kuntaka's Vakrokti Siddhanta:Towards an Appreciation of English Poetry*, Meerut: Shalabh Publishing House, 2004.

196. Shastri, Mool Chand, *Buddhistic Contribution to Sanskrit Poetics*, Delhi: Parimal Publications, 1986.

197. Śiṅgabhūpāla, *Rasārṇavasudhākara*, ed. by T. Venkatacharya, Madras: Tha Adyar Library and Research Centre, 1979.

198. Singh, Charu Sheel, *Self-Reflexive Materiality: Three Essays in Comparative Methods*, Delhi: Associated Publishing House, 1997.

199. Singh, C. S. & R. S. Singh, eds., *Spectrum History of Indian Literature in English*, Delhi: Atlantic Publishers and Distributors, 1998.

200. Singal, R. L., *Aristotle and Bharata: A Comparative Study of Their Theories of Drama*, Punjab: Vishveshvaranand Vedic Research Institute, 1977.

201. Singh, Nivedita, *Tradition of Hindustani Music: A Sociological Approach*, New Delhi: Kanishka Publishers, 2004.

202. Somanātha, *Rāgavibodha*, New Delhi: Indira Gandhi National Centre for the Arts, 2014.

203. Someśvara, *Mānasollāsa*, Vol.3, Baroda: Oriental Research Intitute, 1961.

204. Srinivasan, Amrit, ed., *Knowledge Tradition Text: Approaches to Bharata's Natyasastra*, New Delhi: Sangeet NatakAkademi, Hope Indian Publications, 2007.

205. Strangways, A. H. Fox, *The music of Hindostan*, Oxford: Clarendon Press, 1965.

206. Śubhaṅkara, *Saṅgītadāmodara*, Calcutta: Sanskrit College, 1960.

207. Śubhaṅkara, *Śrīhastamuktāvalī*, New Delhi: Indira Gandhi International Centre for the Arts, 1991.

208. Subrahmanyam, Padma, *Karanas: Common Dance Codes of India and*

Indonesia, Vol.2: A Dancer's Perspective, Chennai: Nrithyodaya, 2003.

209. Sudhākalaśa, Vācanācārya, *Saṅgītopaniṣat-sāroddhāra*, ed. & tr. by Allen Miner, New Delhi: Indira Gandhi National Centre for the Arts, 1998.

210. Swamy, M. Sivakumara, *Post-Jagannatha Alankarasastra*, Delhi: Rashtriya Sanskrit Sansthan, 1998.

211. Swarup, Rai Bahadur Bishan, *Theory of Indian Music*, Maithan: Swarup Brothers, 1933.

212. Tagore, Sourindro Mohun, Compiled, *Hindu Music from Various Authors*, Delhi: Low Price Publications, 2010.

213. Tagore, Sourindro Mohun, *Universal History of Music*, Delhi: Low Price Publication, 2011.

214. Tarlekar, G. H., *Studies in the Nāṭyaśāstra*, Delhi: Motilal Banarsidass, 1975.

215. Tripathi, Radhavallabh, ed. & tr., *Kāmasūtra of Vātsāyayana*, Delhi: Pratibha Prakashan, 2005.

216. Tripathi, Radhavallabh, ed., *Natyasastra and the Indian Dramatic Tradition*, New Delhi: National Mission for Manuscripts, 2012.

217. Udbhata, *Kāvyālaṅkārasarasaṅgraha*, Delhi: Vidyanidhi Prakashan, 2001.

218. Vāgbhaṭa, *Aṣṭāṅgahṛdayam*, Vol.3, tr. by K.R. Srikantha Murty, Varanasi: Chowkhamba Krishnadas Academy, 2014.

219. Valiathan, M. S., *The Legacy of Caraka*, Hyderbad: University Press, 2015.

220. Vātsāyayana, *Kāmasūtra*, New Delhi: Chaukhamba Publications, 2014.

221. Vatsyayan, Kapila, *Classical Indian Dance in Literature and the Arts*, New Delhi: Sangeet NatakAkademi, 1968.

222. Vatsyayan, Kapila, *Asian Dance: Multiple Levels*, Delhi: B.R. Rhythms, 2011.

223. Vatsyayan, Kapila, *Bharata: The Nāṭyaśāstra*, New Delhi: Sahitya Akademi, 2015.

224. Venkatacharya, T., ed., *The Daśarūpaka of Dhanamjaya*, Madras: The Adyar Library and Research Centre, 1969.

225. Vidyanath, R., K. Nishteswar, *A Handbook of History of Ayurveda*, Varanasi: Chowkhamba Sanskrit Series Office, 2015.

226. Viśvanatha, *Kāvyaprakāśadarpaṇa*, Allahabad: Manju Prakashan, 1979.

227. Viśvanātha, *Sāhityadarpaṇa*, New Delhi: Panini, 1982.

228. Viswanatham, K., *India in English Fiction*, Waltair: Andhra University Press, 1971.

229. Vitthala, Pundarika, *Sadragacandrodaya*, Bombay: Nirnaya Sagar Press, 1912.

230. Vitthala, Pundarika, *Nartananirnaya*, Vol.1, New Delhi: Indira Gandhi National Centre for the Arts, 1994.

231. Vitthala, Pundarika, *Nartananirnaya*, Vol.2, New Delhi: Indiara Gandhi National Centre for the Arts, 1996.

232. Viṭṭhala, Puṇḍarīka, *Nartananirṇaya*, Vol.3, New Delhi: Indira Gandhi National Centre for the Arts, 1998.

233. Vitthala, Pundarika, *Ragamala*, Bombay: Nirnaya Sagar Press, 1914.

234. Walimbe, Y. S., *Abhinavagupta on Indian Aesthetics*, Delhi: Ajanta Publications, 1980.

235. Widdess, Richard, *The Ragas of Early India: Modes, Melodies and Musical Notations from the Gupta Period to c. 1250*, Oxford: Clarendon Press, 1995.

236. Willard, Augustus, *A Treatise on the Music of India*, Calcutta: Sunil Gupta, 1962.

237. Winternitz, Maurice, *A History of Indian Literature: Classical Sanskrit Literature, Scientific Literature*, Vol.3, tr. by Subhadra Jha, Delhi: Motilal Banarsidass, 2015.

四、工具书

1. Apte, Vaman Shivram, *The Student's English-Sanskrit Dictionary*, Delhi: Motilal Banarsidass Publishers, 2002.

2. Apte, Vaman Shivram, *The Practical Sanskrit-English Dictionary*, Delhi: Motilal Banarsidass Publishers, 2004.

2. Macdonell, Arthur Anthony, *A Practical Sanskrit Dictionary*, Delhi: Motilal Banarasidass Publishers, 2017.

4. Suryakanta, *A Practical Vedic Dictionary*, New Delhi: Oxford University Press, 2017.

5. Williams, M. Monier, *A Sanskrit English Dictionary*, Delhi: Motilal

Banarsidass Publishers, 2002.

五、网络资源

1. 百度词条"世界非物质文化遗产"：https://baike.baidu.com/item。访问日期：2019 年 11 月 4 日。

2. 上海师范大学社会科学管理处："成果获奖：朱恒夫《中国傩戏剧本集成》"，2021 年 5 月 19 日上网。网址：https://shkch.shnu.edu.cn/51/0f/c27972a741647/page.htm。

3. 佚名："为国家哪何曾半日闲空：追忆徐大同先生"，参见"全国哲学社会科学工作办公室"网站。

后　记

　　本书能够纳入世界知名的比较文学学者、四川大学文学与新闻学院曹顺庆教授主编的"比较文学与世界文学研究丛书"，并在海峡对岸的花木兰文化事业有限公司出版，实在是一件值得高兴、也值得庆幸的事。笔者首先要特别感谢尊敬的曹顺庆先生！

　　真诚感谢花木兰文化事业有限公司社长先生及其各位同仁。感谢该社责任编辑杨嘉乐女士为此书出版所付出的辛苦和努力。

　　感谢这套丛书的协调人、四川大学文学与新闻学院刘诗诗老师为此书出版作出的诸多无私奉献。

　　感谢长江师范学院（重庆涪陵）的张羽华教授在百忙中多次为笔者无偿提供涉及傩戏研究的诸多宝贵资料。这些资料和信息为笔者比较研究梵剧和傩戏提供了重要的基础。下边提及的几位先生、女士同样为笔者提供了本书所需的宝贵资料、信息。

　　2022 年 7 月 9 日，笔者造访位于铜仁的贵州傩文化博物馆，该馆馆长唐治州先生热情地接待了笔者，提供了诸多宝贵信息，并赠予多期《贵州傩文化》杂志，使笔者得以初步了解贵州傩文化的全貌。感谢唐馆长。

　　2023 年 11 月 7 日，笔者在贵州德江县稳坪镇政府的张月中主任带领下，拜访了稳坪镇的傩堂戏国家级非物质文化遗产传承人安永柏先生（1964 年生）。2023 年 11 月 8 日，笔者拜访了德江县文旅委相关部门，了解德江傩堂戏相关情况。德江县文旅委的任透明女士向笔者提供了研究德江傩堂戏的两部著作。在任女士的帮助联系下，笔者参观了收藏品非常丰富的德江县傩堂戏博物馆，馆长冉勇先生在笔者参观过程中陪同讲解，为笔者提供了德江傩堂戏历史传承、保护的诸多宝贵信息。非常感谢上述几位女士、先生为笔者提供各种帮助或接受访谈。

感谢酉阳土家族苗族自治县旅游投资集团的吴秀武先生提供西阳面具阳戏的诸多宝贵信息，并于 2024 年 1 月 30 日给笔者快寄上述两种珍贵的内部资料即《酉阳阳戏走进北京：参加第四届中国少数民族戏剧会演资料汇编》和《酉阳面具阳戏保护和传承规划刚要》。同时感谢提供上述二种内部资料的酉阳土家族苗族自治县文化馆馆长陈永胜先生。通过这些资料，笔者方知，酉阳县面具阳戏已于 2021 年 5 月被列入国家级非物质文化遗产名录。

笔者还要感谢近年来不辞辛劳地给我下载古典梵语文艺美学文献的几位四川大学博士生：马金桃、李晓娟、黄潇、邱晓莹、曹怡凡。这本书的许多章节、许多文字似乎都包含着她们的无私奉献，因为"无米之炊"是无法产生学术成果的，而许多古典梵语文艺美学资料是笔者不曾见过和拥有的。黄潇同学还为本书整理了"参考文献"。笔者在此向她表示感谢。

出版一部包括古典梵语诗学、戏剧学、音乐学、舞蹈学、美术学（绘画与工巧艺术论）的研究著作，是笔者十多年来从未示人的一个心愿，而今这个秘密而美好的心愿终于实现了，心底无比激动。

本书是近年来笔者研究的心得体会，也是笔者主持的 2021 年度国家社会科学基金重大项目《印度古代文艺理论史》（项目编号 21 & ZD275）的阶段性成果。有的章节则先后发表在《外国文学研究》、《音乐研究》、《北京舞蹈学院学报》、《中外文化与文论》、《中央民族大学学报》、《北京教育学院学报》、《南亚东南亚研究》、《南亚研究季刊》等国内学术期刊上。收入本书时，均有不同程度的修改。笔者向上述刊物的主编和责任编辑致以真挚的谢意。

多少年来，那种偶有发现却无法诉说、无处言说的怦然心动，或许是古典梵学这种冷门绝学的最高、最美境界。经历了 2020 年至 2022 年的三年"新冠"疫情，笔者苦不堪言，但又丝毫不能停下翻译和研究古典梵语文艺美学的步伐，身体某一部位因此险些落下残疾。庆幸的是，笔者不忘初心，始终在古典梵语文艺美学名著翻译和研究的道路上独自前行，不敢懈怠，时有所获，时有心醉。

2024 年正月初一的夜晚，窗外不时传来爆竹声，提醒我又是一年春到来。在这特殊的夜晚完成本书的修改，是一件有意义的事，是一件值得欣慰的事。

愿宁静如水的书香世界永远陪伴着我。

2024 年 2 月 10 日（正月初一）22 点 26 分于成都双流初稿，
2 月 16 日 17 点 2 分修改定稿。